普通高等教育"十一五"国家级规划教材

丛书主编 谭浩强

高等院校计算机应用技术规划教材

应用型教材系列

Access数据库应用教程

徐秀花 程晓锦 李业丽 编著

清华大学出版社

北京

内 容 简 介

本书是作者在多年数据库技术教学实践基础上编写的,全书以一个完整的数据库应用系统案例为基础,通过大量的实例,介绍了 Access 数据库技术的相关知识以及使用 Microsoft Access 开发数据库应用系统的完整过程。

全书以案例贯彻始终,系统讲授 Access 数据库的基本操作和基本知识,主要内容包括数据库系统的基础知识,Access 数据库及其对象表、查询、窗体、报表、数据访问页、宏和模块的创建及应用,VBA 编程基础和应用系统开发等相关知识。书后还配有适量的习题和上机操作题,使读者能够在学习过程中提高操作能力和实际应用能力。

本书可作为高等院校学生学习数据库应用技术课程的教材,也可以作为学生自主学习的教材。

为了方便教师教学和学生自主学习,本书配有电子教案和案例的全部数据和程序,若有需要,可联系本书作者,电子邮箱:xxh@bigc.edu.cn。

图书在版编目(CIP)数据

Access 数据库应用教程/徐秀花,程晓锦,李业丽编著. —北京:清华大学出版社,2010.6
(高等院校计算机应用技术规划教材)
ISBN 978-7-302-22225-5

Ⅰ. ①A… Ⅱ. ①徐… ②程… ③李… Ⅲ. ①关系数据库-数据库管理系统,Access-高等学校-教材 Ⅳ. ①TP311.138

中国版本图书馆 CIP 数据核字(2010)第 042753 号

责任编辑:谢 琛 林都佳
责任校对:李建庄
责任印制:何 芊

出版发行:清华大学出版社   地   址:北京清华大学学研大厦 A 座
        http://www.tup.com.cn   邮   编:100084
        社 总 机:010-62770175   邮   购:010-62786544
        投稿与读者服务:010-62776969,c-service@tup.tsinghua.edu.cn
        质 量 反 馈:010-62772015,zhiliang@tup.tsinghua.edu.cn
印 刷 者:北京四季青印刷厂
装 订 者:北京国马印刷厂
经   销:全国新华书店
开   本:185×260   印   张:18   字   数:441 千字
版   次:2010 年 6 月第 1 版   印   次:2010 年 6 月第 1 次印刷
印   数:1～5000
定   价:29.00 元

产品编号:033661-01

编辑委员会

《高等院校计算机应用技术规划教材》

序

《高等院校计算机应用技术规划教材》

进 入21世纪,计算机成为人类常用的现代工具,每一个有文化的人都应当了解计算机,学会使用计算机来处理各种的事务。

学习计算机知识有两种不同的方法:一种是侧重理论知识的学习,从原理入手,注重理论和概念;另一种是侧重于应用的学习,从实际入手,注重掌握其应用的方法和技能。不同的人应根据其具体情况选择不同的学习方法。对多数人来说,计算机是作为一种工具来使用的,应当以应用为目的、以应用为出发点。对于应用性人才来说,显然应当采用后一种学习方法,根据当前和今后的需要,选择学习的内容,围绕应用进行学习。

学习计算机应用知识,并不排斥学习必要的基础理论知识,要处理好这二者的关系。在学习过程中,有两种不同的学习模式:一种是金字塔模型,亦称为建筑模型,强调基础宽厚,先系统学习理论知识,打好基础以后再联系实际应用;另一种是生物模型,植物并不是先长好树根再长树干,长好树干才长树冠,而是树根、树干和树冠同步生长的。对计算机应用性人才教育来说,应该采用生物模型,随着应用的发展,不断学习和扩展有关的理论知识,而不是孤立地、无目的地学习理论知识。

传统的理论课程采用以下的三部曲:提出概念—解释概念—举例说明,这适合前面第一种侧重知识的学习方法。对于侧重应用的学习者,我们提倡新的三部曲:提出问题—解决问题—归纳分析。传统的方法是:先理论后实际,先抽象后具体,先一般后个别。我们采用的方法是:从实际到理论,从具体到抽象,从个别到一般,从零散到系统。实践证明这种方法是行之有效的,减少了初学者在学习上的困难。这种教学方法更适合于应用型人才。

检查学习好坏的标准,不是"知道不知道",而是"会用不会用",学习的目的主要在于应用。因此希望读者一定要重视实践环节,多上机练习,千万不要满足于"上课能听懂、教材能看懂"。有些问题,别人讲半天也不明白,自己一上机就清楚了。教材中有些实践性比较强的内容,不一定在课堂上由老师讲授,而可以指定学生通过上机掌握这些内容。这样做可以培养学生的自学能力,启发学生的求知欲望。

全国高等院校计算机基础教育研究会历来倡导计算机基础教育必须坚持面向应用的正确方向,要求构建以应用为中心的课程体系,大力推广新的教学三部曲,这是十分重要的指导思想,这些思想在《中国高等院校计算机基础课程》中作了充分的说明。本丛书完全符合并积极贯彻全国高等院校计算机基础教育研究会的指导思想,按照《中国高等院校计算机基础教育课程体系》组织编写。

这套《高等院校计算机应用技术规划教材》是根据广大应用型本科和高职高专院校的迫切需要而精心组织的,其中包括 4 个系列:

(1) 基础教材系列。该系列主要涵盖了计算机公共基础课程的教材。

(2) 应用型教材系列。适合作为培养应用性人才的本科院校和基础较好、要求较高的高职高专学校的主干教材。

(3) 实用技术教材系列。针对应用型院校和高职高专院校所需掌握的技能技术编写的教材。

(4) 实训教材系列。应用型本科院校和高职高专院校都可以选用这类实训教材。其特点是侧重实践环节,通过实践(而不是通过理论讲授)去获取知识,掌握应用。这是教学改革的一个重要方面。

本套教材是从 1999 年开始出版的,根据教学的需要和读者的意见,几年来多次修改完善,选题不断扩展,内容日益丰富,先后出版了 60 多种教材和参考书,范围包括计算机专业和非计算机专业的教材和参考书;必修课教材、选修课教材和自学参考的教材。不同专业可以从中选择所需要的部分。

为了保证教材的质量,我们遴选了有丰富教学经验的高校优秀教师分别作为本丛书各教材的作者,这些老师长期从事计算机的教学工作,对应用型的教学特点有较多的研究和实践经验。由于指导思想明确、作者水平较高,教材针对性强,质量较高,本丛书问世 7 年来,愈来愈得到各校师生的欢迎和好评,至今已发行了 240 多万册,是国内应用型高校的主流教材之一。2006 年被教育部评为普通高等教育"十一五"国家级规划教材,向全国推荐。

由于我国的计算机应用技术教育正在蓬勃发展,许多问题有待深入讨论,新的经验也会层出不穷,我们会根据需要不断丰富本丛书的内容,扩充丛书的选题,以满足各校教学的需要。

本丛书肯定会有不足之处,请专家和读者不吝指正。

全国高等院校计算机基础教育研究会会长　　**谭浩强**
《高等院校计算机应用技术规划教材》主编

2008 年 5 月 1 日于北京清华园

前言

随着计算机应用技术的不断发展,数据库技术已经广泛地应用于各个领域。学习和掌握数据库的基本知识,利用数据库系统进行数据处理是高等院校学生必须具备的能力之一。近年来,大多数高等院校都将数据库应用技术作为计算机应用技术类课程的必修课或选修课。基于此,我们组织编写了本教材。

Microsoft Access 是一个关系型数据库管理系统,作为 Microsoft Office 的一个组成部分,可以有效地组织和管理数据库中的数据,并把数据库与网络结合起来,为人们提供了强大的数据管理工具。Access 具有功能完备、界面友好、操作简单、使用方便等特点,被广泛地应用于各种数据库管理软件的开发。

本书是作者在多年数据库技术教学实践基础上编写的,全书以一个完整的数据库应用系统案例为基础,精心设计,通过大量的实例,介绍了 Access 数据库技术的相关知识以及使用 Microsoft Access 开发数据库应用系统的完整过程。

全书共分为 10 章,各章内容安排如下:

第 1 章主要介绍与数据库管理系统相关的理论和基础知识,包括数据库的基本概念以及 Microsoft Access 系统的相关知识。

第 2 章主要介绍数据库的基本操作,包括数据库的创建、打开及关闭等操作。

第 3 章主要介绍表的基本操作,包括表的创建、设置表的属性、创建索引及表间的关系等。

第 4 章介绍查询及其应用,主要包括查询的创建、SQL 语句等。

第 5 章主要介绍窗体的设计及应用,包括窗体的创建、窗体的属性设置、窗体控件以及窗体的使用等。

第 6 章主要介绍报表的基本操作及其应用,包括各种类型报表的创建、使用报表进行数据计算和统计等。

第 7 章主要介绍数据访问页的设计及应用,包括 Web 页的相关知识、数据访问页的创建、分组数据访问页的创建等。

第 8 章主要介绍宏基本操作和应用,包括宏的设计、创建宏组和条件宏、宏的调试以及用宏设计系统菜单等。

第 9 章主要介绍 VBA 编程基础，包括模块的基本概念、模块的创建、VBA 程序的基本结构、子程序的创建、用 ADO 访问 Access 数据库以及面向对象程序设计等。

　　第 10 章主要介绍数据库的安全与维护，包括数据库设置密码、账户及账户组的管理、数据库的备份与恢复、数据库的导出等。

　　本书以应用为目的，以案例贯彻始终，系统讲授 Access 数据库的基本操作和基本知识。书后还配有适量的习题和上机操作题，使读者能够在学习过程中提高操作能力和实际应用能力。

　　本书可作为高等院校学生学习数据库应用技术课程的教材，也可以作为学生自主学习的教材。

　　本书由徐秀花、程晓锦、李业丽编著，全书由徐秀花统稿，在本书策划和编写过程中，得到了北京印刷学院计算机科学系全体教师的支持，在此表示衷心的感谢。

　　由于作者水平有限，难免存在错误和不足之处，敬请广大读者批评指正。

作　者

2010 年 4 月

数据库技术基础

学习目标

通过本章的学习,应该掌握以下内容:

(1) 数据库、数据库管理系统和数据库应用系统的基本概念。

(2) 关系型数据库的相关知识。

(3) Access 系统的特点。

(4) Access 系统的组成和主要功能。

1.1 数据库的基本概念

信息在现代社会中所起的作用越来越大,信息系统越来越突显出重要性,数据库技术作为信息系统的核心技术和基础也更加受到人们的关注。数据库系统已融入人们的日常生活和工作中,扮演着相当重要的角色。人们在信息管理中,积累了大量的信息,如商品销售情况、学生成绩、职工工资等信息,这些信息都需要长期保存,必要时需要对信息进行查询、汇总和统计。应用数据库技术可以很容易地将这些信息存储并加以处理。

1.1.1 一个数据库应用系统案例及分析

1. 问题的提出

在高等院校中,教学管理是教育管理者的重要工作。在教学工作中,教师和学生是主体,教师的工作包括备课、授课、批改作业、答疑解惑、考试出题、记录成绩等,学生的工作包括上课、选课、提交作业、考试等。这些工作涉及大量的信息,主要包括学生信息、教师信息、授课信息、选课信息、成绩信息等。以选课环节为例,涉及学生选课、教师授课、课程安排等。对学生来说,需要查询个人情况、课程安排、选课情况、考试成绩等信息,而对教师来说,需要查询的信息涉及个人或他人的授课安排、学生课表、成绩统计等。实现教学管理信息化,不仅可以长期保存这些信息,还可以为教师学生提供查询信息平台。实现教学管理信息化的技术手段就是数据库技术。首先将需要的信息保存到计算机中,以数据库的形式存放,然后实现系统的功能设计,数据库和功能模块构成一个完整的数据库应用系统,使学生和教师通过教学管理系统即可以进行各种信息的查询。

2. 数据库应用系统设计的步骤

一般来说,数据库应用系统开发要经过 4 个阶段,即系统分析、系统设计、系统实施和系统维护。

1) 系统分析阶段

系统分析是开发数据库应用系统的一个重要环节,系统分析的好坏程度决定系统的成败,系统分析做得越好,系统开发的过程就越顺利。在系统分析阶段要在信息收集的基础上确定系统开发的可行性方案,也就是要求系统开发者通过对将要开发的数据库应用系统的相关信息的收集,确定该数据库应用系统的总体需求目标、开发的总体思路及开发所要的时间等。

在数据库应用系统开发的分析阶段,明确数据库应用系统的总体需求目标是最重要的内容。作为系统开发者,要明确为谁开发数据库应用系统,由谁来使用数据库应用系统,由于使用者的不同,因此数据库应用系统的目标是不一样的。

以教学管理系统为例,该系统的使用对象包括学生、教师和教学管理人员,数据库管理系统所管理的信息应该包括学生情况、教师情况、教学计划、教学任务安排、学生选课、考核考试等。

2) 系统设计阶段

在数据库应用系统开发设计阶段确立的总体目标的基础上,就可以进行数据库应用系统开发的功能设计和数据库设计了。

功能设计包括功能组成以及各功能模块的调用关系等内容。根据系统分析阶段所确定的总体目标确定数据库应用系统所具有的功能,明确各功能模块所承担的任务以及各模块之间的关系。系统功能通常用功能结构图表示,教学管理系统的功能结构如图 1-1 所示。

图 1-1　教学管理系统的功能结构图

其中:

① 院系管理:包括院系的设置及相关资料查询。

② 专业管理:包括专业的设置及相关资料查询。

③ 学生档案:包括学生档案的建立、修改及查询。

④ 教师档案:包括教师档案的建立、修改及查询。

⑤ 课程管理:包括课程设置及相关资料查询。

⑥ 选课管理:包括学生选课系统及选课资料查询。

⑦ 成绩管理：包括学生成绩的录入、修改及查询。

⑧ 系统管理：包括系统使用权限的设置、系统的说明、退出系统等。

根据系统功能设计要求可以进行数据库的设计,将管理中所需要的数据按照数据间的关系进行分类以及将系统功能按要求存储到数据库中。数据库通常由多个具有一定关系的数据表组成。教学管理系统的数据库由以下的数据表组成:

① 院系信息:存储院系信息,主要包括院系代码和院系名称等。

② 专业信息:存储专业信息,主要包括专业代码、专业名称、所属院系代码和所属院系名称等。

③ 学生档案:存储学生信息,主要包括学号、姓名、性别、出生日期、民族、政治面貌、职务、院系、专业、班级、籍贯、电话和备注等。

④ 教师档案:存储教师信息,主要包括教师编号、教师姓名、所属院系名称和所属专业名称等。

⑤ 课程信息:存储课程信息,主要包括课程代码、课程名称、学时、学分、类别、教师编号、教师姓名、开课单位、开课时间、选课范围、内容简介和备注等。

⑥ 选课记录:存储选课信息,主要包括学号、姓名、课程代码、课程名称和学分等。

⑦ 成绩记录:存储成绩信息,主要包括学号、姓名、课程代码、课程名称、学分和成绩等。

⑧ 用户信息:存储用户信息,主要包括用户编号、用户名、密码和权限等。

3)系统实施阶段

在数据库应用系统开发的实施阶段,主要任务是按系统功能模块的设计方案,具体实施系统的逐级控制和各模块的建立,从而形成一个完整的应用开发系统。

设计数据库应用系统时,要选择合适的系统开发工具,要做到每一个模块易维护、易修改,并使每一个功能模块尽量简单,使模块间的接口数目尽可能少。

4)系统维护

数据库应用系统建立后,就进入了调试和维护阶段。在数据库应用系统开发的维护阶段,要修正数据库应用系统的缺陷。在应用系统开发的测试阶段,不仅要通过测试工具检查和调试数据库应用系统,还要通过模拟实际操作或实际验证应用系统,若出现错误或有不适当的地方要及时加以修正。

1.1.2 数据库的相关概念

1. 数据、信息和数据处理的概念

数据(Data)是指存储在某一种介质上的能够被识别的物理信号,用来表示各种信息,可以描述事物的特征、特点和属性。数据不仅包含数字、文字和其他字符组成的文本形式的数据,而且还包含图形、图像、动画和声音等多媒体数据。例如,学生的信息可以用学号、姓名、性别、出生日期、家庭住址、成绩及照片等来描述,其中学号、姓名、性别用字符串表示,成绩用数值表示,照片则用图像表示,因此,不同的信息用不同类型的数据来表示。

信息(Information)是经过加工处理的有用的数据,数据经过提炼、处理和抽象变成

有用的数据才成为信息。信息以数据的形式表示,信息通过数据记录可以实现载体传递,并借助数据处理工具实现存储、加工、传播、再生和增值。

数据处理是指利用计算机对各种类型的数据进行加工处理,它包括对数据的采集、整理、排序、检索、维护、加工、统计和传输等一系列操作过程。数据处理的目的是从人们收集的大量原始数据中获得人们所需要的资料并提取有用的数据成分,作为行为和决策的依据。

2. 数据库、数据库系统、数据库管理系统和数据库应用系统的概念

数据库(Data Base)可理解为存放数据的仓库,它是指按照一定的组织结构存储在计算机存储介质上的各种信息的集合,并可被应用程序所共享。它既反映了描述事物的数据本身,又反映了相关事物之间的联系。数据库中的数据具有较小数据冗余、较高的数据独立性和可扩展性,并可为各种合法用户共享。数据库是数据库系统的核心和管理对象。

数据库管理系统(Data Base Management System,DBMS)是位于用户与操作系统之间的一个数据库管理软件。数据库管理系统提供对数据库进行统一管理和控制的功能,使数据与应用程序隔离,使数据具有独立性;使数据结构及数据存储具有一定的规范性,减少了数据的冗余,并有利于数据共享;提供安全性和保密性措施,使数据不被破坏,不被窃用;提供并发控制,在多用户共享数据时保证数据库的一致性;提供恢复机制,当出现故障时,数据将恢复到一致性状态。数据库管理系统主要有以下功能。

(1) 数据定义功能:通过数据定义语言对数据库中的数据对象进行定义。

(2) 数据操纵功能:使用数据操纵语言操纵数据,如查询、插入、删除和修改。

(3) 数据库的运行管理功能:数据库在建立、运行和维护时由数据库管理系统统一管理和控制。

(4) 数据库的建立和维护功能:它包括数据库初始数据的输入、转换功能,数据库的转储、恢复功能等。

数据库应用系统是指系统开发人员利用数据库系统资源开发出来的,面向某一类实际应用的应用软件系统。例如,教学管理系统、财务管理系统、人事管理系统等。

数据库系统(DataBase System,DBS)是指引入了数据库的计算机系统,它一般由支持数据库的硬件环境,数据库软件支持环境、数据库、开发、使用和管理数据库应用系统的人员组成。

1) 硬件环境

硬件环境是运行数据库系统的设备环境,包括 CPU、内存、外存及输入输出设备。由于数据库系统承担着数据管理的任务,它要在计算机操作系统的支持下工作,而且包含数据库管理例行程序、应用程序等,因此要求有足够大的内存空间。同时,由于用户的数据库管理软件都要保存在外存储器上,所以对外存储器容量的要求也很高,还应具有较好的通道性能。

2) 软件环境

软件环境包括系统软件和应用软件两类。系统软件主要包括操作系统软件、数据库管理系统软件、开发应用系统的高级语言及编译系统、应用系统开发的工具等。它们为开发应用系统提供了良好的环境,其中数据库管理系统是连接数据库和用户之间的纽带,是软件系统的核心。应用软件是指在数据库管理系统的基础上根据实际需要开发的应用程序。

3)数据库

数据库是数据库系统的核心,是数据库系统的主体结构,是数据库系统的管理对象,是为用户提供数据的信息源。

4)人员

数据库系统的人员是指管理、开发和使用数据库系统的全部人员,主要包括数据库管理员、系统分析员、应用程序员和用户。其中,数据库管理员负责全面地管理和控制数据库系统;系统分析员负责应用系统的需求分析和规格说明确定软、硬件配置、系统的功能及数据库概念模型的设计;应用程序员负责设计和编写应用程序的程序模块,并进行调试和安装;最终用户通过应用程序使用数据库。

1.1.3 数据模型

数据模型是用来抽象、表示和处理现实世界中的数据和信息的工具,是反映客观事物及客观事物之间联系的数据组织的结构和形式。

在数据库技术中,用数据模型描述数据的整体结构,包括数据的结构和性质、数据之间的联系、完整性约束以及数据变换规则等。数据模型应该结构简单、易于在计算机上实现,而且能够比较真实地反映客观事物之间的联系。数据模型是数据库设计人员、程序员和最终用户之间进行交流的工具。

数据模型可以分为两种形式:概念模型和实现模型。通常先将现实世界中的一个系统抽象为概念模型,它既不依赖于任何计算机系统,也不依赖于具体的数据库管理系统,然后把概念模型转换为与某一个具体数据库管理系统相关联的数据模型,即实现模型。在实际应用中,人们所说的数据模型是指实现模型。

1. 概念模型

概念模型是现实事物之间的一种抽象,它表示数据的逻辑特性,从概念上表示数据库中将要存储的信息,而不涉及这些信息在数据库中的存储形式。最常见的是实体-联系(E-R)图。

1)实体

实体是指客观存在并相互区别的事物及其事物之间的联系。例如,一个学生、一门课程、学生的一次选课、一次考试等都是实体。

2)属性

属性是指实体所具有的某一特性。例如,学生的学号、姓名、性别、出生年月、系、入学时间等都是属性。

属性由两部分组成,即属性的名称和属性的取值。例如,某位学生的学号和姓名分别为20080101和"张宏",则学号和姓名为属性名,而20080101和"张宏"是相应属性的取值。

3）实体型和实体集

用实体名及其属性名集合来抽象和刻画同类实体，称为实体型。例如，学生（学号、姓名、性别、出生年月、系、入学时间）就是一个实体型。

同类型实体的集合称为实体集。如，全体学生就是一个实体集。

4）实体间的联系

实体与实体之间以及实体与组成它的各属性间的关系称为实体间的联系。例如，一名学生可以学习多门课程，每门课程又有多名同学选修；一名教师可以教授多名学生，而每名学生又由多名教师讲授。课程和学生，教师和学生之间都具有实体间的联系。

实体间的联系分为 3 种情况：

① 一对一联系（1：1）

如果对于实体集 A 中的每一个实体，实体集 B 中至多有一个（也可以没有）实体与之联系，反之亦然，则称实体集 A 与实体集 B 具有一对一联系，记为 1：1。例如，一个学生只能有一个学号，而一个学号只能指向一个学生，则学生与学号之间具有一对一联系。

② 一对多联系（1：n）

如果对于实体集 A 中的每一个实体，实体集 B 中有个 n 实体（$n \geq 0$）与之联系，反之，对于实体集 B 中的每一个实体，实体集 A 中至多有一个实体与之联系，则称实体集 A 与实体集 B 有一对多联系，记为 1：n。例如，一个班级中有若干名学生，而每个学生只在一个班级中学习，则班级与学生之间具有一对多联系。

③ 多对多联系（m：n）

如果对于实体集 A 中的每一个实体，实体集 B 中有 n 个实体（$n \geq 0$）与之联系，反之，对于实体集 B 中的每一个实体，实体集 A 中也有 m 个实体（$m \geq 0$）与之联系，则称实体集 A 与实体集 B 具有多对多联系，记为 m：n。例如，一门课程同时有若干个学生选修，而一个学生可以同时选修多门课程，则课程与学生之间具有多对多联系。

5）实体-联系模型

实体-联系模型是反映实体之间联系的结构形式，简称 E-R 模型。描述 E-R 模型通常用 E-R 图表示，E-R 图提供了表示实体型、属性和联系的方法。

E-R 图有 3 个要素：

① 实体型：用矩形表示，矩形框内写明实体名。

② 属性：用椭圆形表示，并用无向边将其与相应的实体连接起来。

③ 联系：用菱形表示，菱形框内写明联系名，并用无向边分别与有关实体连接起来，同时在无向边旁标上联系的类型（1：1、1：n 或 m：n）。

例如，学生和课程实体-联系如图 1-2 所示。

2. 实现模型

为了反映现实世界中的客观事物本身及其与其他事物之间的联系，数据库中的数据必须具有一定的结构，这种结构就是实现模型，也不加区分地统称为数据模型。数据模型是数据之间逻辑关系的一种反映。

数据模型通常分为 3 种类型，即层次模型、网状模型和关系模型。

图 1-2　学生和课程实体-联系图

1）层次模型

层次模型是数据库系统中最早采用的数据模型，它通过数据间的从属关系表示数据之间的关系，从数据结构的角度来说，层次模型是有向树结构，其主要特征如下：

① 有且仅有一个结点无父结点，这个结点称为根结点。

② 其他结点有且仅有一个父结点。

例如，某高校的系级组织结构如图 1-3 所示。

图 1-3　层次模型结构图

2）网状模型

在网状模型中，结点之间的联系不受层次限制，任意两个结点之间都可以发生联系。网状模型是一个网络，从数据结构的角度来说，网状模型是一个有向图结构，其主要特征如下：

① 允许一个以上的结点无父结点。

② 一个结点可以有多于一个的父结点。

例如，在教学过程中，学生、教师、课程和教室之间的关系可用网状模型表示，如图 1-4 所示。

图 1-4　网状模型结构图

3）关系模型

在关系模型中，数据的逻辑结构是一个二维表，由行和列组成。一个关系对于一个表，以二维表的形式表示实体和实体之间联系的数据模型称为关系数据模型。在关系模型中，操作对象和操作结果都是二维表。关系模型是目前最重要的数据模型，被几乎所有数据库管理系统支持。

在教学管理系统中，学生信息、教师信息和课程信息分别用表 1-1、表 1-2 和表 1-3 来表示。

表 1-1 学生信息

学　号	姓名	性别	出生日期	婚否	政治面貌	家庭住址	电话号码	照片
05040011	周强	男	2005-11-12	否	团员	沈阳市沈河区	024-88994321	
05010001	刘一丁	男	1986-1-1	否	共青团员	北京市海淀区	010-2111111	
05040002	王霖	男	1985-6-8	否	团员	北京市海淀区	010-3456789	
05040003	赵莉	女	1985-12-23	否	民主党派	北京市西城区	8768544	
05020001	李想	女	1983-11-12	是	无	北京市东城区	029-8986756	
05020002	张男	女	1983-6-5	是	团员	北京市大兴区	69220000	
05020003	李悦明	男	1984-4-5	否	团员	北京市房山区	89002345	
05020004	王大玲	女	1985-12-12	否	党员	北京市大兴区		
02030001	李跃	男	1987-1-12	否	共青团员	北京市昌平区	010-2345867	
02030002	汪静	女	1987-12-31	否	民主党派	上海市静安区	021-0987777	
06010010	韩冰冰	女	1985-1-2	否	党员	天津市南开区		

表 1-2 教师信息

职工号	姓名	性别	参加工作日期	职称	工资	系　部	邮政编码
01001	章琳	女	1981-7-12	教授	3175.00	印刷工程系	100022
01002	周敬	男	1985-6-5	副教授	2000.00	印刷工程系	100044
01003	赵立钧	男	1988-7-5	讲师	2000.00	印刷工程系	100076
04001	董家玉	男	1984-6-30	副教授	2400.00	计算机系	100082
04003	马良	男	1986-9-1	教授	2500.00	计算机系	100009
04004	许亚芬	女	1995-6-23	副教授	2900.00	计算机系	100085
04008	周树春	男	1984-6-2	教授	3200.00	计算机系	100085
04012	张振	男	2005-3-28	助教	2900.00	计算机系	100085
04022	徐辉	女	1989-6-28	副教授	2600.00	计算机系	100010
05001	马俊亭	男	1983-5-24	讲师	3300.00	管理系	100010
05004	张雨生	女	2001-2-28	教授	3400.00	管理系	100077
05024	汪家伟	女	2004-5-29	助教	1800.00	管理系	100085
06001	王中合	男	1985-6-16	副教授	1500.00	外语系	100051
06004	龙云	女	1994-7-20	讲师	3000.00	外语系	100010
07001	郝爱民	男	1980-6-30	教授	2700.00	艺术设计系	100084
07005	刘丽	女	1994-6-28	讲师	1700.00	艺术设计系	100015

表 1-3　课程信息

课 程 号	课 程 名 称	开课学期	学　　时	学　　分	课程性质
B010101	大学英语	一	72	4	必修
B020101	高等数学	一	80	4	必修
B040101	电路基础	一	80	4	必修
B040201	计算机基础	一	40	2	公选
B040205	计算机组成原理	二	92	5	必修
B040202	C 程序设计	二	64	3	必修
B030101	大学语文	二	36	2	公选
B040203	离散数学	三	64	3	必修
B040204	数据结构	三	72	4	必修
B040206	操作系统	三	64	3	必修
B040209	计算机网络	四	64	3	必修
B040303	微机接口技术	四	64	3	必修
X040203	多媒体技术基础	四	64	3	限选
B040207	VB 程序设计	四	40	25	限选
B040208	数据库系统概论	五	64	3	限选
X040206	软件工程	五	64	3	限选
X040207	网页制作与发布	五	40	2	限选
B040218	毕业设计	六		10	实践

关系模型是建立在数学二维理论基础上,概念单一,结构简单,实体间的联系都用关系表示。关系模型具有更高的数据独立性,更好的安全性。

基于关系模型的数据库系统是目前应用最广泛的一种数据管理系统,它具有完备的理论基础,简单的数据模型,使用起来也比较方便。

1.2　关系型数据库的基本概念

用关系模型建立的数据库就是关系型数据库。关系数据库建立在严格的数学二维理论基础上,数据结构简单,易于操作和管理。在关系数据库中,数据被分散到不同的数据表中,每个表中的数据只记录一次,从而避免数据的重复输入,减少数据冗余。

1.2.1　基本概念

在关系数据库中,经常会提到关系、属性等概念。下面列出常用的基本概念。

1. 关系

一个关系就是一个二维表，每个关系都有一个关系名。在 Access 中，一个关系可以存储在一个数据表中，每个表有唯一的表名，即数据表名。

例如，可以将表 1-1 命名为"学生"，表 1-2 命名为"教师"，表 1-3 命名为"课程"。

2. 元组

在二维表中，每一行称为一个元组，对应表中一条记录。

例如，在表 1-2 中，高等数学的信息用元组（B020101，高等数学，80，4.5，必修）表示，而该元组表示的是高等数学课程的信息，在表中对应一条记录。

3. 属性

在二维表中，每一列称为一个属性，每个属性都有一个属性名。在 Access 数据库中，属性也称为字段。字段由字段名、字段类型组成，在定义和创建表时对其进行定义。

4. 域

属性的取值范围称为域，即不同的元组对同一属性的取值所限定的范围。

例如，"性别"属性的取值范围只能是"男"或"女"，"年龄"属性只能是大于 0 的整数。"成绩"属性应在 0～100 之间。

5. 关键字、主键

关键字是二维表中的一个属性或若干属性的组合，即属性组，它的值可以唯一地标志一个元组。

例如，在学生表中，每位学生的学号是唯一的，它对应唯一的学生，因此学号可以作为学生表的关键字，而姓名不能作为关键字。

当一个表中存在多个关键字时，可以指定其中一个作为主关键字，而其他关键字为候选关键字。主关键字称为主键。

6. 外部关键字

如果一个关系中的属性或属性组并非该关系的关键字，但它们是另外一个关系的关键字，则称其为该关系的外关键字。

1.2.2　关系运算

在关系数据库中，经常需要对表中的数据进行处理，如查找满足条件的记录，或选取某些列，或从多个表中获取数据项，完成这些操作管理通常使用 3 种关系运算，即选择、投影和连接。

1. 选择

选择运算是指在关系中选择满足条件的元组,也就是在二维表中选择满足指定条件的行。

例如,在学生表中,若查询所有男同学的信息,则使用选择运算,条件是:性别＝"男"。

2. 投影

投影运算是指在关系中选择某些属性,也就是在二维表中选择某些列。

例如,在学生表中,取学生的学号、姓名、性别生成学生名单,则可以使用投影运算来实现。

3. 连接

连接是将两个和多个关系模式通过公共的属性名连接成一个新的关系模式,生成的新关系包含满足连接条件的元组。例如,设有 3 个关系:学生(学号、姓名、所在系、性别、现住址);课程(课程号、课程名、学分);选修(学号、课程号、成绩)。若想查询成绩 90 分以上的学生姓名,则需要将这三个关系按照"学号"和"课程号"进行连接,连接结果包括学生、课程、选修 3 个关系中属性的并集。

连接运算分为两种形式即等值连接和自然连接。

等值连接:以连接条件中的关系运算符＝表示,即两个属性等值连接。

自然连接:是去掉重复属性的等值连接。它属于连接运算的一个特例。

1.2.3　关系的完整性

关系模型对数据一般都具有一定的限制,这种限制称为完整性或完整性约束。关系模型的完整性是保证关系数据表正确的关键。

关系模型支持实体完整性约束、参照完整性约束和域约束 3 种完整性约束。

1. 实体完整性约束

实体完整性规则是指关系中主键不能取空值和重复的值。单列主键的值不能为空,复合主键的任何列也不能接收空值。例如,在学生信息表中,"学号"为该表的主键,那么在数据库的任何记录中,"学号"列的值都不能为空。这样的约束称为实体完整性约束。

2. 参照完整性约束

参照完整性约束关心的是逻辑相关的表中值与值之间的关系。假设 X 是一个表 A 的主键,在表 B 中是外键,那么若 K 是表 B 中一个外部键值,则表 A 中必然存在 X 上的值为 K 的记录。例如,"系号"是院系信息表的主键,而在学生信息表中是相对于院系信息表的外键(学生信息表中的主关键字是由"学号"和"系号"组合而成),对于学生信息表的任何记录,其所包含的"系号"的值,在院系信息表的"系号"列中必然存在一个相同的值。这样的约束称为参照完整性约束。

3. 域约束

域是逻辑相关的值的集合,从域中可以得出特定列的值。

例如,在学生信息表中,"出生日期"域的值必须按照特定的统一格式存放,而不能有时用 1986.12.23 格式,有时用 12/23/1986 格式,从而造成数据混乱;"学生名字"、"院系名称"等域的值必须属于字符集合;对于"性别",该域中的值必须局限于"男"和"女"。

1.3 Access 系统概述

Microsoft Access 2003 是 Microsoft Office 2003 系列应用软件的一个主要组成部分,是目前最普及的关系数据库管理软件之一。在经历了多次升级后,它不仅具有传统的数据库管理系统的功能,还具备面向对象的特性,使其应用更加简单。Access 提供多种向导和控件,使用户不必编写代码,就可以得到具有较强功能的数据库应用程序。

1.3.1 Access 的功能和特性

Microsoft Access 2003 由于与 Microsoft Office 应用程序的高度集成,为用户提供了友好的用户界面和方便快捷的运行环境。Access 2003 不仅具有传统的数据库管理系统的功能,同时还进一步增强了自身的特性。

1. 完善的数据库管理

Access 2003 数据处理功能强大,能够管理各种数据库对象,具有强大的数据组织、用户管理、安全检查等功能。

2. 完善的帮助和向导

Access 2003 提供上下文相关的帮助信息使得用户在遇到困难时,可以随时得到帮助。

3. 良好的兼容性

Access 2003 可以访问其他多种格式如 FoxPro、Visual FoxPro 格式的数据库文件,支持 ODBC 标准的 SQL 数据库的数据,为 Access 与其他数据库系统之间的数据交换与共享提供了方便。

4. "所见即所得"的窗体和报表

Access 2003 提供了"所见即所得"的设计环境,使用户在设计窗体和报表过程中,即时看到设计结果。而在很多数据库系统中,设计窗体和报表要通过编写程序才能实现。

5. 强大数据库转换功能

Access 2003 能够实现不同版本的 Access 数据共享。Access 2003 不仅可以将低版本的 Access 数据库转换为 Access 2003 的数据库,还可以将 Access 2003 数据库转换为低版本的 Access 数据库。

6. 不同格式的文件的转换

在 Access 2003 中,可以将 Access 中的数据导出到 Excel、Word 和文本文件中,也可以将 Excel、文本文件和其他数据库文件中的数据导入到 Access 数据库中。

7. 面向对象的集成开发环境

Access 2003 提供了编程工具 VBA,可以开发面向对象的数据库应用程序。与其他程序设计语言相比,VBA 更为直观和简便,更适合普通用户和非专业人员使用。

8. 集成 Internet/Intranet

通过使用 Access,用户可以方便地将应用程序用于 Internet 和 Intranet。例如,仅仅通过鼠标就可以将表、查询、窗体等保存为 HTML 格式的文件,并在 Web 上发布。另外 Access 还提供了一种新对象——数据访问页,用户通过它可以创建动态数据页,大大简化向 Web 发布数据的过程。

1.3.2　Access 集成环境和基本操作

1. Access 2003 的启动

启动 Access 2003 的方法有以下几种。
- 从"开始"菜单启动。
- 通过桌面上的快捷方式启动。
- 通过文件夹中的 Access 文件图标启动。

2. Access 2003 的退出

退出 Access 2003 可使用以下方法。
- 选择文件菜单中的"退出"命令。
- 单击 Access 2003 窗口右上角的"关闭"按钮。

3. Access 主界面

启动后,出现 Access 2003 的窗口即为主界面,该界面是基本的操作环境,如图 1-5 所示。

Access 2003 主窗口与普通的 Windows 相似,由标题栏、菜单栏、工作区、状态栏、各种工具按钮以及子窗口等组成,其中数据库窗口是 Access 特有的子窗口,是数据库操作界面。

（1）标题栏

由标题和"最小化"按钮、"最大化"按钮和"关闭"按钮组成。当数据库窗口处于最大化状态时,标题栏显示当前数据库的名称。

（2）菜单栏

Access 数据库设计视图的菜单栏集中了 Access 的全部功能,在 Access 中所需进行

图 1-5　Access 2003 的窗口

的各种操作均可通过菜单栏提供的功能选项得以实现。菜单栏及其菜单中各可用功能选项的组成将随着 Access 的不同视图状态而有一些不同。

（3）工具栏

工具栏为用户提供了进行数据库操作的常用按钮，用户可以有选择地隐藏这些按钮或将其放在工具栏上。工具栏一般位于菜单栏下面，用鼠标可以将其拖到任何位置。

（4）工作区和状态栏

在工具栏与状态栏之间的一大块空白区域是系统工作区，各种窗口将在这里打开。

状态行位于窗口最底部，用于显示数据库管理系统的工作状态。

1.4　思考与练习

1. 什么是数据库、数据库管理系统和数据库应用系统？
2. 简述数据库管理系统的功能。
3. 数据库系统的主要组成部分是什么？
4. 什么是数据模型？数据模型分为几种类型？各有何特点？
5. 什么是关系型数据库？
6. 什么是关系的完整性约束？
7. 实体联系模型有几种？举例说明。
8. Access 有哪些功能和特性？
9. 设计一个"教师管理系统"数据库，包含以下基本信息：
（1）教师基本信息。
（2）教师授课信息。
（3）班级基本信息。
（4）教师工资信息。

第 2 章

数据库操作

学习目标

通过本章的学习,应该掌握以下内容:

(1) Access 数据库的组成。

(2) 利用向导创建 Access 数据库。

(3) 创建空数据库。

(4) 如何打开和关闭数据库。

2.1 Access 数据库的组成

Access 数据库由表、查询、窗体、报表、页、宏和模块 7 个数据库对象组成。当打开一个数据库时,各种数据库对象的图标就会在数据库窗口中显示出来,如图 2-1 所示。所有的数据库对象都保存在扩展名为 mdb 的同一个数据库文件中,这是 Access 与其他数据库系统不同的地方。

图 2-1 "选课管理"数据库

各种数据库对象之间存在着某种特定的依赖关系,其中表是数据库的核心和基础,所有数据都存储于表中。查询、窗体和报表都从表中获取数据,以满足用户特定的需要。

1. 表

表是数据库中用来存储数据的基本对象,用于存储实际数据。图 2-2 所示的表存储了学生的信息。

图 2-2 "学生"表浏览窗口

在 Access 系统中,可以使用系统提供的功能创建表对表中的结构和数据进行处理和维护。

一个数据库中可以包含多个数据表,一个表应围绕一个主题建立,如学籍表、成绩表。相关的表之间可以创建关系,建立了关系的多个表可以像表一样使用。

2. 查询

查询是数据库中非常重要的操作,是指根据指定条件从数据表或其他查询中筛选出符合条件的记录。查询结果以二维表的形式显示,是一个动态数据集合,每执行一次查询操作都会显示数据源中最新数据。在 Access 中,查询也是一个表,是以表为基础数据源的虚表,它是一个或多个表的相关信息的"视图"。查询可以作为表加工处理后的结果,也可以作为数据库其他数据库对象的数据来源。图 2-3 展示了查询"选课人数统计"的浏览界面。

3. 窗体

窗体是用户与 Access 应用程序之间的主要接口,它主要用于提供数据库的操作界面,供用户显示和修改表中的数据。课程信息浏览窗体如图 2-4 所示。窗体的数据源来自表或查询,利用窗体可以将整个应用程序组织起来,形成一个完整的应用系统。

图 2-3 "选课人数"查询浏览界面

图 2-4 "课程"信息浏览窗体

4. 报表

报表用来以格式化方式显示并打印数据。利用报表可以整理和计算基本表中的数据,有选择地显示指定信息,如图 2-5 所示。报表的数据源来自表、查询或 SQL 语句,利用报表可以对记录进行分组并对数据进行汇总。

图 2-5 "选课"报表

5. 页

页又称为数据访问页,是一种特殊的 Web 页,为通过网络发布数据提供方便。数据访问页直接与数据库相连,用户通过数据访问页查看和编辑 Access 数据库中的数据。对页中数据进行修改、添加或删除操作,结果会保存在数据库中。

6. 宏

宏是一系列操作的集合,每个操作都对应于 Access 的某项特定功能,如打开窗体、打印报表。可以将使用频率高的大量的重复性操作创建成宏,使这些操作可以自动完成。

用户通过宏可以完成大多数的数据处理任务,甚至可以开发具有特定功能的数据库应用程序。

7. 模块

模块是(Visual Basic for Applications, VBA)程序的集合,用于实现数据库较为复杂的操作,如图 2-6 所示。

模块将声明和过程作为一个单元保存,完成宏不能完成的任务。模块有两个基本类型,即类模块和标准模块。类模块与某个窗体或报表相关联,标准模块存放供其他 Access 数据库对象使用的公共过程。

图 2-6 模块"设计"窗口

2.2 创建数据库

在 Access 中,创建数据库通常有两种方法:一种方法是利用 Access 提供的向导程序创建数据库;另一种方法是直接创建空数据库。

2.2.1 利用向导创建数据库

向导是 Access 系统为了方便用户建立数据库而设计的一系列模板类型的软件程序,通过它可以大大方便初学创建数据库及数据库对象的用户。这些向导程序包括数据库、表、窗体等向导。用户可以根据自己的需要选择相应的模板创建数据库及其他对象。

【实例 2-1】 利用向导创建一个"订单管理"数据库。

操作步骤如下:

(1) 在主窗口使用菜单"文件"|"新建"命令,打开"新建文件"任务窗格,如图 2-7 所示。

图 2-7 "新建文件"任务窗格

(2) 在"新建文件"任务窗格上单击"本机上的模板"选项,打开"模板"对话框,如图 2-8 所示。

图 2-8 "模板"对话框

（3）在"模板"对话框中选择"数据库"选项卡，系统列出了所提供的数据库模板的名称和图标，这些图标代表不同的数据库向导。选中"订单"向导，然后单击"确定"按钮，打开"文件新建数据库"对话框，如图 2-9 所示。

图 2-9 "文件新建数据库"对话框

（4）在"文件新建数据库"对话框中，在"文件名"文本框中输入数据库文件名称为"订单管理"，通过"保存位置"列表框选择文件的保存路径，单击"创建"按钮，打开"数据库向导"对话框，列出了"订单"数据库中可以存储的信息，如图 2-10 所示。

图 2-10 "数据库向导"对话框

（5）单击"下一步"按钮，打开"表中的字段"面板，如图 2-11 所示。在该对话框中，列出了数据库中存储的表和字段，可以对某些字段进行选择，显示方式为斜体的是可选字段，否则为必选字段。

图 2-11　"表中的字段"面板

（6）单击"下一步"按钮，打开"请确定屏幕的显示样式"面板，如图 2-12 所示。可以根据自己的喜好选择窗体的屏幕显示样式。

图 2-12　"请确定屏幕的显示样式"面板

（7）单击"下一步"按钮，打开"确定报表样式"面板，如图 2-13 所示，确定报表打印所用的样式。

（8）单击"下一步"按钮，打开"请指定数据库的标题"面板，如图 2-14 所示。输入数据库的标题为"订单"，若需要，还可以为报表添加图片。

（9）单击"下一步"按钮，打开"请确定向导构建完数据库之后是否启动该数据库"面板，如图 2-15 所示。至此，由向导创建数据库所需信息已经完成，可以选择在创建数据库完成后是否启动数据库。

（10）单击"确定"按钮，系统开始创建数据库。在数据库创建过程中会显示创建数据

图 2-13 "确定报表样式"面板

图 2-14 "请指定数据库的标题"面板

图 2-15 "请确定向导构建完数据库之后是否启动该数据库"面板

库的过程。数据库创建完成后,显示如图 2-16 所示的对话框,系统自动产生的应用程序会先要求输入公司信息,这些数据是该应用程序必备的基本数据。

图 2-16 "公司信息"对话框

(11) 单击"确定"按钮,打开"我的公司信息"对话框,如图 2-17 所示。输入公司信息数据,然后单击"关闭"按钮关闭对话框,系统将这些数据自动保存在"我的公司信息"表中。

图 2-17 "我的公司信息"对话框

数据库创建完成后,会执行系统自动生成的应用程序,其主切换面板如图 2-18 所示。可以通过切换按钮进入各窗口或退出数据库。

图 2-18 窗口切换面板

说明:用户不能对数据库中的表进行选择,若生成的数据库不能满足需求,可以在数据库创建完成后进行修改。

2.2.2 直接创建空数据库

如果用户想根据自己的需要创建数据库,则可直接创建空数据库,然后创建数据库中的其他对象。

【实例 2-2】 直接创建一个"选课管理"数据库。

操作步骤如下:

(1) 在主窗口使用菜单"文件"|"新建"命令,打开"新建文件"面板,如图 2-7 所示。

(2) 在"新建文件"面板上单击"空数据库"选项,打开数据库"文件新建数据库"对话框,如图 2-19 所示。

图 2-19 "文件新建数据库"对话框

(3) 在"文件新建数据库"对话框中,在"文件名"文本框中输入数据库文件名称为"选课管理",通过"保存位置"列表框选择文件的保存路径,单击"创建"按钮,完成数据库的创建,在数据库中无任何数据对象,如图 2-20 所示。

图 2-20 "选课管理:数据库"窗口

2.3 数据库打开与关闭

在数据库管理过程中,经常对数据库进行访问,使用时需要打开数据库,使用后要将数据库关闭。本节将介绍数据库打开与关闭的方法。

2.3.1 打开数据库

打开数据库,也就是将数据库文件调入到内存,打开数据库后,可以对数据库其他对象进行操作。

【实例2-3】 打开"订单管理"数据库。

操作步骤如下:

(1) 选择菜单"文件"|"打开"命令,打开"打开"对话框,如图2-21所示。

图2-21 "打开"对话框

(2) 在"查找范围"下拉列表框中选择数据库文件所在的文件夹,在"文件名"文本框中输入要打开的数据库文件名为"订单管理",或在"文件类型"列表中直接选择数据库文件名,然后单击"打开"按钮,数据库文件将被打开,数据库中的所有对象将出现在窗口中,如图2-22所示。

图2-22 "订单管理:数据库"窗口

说明：可以通过"打开"按钮右侧的箭头选择数据库打开方式，如图 2-23 所示。

图 2-23 "打开"菜单

（1）如果选择"打开"，被打开的数据库可以被网络中的其他用户共享，这是默认的数据库文件打开方式。

（2）如果选择以"以只读方式打开"，只能使用、浏览数据库中的对象，不能对其进行修改。

（3）如果选择以"以独占方式打开"，则其他用户不可以使用该数据库。

（4）如果选择以"以独占、只读方式打开"，则只能是使用、浏览数据库对象，不能对其进行修改，其他用户不可以使用该数据库。

2.3.2 关闭数据库

关闭数据库是指将数据库从内存中清除，关闭数据库后数据库窗口将关闭。关闭数据库有以下几种方法：

- 选择菜单"文件"|"关闭"命令。
- 选择菜单"文件"|"退出"命令。
- 单击数据库窗口标题栏上的"关闭"按钮。
- 按 Ctrl＋F4 键。

2.4 思考与练习

一、思考题

1. 数据库中有哪些对象？这些对象的作用是什么？
2. 如何启动 Access 数据库管理系统？
3. 打开数据库文件的方法有哪些？

二、上机操作题

1. 创建一个空数据库，数据库的名称为"教师管理"。
2. 利用向导创建一个"联系人管理"数据库。

第3章

表

学习目标

通过本章的学习,应该掌握以下内容:

(1) 创建表的方法。

(2) 设置表中字段的属性。

(3) 数据的编辑方法。

(4) 索引和主键的创建。

(5) 关系的创建和编辑。

3.1 表的概念

在关系型数据库中,表是用来存储和管理数据的对象,它是整个数据库系统的基础,也是数据库其他对象的操作基础。

在 Access 中,表是一个满足关系模型的二维表,即由行和列组成的表格。表存储在数据库中并以唯一的名称标识,表的名称可以使用汉字或英文字母等。

3.1.1 表的结构

表由表结构和表中数据组成。表的结构由字段名称、字段类型以及字段属性组成。

字段名称是指二维表中某一列的名称。字段的命名必须符合以下规则:可以使用字母、汉字、数字、空格和其他字符,长度为 1～64 个字符,但不能使用"。"、"!"、"["、"]"等。

字段类型是指字段取值的数据类型,即表中每列数据的类型,可以使用文本型、数字型、备注型、日期/时间型、逻辑型等 10 种数据类型。

字段属性是指字段特征值的集合,分为常规属性和查阅属性两种,用来控制字段的操作方式和显示方式。字段说明是对字段的说明。

在选课管理系统中,包含"教师"表、"学生"表、"课程"表、"选课"表及"用户"表等。各个表的结构如下:

(1)"教师"表:字段包括编号、姓名、性别、参加工作日期、职称、工资、教研室、邮政编码和电话等,如图 3-1 所示。

图 3-1　教师表结构

（2）"学生"表：字段包括学号、姓名、性别、出生日期、政治面貌、家庭住址、专业、电话、照片等，如图 3-2 所示。

（3）"课程"表：字段包括课程号、课程名称、开课学期、学时、学分、课程类别、专业、教研室等，如图 3-3 所示。

图 3-2　学生表结构

图 3-3　课程表结构

（4）"选课"表：字段包括学号、课程号和成绩等，如图 3-4 所示。

（5）"用户"表：字段包括用户名、密码和权限等，如图 3-5 所示。

图 3-4　选课表结构

图 3-5　用户表结构

3.1.2　字段的数据类型

数据类型决定了表中数据的存储形式和使用方式。在 Access 中，字段的数据类型可分以为文本型、备注型、数字型、日期/时间型、货币型、自动编号型、是/否（逻辑）型、OLE 对象型、超链接型以及查阅向导型 10 种。

1. 文本型

文本型字段用来存放字符串数据。如学号、姓名、性别等字段。文本型数据可以存储汉字和 ASCII 字符集中可打印字符，文本型字段数据的最大长度为 255 个字符，系统默认的字段长度为 50，用户可以根据需要自行设置。例如，设置字段大小为 5，则该字段的值最多只能容纳 5 个字符。

2. 备注型

备注型字段用来存放较长的文本型数据。如备忘录、简历等字段。备注型数据是文本型数据类型的特殊形式，备注型数据没有数据长度的限制，但受磁盘空间的限制。当字段中存放的字符个数超过 255 时，应该定义该字段为备注型。

3. 数字型

数字型字段用来存储由整数、实数等可以进行计算的数据。根据数字型数据的表示形式和存储形式的不同，数值型可以分为整型、长整型、单精度型、双精度型等，其数据的长度由系统设置，分别为 1、2、4、8 个字节。

4. 日期/时间型

日期/时间型字段用于存放日期、时间或日期时间的组合。如出生日期、参加工作时间等字段。日期/时间型数据分为常规日期、长日期、中日期、短日期、长时间、中时间、短时间等类型。字段大小为 8 个字节，由系统自动设置。

5. 货币型

货币型字段用于存放具有双精度属性的货币数据。当输入货币型数据时，系统会根据所输入的数据自动添加货币符号及千位分隔符，当数据的小数部分超过 2 位时，系统会自动完成四舍五入。字段大小为 8 个字节，由系统自动设置。

6. 自动编号型

自动编号型字段用于存放系统为记录绑定的顺序号。自动编号型字段的数据无须输入，当增加记录时，系统为该记录自动编号。字段大小为 4，由系统自动设置。

一个表只能有一个自动编号型字段，该字段中的顺序号永久与记录相连，不能人工指定或更改自动编号型字段中的数值。删除表中含有自动编号字段的记录以后，系统将不再使用已被删除的自动编号字段中的数值。

7. 是/否型

是/否型字段用于存放逻辑数据，表示"是/否"或"真/假"。字段大小为 1，由系统自动设置。如婚否、团员否等字段可以使用是/否型。

8. OLE 对象型

OLE(Object Linking and Embedding)的中文含义是"对象的链接与嵌入"，用来链接或嵌入 OLE 对象，如文字、声音、图像、表格等。表中的照片字段应设为 OLE 对象类型。

9. 超链接型

超链接型字段存放超链接地址，如网址、电子邮件。超链接型字段大小不定。

10. 查阅向导型

查阅向导型字段仍然显示为文本型,所不同的是该字段保存一个值列表,输入数据时从一个下拉式值列表中选择。

3.2 创建表

3.2.1 创建表结构

创建表的方法有以下几种:

- 使用设计器创建表。
- 使用向导创建表。
- 通过输入数据创建表。
- 导入表。

1. 使用设计器创建表

使用设计器创建表,可以根据用户的需要创建表。

【**实例 3-1**】 使用设计器创建学生表结构,表结构如图 3-2 所示。

操作步骤如下:

(1)打开数据库"选课管理"。

(2)在"数据库"窗口中单击"新建"按钮,打开"新建表"对话框,如图 3-6 所示。

(3)在"新建表"对话框中选择"设计视图",单击"确定"按钮,打开"表"编辑器,如图 3-7 所示。

图 3-6 "新建表"对话框

图 3-7 "表"编辑器

(4)在"表"编辑器中,定义每个字段的名字、类型、长度和索引等信息,如图 3-8 所示。

(5)选择菜单"文件"|"保存"命令,打开"另存为"对话框,在文本框中输入表名为"学

生",然后单击"确定"按钮,保存创建的表,如图 3-9 所示。

图 3-8　定义每个字段

图 3-9　"另存为"对话框

2. 使用向导创建表

使用向导创建表,就是按照系统的示例为样本,根据系统的提示完成表的创建。

【实例 3-2】　使用向导创建"成绩"表。

操作步骤如下:

(1) 打开数据库"选课管理"。

(2) 在"数据库"窗口中单击"新建"按钮,打开"新建表"对话框,如图 3-6 所示。

(3) 在"新建表"对话框中选择"表向导",打开"表向导"对话框,选择示例表(学生和课程)和示例字段(学生课程 ID、课程 ID、学生 ID 及成绩),选中的字段将显示在右边的字段列表中,如图 3-10 所示。

图 3-10　选择表和字段

(4）单击"下一步"按钮，指定表的名称并确定是否设置主键，如图 3-11 所示。

图 3-11　指定表名和设置主键

（5）输入表名为"成绩"，并选中"不，让我自己设置主键"单选按钮，然后单击"下一步"按钮，打开如图 3-12 所示的对话框，设置新表与数据库已有表之间的相关性(本步跳过)。

图 3-12　设置表之间的相关性

（6）单击"下一步"按钮，如图 3-13 所示，设置创建表完成后的动作(可以选择"直接向表中输入数据"单选按钮)，单击"完成"按钮，完成表的创建。

图 3-13　选择表创建之后的动作

说明：

（1）用该方法创建表，除了可以直接选择示例字段外，还可以对字段重新命名。

（2）创建表完成后直接进入数据输入界面，可以直接向表中输入数据。

3. 通过输入数据创建表

利用"通过输入数据创建表"的方法创建表，系统会打开数据浏览窗口，系统将根据用户输入的数据类型来定义字段类型。

【实例3-3】 利用"通过输入数据创建表"的方法创建"用户"表。

操作步骤如下：

（1）打开数据库"选课管理"。

（2）在"数据库"窗口中选中表对象，如图3-14所示。

图3-14 "数据库"窗口

（3）选中"通过输入数据创建表"并双击，打开"数据浏览"窗口，在表格中输入数据，如图3-15所示。

图3-15 "数据浏览"窗口

（4）输入结束后，单击"关闭"按钮，系统会自动提示保存表，如图3-16所示。

（5）单击"是"按钮，显示"另存为"对话框，如图3-17所示。

图3-16 保存表对话框　　　　　　　　　图3-17 "另存为"对话框

（6）单击"确定"按钮，完成表的创建。

说明：用这种方法创建的表字段名由系统指定，用户可以根据需要进行重命名，而每个字段的类型由输入数据的类型确定。

4. 导入表

导入表是指利用已有的数据文件创建新表，这些数据文件可以是电子表格、文本文件或其他数据库系统创建的数据文件。利用 Access 系统的数据导入功能可以将数据文件中的数据导入到当前数据库中。

【实例 3-4】 将 Excel 电子表格文件 stu. xls 中的数据导入到选课管理数据库中，表的名称为 student。

操作步骤如下：

（1）打开数据库"选课管理"。

（2）选择菜单"文件"|"获取外部数据"|"导入"命令，打开"导入"对话框，如图 3-18所示。

图 3-18 "导入"对话框

（3）通过"查找范围"列表框选择 Excel 文件所在的目录路径，选中要导入的文件图标或在"文件名"文本框中输入 stu，然后在"文件类型"下拉列表框中选择文件类型为Microsoft Excel，再单击"导入"按钮，打开"导入数据表向导"对话框，如图 3-19 所示。

图 3-19 "导入数据表向导"对话框

(4）选择"显示工作表"或"显示命名区域"单选按钮（这里选择"显示工作表"），系统会自动显示表中的数据，单击"下一步"按钮，打开"指定表第一行是否包含列标题"面板，如图3-20所示。

图3-20　指定表第一行是否包含列标题

（5）勾选"第一行包含列标题"复选框，系统将第一行的数据作为新表的结构，第二行以后的数据作为表中的记录，然后单击"下一步"按钮，打开"请选择数据的保存位置"面板，如图3-21所示。

图3-21　选择数据的保存位置

（6）选择"新表中"单选按钮，然后单击"下一步"按钮，可选择定义主键的方式，如图3-22所示。

（7）选择定义主键的方式为"不要主键"，单击"下一步"按钮，在打开的对话框中输入新表的名称为student，然后单击"完成"按钮，导入表操作完成。

说明：

（1）使用"导入表"方法创建的表，不仅创建了表结构，而且为表中添加了数据，

（2）使用"导入表"方法创建的表，所有字段的宽度都取系统默认值。

图 3-22　选择定义主键的方式

3.2.2　输入数据

创建表完成后,首先要做的工作是向表中输入数据,输入数据时要使用规范的数据格式,这是数据管理规范化的关键。

1. 数据的输入方法

对不同类型的数据,数据的表示形式不同,数据的输入方法也有所不同。

1) 文本型

直接输入字符串,字符串的长度不能超过所设置的字段大小,超出部分系统自动截断。

2) 备注型

直接输入字符串,备注型字段大小是不定的,由系统自动调整,最多可达 64KB。

3) 日期/时间型

日期/时间型的常量要用一对♯号括起来。例如,♯1990-1-1♯表示 1990 年 1 月 1 日。在表中输入数据时,日期型数据的输入格式为 yyyy-mm-dd 或 mm-dd-yyyy,其中 y 表示年,m 表示月,d 表示日。

4) 货币型

向货币型字段输入数据时,系统会自动给数据添加 2 位小数,并显示美元符号与千位分隔符。

5) 自动编号型

数据由系统自动添加,不能人工指定或更改自动编号型字段中的数值。删除表中含有自动编号字段的记录以后,系统将不再使用已被删除的自动编号字段中的数值。

例如,输入 10 条记录,自动编号为 1～10,删除前 3 条记录,自动编号为 4～10,删除第 7 条记录,自动编号中永远没有 7。

6) 是/否型

用鼠标单击是/否型字段,可以选择其值,用√表示"真",不带√表示"假","真"值用

true 或 on 或 yes 表示,"假"值用 false 或 off 或 no 表示。

7) OLE 对象型

OLE 对象型字段不能在单元格中直接输入,输入的步骤如下:

(1) 右击 OLE 对象型字段的单元格,在弹出的快捷菜单中选择"插入对象"命令,打开 Microsoft Office Access 对话框,如图 3-23 所示。

图 3-23　Microsoft Office Access 对话框

(2) 选择插入对象的类型,然后选择对象的创建方式,例如,选择"由文件创建"单选按钮,打开文件浏览或链接对话框,如图 3-24 所示。

图 3-24　文件浏览或链接对话框

(3) 选择需要插入的文件,然后单击"确定"按钮,即完成对象的插入,这时 OLE 对象型字段显示的数据为插入文件的类型,例如,插入了一个位图文件,则显示的信息为"位图图像"。OLE 对象只能在窗体或报表中用控件显示,不能对 OLE 对象型字段进行排序、索引或分组。

8) 查阅向导型

查阅向导型字段值列表的内容可以来自表或查询,也可以来自定义一组固定不变的值。例如,将"性别"字段设为查阅向导型以后,只要在"男"和"女"值中选择一个即可。

2. 表中数据的输入

表结构设计完成后可以直接向表中输入数据,也可以重新打开表输入数据。打开表的方法有以下几种:

· 双击要打开的表的图标。

· 右击要打开的表的图标,在弹出的快捷菜单中选择"打开"命令。

- 选中要打开的表的图标,单击"打开"按钮。
- 若表处于设计视图状态下,右击在弹出的快捷菜单中选择"数据表视图"命令即可转换到浏览窗口。

【**实例 3-5**】 输入"学生"表的数据,如图 3-25 所示。

图 3-25 "学生"表数据

操作步骤如下:

(1) 打开数据库"选课管理"及"学生"表,进入数据表视图,如图 3-26 所示。

图 3-26 "数据浏览"窗口

(2) 在数据表窗口中,选中单元格,输入所需要的数据。

3.3 表的属性设置

在设计表结构时,用户应仔细考虑每个字段的属性,如字段名、字段类型、字段大小,此外,还要考虑对字段显示格式、字段掩码、字段标题、字段默认值、字段的有效性及有效文本等属性进行定义。

3.3.1 设置字段显示格式

设置字段输入/显示格式,可以保证数据按照指定的要求输入和输出。格式设置用于定义数据显示或打印格式。它只改变数据的显示格式而不改变保存在数据表中的数据。用户可以使用系统的预定义格式,也可以使用格式符号来设置自定义格式,不同的数据类型有着不同的格式。

1. 文本型和备注型字段的格式

对于文本型和备注型字段,系统没有预定义格式,但可以使用如表 3-1 所示的格式符创建自定义格式。自定义格式为:

<格式符号>;<字符串>

其中,<格式符号>用来定义文本字段的格式,<字符串>用来补充定义字段为空时的字段格式。

表 3-1　文本型和备注型数据类型的格式符号

格式字符	说　明	格式设置示例	数据格式示例
@	要求是文本字符(字符或空格)	(@@@@)@@@@@@@@	输入 01012345678 显示 (010)12345678
&	不要求是文本字符	&&-&&&	输入 11000 显示 11-000
<	把所有英文字母转换为小写	<	输入 abcDE 显示 abcde
>	把所有英文字母转换为大写	>	输入 ABCde 输出 ABCDE
!	将数据向左对齐	!	
—	将数据向右对齐	—	

2. 数字和货币型字段的格式

系统提供了数字和货币型字段的预定义格式,分别是常规数字、货币、欧元、固定、标准、百分比和科学记数等。

用户也可以使用如表 3-2 所示的符号创建自定义格式。

表 3-2　数值和货币数据类型的格式符号

格式字符	说　明	格式设置示例	数据格式示例
.	小数分隔符	00.00	输入 85.00 显示 85.00
,	千位分隔符	#,000.00	输入 12345 显示 12,345.00
0	数字占位符,显示一个数字或 0	000.00	输入 75 显示 075.00
#	数字占位符,显示一个数字或不显示	#,##0.##	输入 765.4 显示 765.4
$	显示字符"$"	$#.##0.00	输入 12.34 显示 $12.34
%	用百分号显示数据	###.##%	输入 0.345 显示 34.5%
E+或 e+ E+或 e+	用科学记数显示数据,在负指数后面加一个减号,正数不加,该符号必须与其他符号一起使用	###E+00	输入 9876543.21 显示 988E+04

自定义格式为:

<正数格式>;<负数格式>;<零值格式>;<空值格式>

格式中共有 4 部分,每个部分都可以省略,未指定格式的部分将不显示任何信息。

3. 日期/时间型字段的格式

系统提供了日期/时间型字段的预定义格式,共分为 7 种格式,分别为常规日期、长日期、中日期、短日期、长时间、中时间、短时间类型,用户可以直接使用列表框选择,如图 3-27 所示。

图 3-27　日期/时间型字段的预定义格式

用户也可以使用如表 3-3 所示的符号创建自定义格式。

表 3-3　日期/时间型数据类型的格式符号

格 式 字 符	说　　　明
:	时间分隔符
/	日期分隔符
c	与常规日期的预定义
d 或 dd	月中的日期,一位或两位表示
ddd	英文星期名称的前 3 个字母(Sun～Sat)
dddd	英文星期名称的全名(Sunday～Saturday)
ddddd	与短日期的预定义格式相同
dddddd	与长日期的预定义格式相同
w	一周中的日期(1～7)
ww	一年中的周(1～53)
m 或 mm	一年中的月份,一位或两位表示(1～12 或 01～12)
mmm	英文月份名称的前 3 个字母(Jan～Dec)
mmmm	英文星期名称的全名(January～December)
q	一年中的季度(1～4)
y	一年中的天数(1～366)
yy	年度的最后两位表示(01～99)

格 式 字 符	说　　明
yyyy	年度的完整表示(0100～9999)
h 或 hh	小时,一位或两位表示(0～23 或 00～23)
n 或 nn	分钟,一位或两位表示(0～59 或 00～59)
s 或 ss	秒,一位或两位表示(0～59 或 00～59)
tttt	与长时间的预定义格式相同
AM/PM 或 A/P	用大写字母 AM/PM 表示上午/下午的 12 小时的时钟
am/pm 或 a/p	用小写字母 am/pm 表示上午/下午的 12 小时的时钟
AMPM	用上午/下午标志的 12 小时的时钟。标志在 Windows 区域设置的上午/下午设置中定义

说明:在自定义格式中可以添加逗号或其他分隔符,但分隔符必须用双引号括起来。

【实例 3-6】　在学生表中完成下列设置:

(1) 设置"学号"字段的数据靠右对齐。

(2) 设置"家庭住址"字段的格式为:当字段中无数据时,显示"不祥"。

(3) 将"出生日期"字段的显示格式设置为:"英文月份的前 3 个字母,日,年"。

操作步骤如下:

(1) 打开数据库"选课管理"。

(2) 在"数据库"窗口中选择"学生"表,打开"设计视图"窗口。

(3)·选中"学号"字段,在"常规"属性选项中选择格式,输入-,如图 3-28 所示。

图 3-28　"学生"表"设计视图"窗口

(4) 选中"住址"字段,在"常规"属性选项中选择格式,输入"@;"不祥""。

(5) 选中"出生日期"字段,在"常规"属性选项中选择格式,输入"mmm,dd,yyyy",这时日期型数据♯1982-7-1♯显示为"Jul,01,1982"。

说明:格式符中的引号为英文双引号。

3.3.2 设置字段的小数位数、输入掩码

有时需要控制数值型数据的小数位数，利用小数位数属性可以对数值型和货币型的字段设置显示小数的位数；若想控制输入数据时的格式，则通过设置其输入掩码属性来完成。

小数位数属性只影响数据显示的小数位数，不影响保存在表中的数据。小数位数可以在 0～15 位之间，系统的默认值为 2，在一般情况下都使用"自动"设定值。

输入掩码属性主要用于文本、日期/时间、数字和货币型字段，用来定义数据的输入格式，并可以对数据输入做更多的控制以保证输入正确的数据。

自定义输入掩码格式为：

<输入掩码的格式符>;<0、1 或空白>;<任何字符>

其中：

（1）输入掩码的格式符用于定义字段的输入数据的格式，如表 3-4 所示。

表 3-4　输入掩码的格式符号

格 式 字 符	说　　明
0	在掩码字符位置必须输入数字
9	在掩码字符位置输入数字或空格，保存数据时保留空格位置
#	在掩码字符位置输入数字、空格、加号或减号
L	在掩码字符位置必须输入英文字母，大小写均可
?	在掩码字符位置输入英文字母或空格，字母大小写均可
A	在掩码字符位置必须输入英文字母或数字，字母大小写均可
a	在掩码字符位置输入英文字母、数字或空格，字母大小写均可
&	在掩码字符位置必须输入空格或任意字符
C	在掩码字符位置输入空格或任意字符
. , : ; - /	句点、逗号、冒号、分号、减号、正斜线，用来设置小数点、千位、日期时间分隔符
<	将其后所有字母转换为小写
>	将其后所有字母转换为大写

（2）<0、1 或空白>用来确定是否把原样的显示字符存储到表中，如果是 0，则将原样的显示字符和输入值一起保存；如果是 1 或空白，则只保存非空格字符。

（3）<任何字符>用来指定在输入掩码中输入字符的地方如果输入空格时显示的字符。可以使用任何字符，默认为下划线；如果要显示空格，应使用双引号将空格括起来。

【实例 3-7】　在教师表中完成下列属性设置：

（1）设置"工资"字段的小数位数为 2。

（2）设置"邮政编码"字段的输入格式为 6 位数字或空。

（3）将"工资"字段的输入格式设置为：整数部分最多 5 位，使用千位分隔符，小数取 2 位。

操作步骤如下：

（1）打开数据库"选课管理"。

（2）在"数据库"窗口中选择"教师"表，打开"设计视图"窗口。

（3）选中"工资"字段，在"常规"属性选项中选择小数位数，输入 2，如图 3-29 所示。

图 3-29　"教师"表"设计视图"窗口

（4）选中"邮政编码"字段，在"常规"属性选项中选择输入掩码，输入 000000。

（5）选中"工资"字段，在"常规"属性选项中选择输入掩码，输入"＃＃，＃＃＃.＃＃"

说明：对同一个字段，定义了输入掩码又定义了格式属性，则在显示数据时，格式属性优先。

3.3.3　设置有效性规则和有效性文本

输入数据时有时需要限定输入数据的内容，如性别只允许输入"男"或"女"，成绩的值在 0～100 之间等，这些都是通过设置有效性规则和有效性文本来实现的。

有效性规则用于设置输入到字段中的数据的值域。有效性文本是设置当用户输入字段有效性规则不允许的值时显示的出错提示信息，用户必须对字段值进行修改，直到数据输入正确。

如果不设置有效性文本，出错提示信息为系统默认显示信息。

有效性规则可以直接在"有效性规则"文本框中输入表达式，也可以单击其右边的 ... 按钮，在打开的"表达式生成器"中完成编辑。

【实例 3-8】　按要求进行下列设置。

（1）对于"学生"表，设置"性别"字段的值只能是"男"或"女"，当输入数据出错时，显示信息"请输入男或女"。

（2）对于"选课"表，将"成绩"字段的取值范围设置为 0～100，当输入数据出错时，显示信息"请输入 0 到 100 之间的数"。

操作步骤如下：

（1）打开"选课管理"数据库。

（2）选择"学生"表，打开"设计视图"窗口，选中"性别"字段，在"有效性规则"文本框中输入""男" Or "女""，在"有效性文本栏"文本框中输入""请输入男或女""，如图 3-30 所示。

（3）选择"选课"表，打开"设计视图"窗口，选中"成绩"字段，在"有效性规则"文本框中输入"<=0 and <=100"，在"有效性文本栏"文本框中输入""请输入 0 到 100 之间的数""，如图 3-31 所示。

图 3-30　"学生"表"有效性规则"设置　　　　图 3-31　选课表"有效性规则"设置

3.3.4　查阅属性的设置

"查阅"字段提供了一系列值，在输入数据时可以从中选择。这使得数据输入更容易，并可以确保该字段中数据的一致性。"查阅"字段提供的值列表中的值可以来自表或查询，也可以来自指定的固定值集合。

【实例 3-9】　使用查阅属性设置完成下列操作。

（1）对于"学生"表，设置"政治面貌"字段的取值为"党员、团员、民主党派、群众"或其他值。

（2）对于"教师"表，设置"系号"字段的取值来自于"系部"表中的系名称。

操作步骤如下：

（1）设置"政治面貌"字段的取值为"党员、团员、民主党派、群众"或输入其他值。

① 打开数据库"选课管理"。

② 选择"学生"表，进入表设计视图。

③ 选中"政治面貌"字段，并单击"查阅"选项，在"显示控件"中选择控件类型为"组合框"，在"行来源类型"框中输入行来源的类型为"值列表"。在"行来源"中输入行源的名称为"党员;团员;民主党派;群众"，其他项目取默认值，如图 3-32 所示。

图 3-32　设置"政治面貌"字段的查阅属性

（2）设置"教师"表中"系号"字段的取值来自于"系部"表中的系名称

① 打开数据库"选课管理"。

② 选择"教师"表，进入表设计视图。

③ 选中"系号"字段，在数据类型单击"查阅向导"选项，进入"查阅向导"向导窗口，如图 3-33 所示。

图 3-33　确定查阅列获取数值的方式

④ 利用单选按钮选择获取数据的方式"使用查阅列查阅表或查询中的值"，单击"下一步"按钮，如图 3-34 所示。

⑤ 选择视图方式"表"，并在列表框中选择所需要的表名"系部"，单击"下一步"按钮，如图 3-35 所示。

⑥ 选择可用字段"系号"、"系名称"，单击"下一步"按钮，如图 3-36 所示。

图 3-34　选择为查阅列提供数值表或查询

图 3-35　选择查阅列所使用的字段

图 3-36　指定查阅列的宽度

　　⑦ 指定查阅列的宽度,可以直接拖动鼠标来设置宽度,然后选择是否"隐藏键列",单击"下一步"按钮,如图 3-37 所示。

图 3-37　为查阅列指定标签

若选中"隐藏键列",则在数据表视图中,隐藏关联字段"系号"的值,看到的数据是与系号对应的系名。

⑧ 为了查阅列指定标签(输入"系号及系名"),单击"完成"按钮,属性设置完成,如图 3-38 所示。

图 3-38　"教师"表设计视图

在图 3-39 中可以看到,"系号"字段的名称修改为"系号及系名",其查阅属性也进行了相应的设置,其中,"显示控件"为"组合框","行来源类型"为"表/查询","行来源"为"SELECT 系部.系号,系部.系名称 FROM 系部;",这是一条 SQL 查询语句,是利用"教师"表和"系部"表的关联产生的查询(参见第 4 章)。

说明:

(1) 上面的操作分别使用了直接设置查阅属性和查阅向导两种方法。直接设置查阅属性需要自行设置各参数的值,而利用查阅向导需要根据系统提示进行相应的选择。

(2) 在"显示控件"中,选择要用于窗体中查找列的控件的类型有 3 种方式。

- 选择"文本框",可以创建一个文本框,是系统默认选项。
- 选择"列表框",可以创建一个列表框,并使其后面的 6 个属性可用。在这种方式下,用户可以单击控件显示一个列表,并从该列表中选择一项。
- 选择"组合框",可以创建一个组合框,并使接下来的所有属性都可用。在这种方式下,用户既可以输入一个值,也可以单击控件显示一个列表,并从该列表中选择一项。

(3) 在"行来源"属性中,行源的名称有 3 种形式。

- 如果"行来源类型"设为"表/查询",则在下拉列表中选择表或查询。
- 如果"行来源类型"设为"值列表",请输入值的列表,并用分号分隔,例如"党员;团员;民主党派;群众"(不带引号)。
- 如果"行来源类型"设为"字段列表",请输入要在列表框或组合框中使用的字段列表,这些字段来自"行来源类型"中指定的查询或 SQL 语句。

(4) 在"绑定列"属性中,输入要绑定的列数。这些列与绑定的多列列表框或组合框的基础字段绑定在一起。该数字是有所偏移的:第一列为 0,第二列为 1,第三列为 2,以此类推。

(5) 设置完成后,需要保存,切换到"数据表"视图,即可验证结果。

3.4 表的编辑

在数据管理过程中,有时会发现数据表设计不是很合理,需要对表的结构或表中的数据进行调整或修改。Access 允许对表进行编辑和修改,对表的修改可以分为修改表的结构和修改表中的数据。

3.4.1 修改表结构

修改表结构包括修改字段名、字段类型、字段大小,还可以增加新字段、删除字段、插入新字段及修改字段的属性,这些操作都通过表设计器来完成。

【实例 3-10】 在学生表中按照下要求修改表结构。

(1) 将"学号"字段的字段大小改为 10。

(2) 将"住址"字段的名称改为"家庭住址"。

(3) 将"备注"字段的类型改为"备注"型。

(4) 在照片字段前面增加 E-mail 字段,数据类型为文本型,字段大小为 20。

(5) 删除"照片"字段。

操作步骤如下:

(1) 在数据库中选择"学生"表,打开"设计视图"窗口。

(2) 选中"学号"字段,在"常用"属性选项中选择"字段大小",输入 10。

(3) 选中"住址"字段,右击该字段名,在弹出的快捷菜单中选择"重命名"命令,然后输入"家庭住址",如图 3-39 所示。

(4) 选中"备注"字段,选中数据类型并在下拉列表框选择"备注",如图 3-40 所示。

图 3-39　修改表结构窗口　　　　　　　　图 3-40　修改字段数据类型窗口

（5）右击字段"照片"，在弹出的快捷菜单中选择"插入行"命令，出现一个空行，将光标定位于该空白行中，输入字段名为 E-mail，选择数据类型为"文本型"，并将字段大小设置为 20。

（6）右击"照片"字段，在弹出的快捷菜单中选择"删除行"命令。

（7）关闭并保存表。

表结构修改完成后，要及时保存表，另外在修改表结构之后，可能会造成某些数据丢失。例如，将文本型字段的数据类型改为数字型时，数据由于无法转换造成丢失。

3.4.2　编辑表中的数据

当情况发生变化（如学生学籍变动、教师评聘职称或调整工资）时，要及时对表中的数据进行调整和修改。

表数据的编辑包括数据的修改、复制、查找、替换以及删除记录、插入新记录等。

利用查找和替换功能可以成批修改数据。

利用复制功能可以进行同一个表或不同表之间的数据复制，这样可以保证数据的一致性。例如，可以将学生的学号直接复制到成绩表中。

当删除记录时系统会向用户弹出确认对话框，以防止数据的误删除。

【实例 3-11】　在学生表中按照要求修改表中的数据。

（1）将姓名为"张男"的学生的系号改为 04，将"李悦明"的家庭住址改为"北京市朝阳区"。

（2）删除学号为 02030002 的学生的记录。

（3）插入一条新记录，数据为（05040011，"周强"，"男"，♯1985-11-12♯，"团员"，"沈阳市沈河区"，024-88994321）。

操作步骤如下：

（1）在数据库中选择"学生"表，打开"数据表视图"窗口，如图 3-41 所示。

图 3-41 "编辑数据"窗口

（2）定位于姓名为"张男"的记录，选中"系号"字段，输入 04。定位于姓名为"李悦明"的记录，选中"家庭住址"并输入"北京市朝阳区"。

（3）可以直接定位到指定记录，或通过"查找"功能进行定位，选择菜单"编辑"|"查找"命令，打开"查找和替换"对话框，如图 3-42 所示，输入查找内容为 02030002，查找范围可选择"学生"表，然后单击"查找下一个"按钮，即可将光标定位于指定的记录，选择菜单"编辑"|"删除记录"命令，然后确定即可完成。

图 3-42 "查找和替换"对话框

（4）选择菜单"插入"|"插入新记录"命令，将光标定位于空白记录，按顺序输入数据。操作结果如图 3-41 所示。

3.4.3 表的复制、删除和重命名

在表的修改操作中，除了修改表的结构、数据外，还可以对表进行复制、删除、重命名和打印等操作。

1. 表的复制

表的复制包括复制表结构、复制表结构和数据或把数据追加到另一个表中。

【实例 3-12】 对于学生表，按照要求完成复制操作。

（1）将学生表的结构复制到新表 xs1 中。

（2）将学生表的结构和数据复制到一个新表中，表的名称为 xs。

（3）将学生表的数据复制到表 xs1 中，

操作步骤如下：

（1）打开数据库"选课管理"。

（2）选中"学生"表，选择菜单"编辑"|"复制"命令或右击并在弹出的快捷菜单中选择"复制"命令。

图 3-43　"粘贴表方式"窗口

（3）选择菜单"编辑"|"粘贴"命令，或直接单击"粘贴" 按钮，打开"粘贴表方式"对话框，如图 3-43 所示。

（4）在"表名称"文本框中输入表名为 xs1，并选择"粘贴选项"选项组中的"只粘贴结构"单选按钮，然后单击"确定"按钮，即完成将学生表的结构复制到新表 xs1 中。

（5）重复上面的步骤（1）～步骤（3），在"表名称"文本框中输入表名为 xs，并选择"粘贴选项"选项组中的"结构和数据"单选按钮，然后单击"确定"按钮，即可将学生表的结构和数据复制到一个新表中。

（6）重复上面的步骤（1）～步骤（3），在"表名称"文本框中输入表名为 xs1，并选择"粘贴选项"选项组中的"将数据追加到已有的表"单选按钮，然后单击"确定"按钮，即可将学生表的数据复制到表 xs1 中。

2. 表的删除

在数据库的使用过程中，一些无用的表可以进行删除，以释放所占用磁盘空间。

【**实例 3-13**】　删除表 xs1。

操作步骤如下：

（1）打开数据库"选课管理"。

（2）选中表 xs1，按 Delete 键，或选择菜单"编辑"|"删除"命令，打开确认删除对话框，如图 3-44 所示，单击"是"按钮即可。

图 3-44　删除确认对话框

3. 表的重命名

对表重命名也就是对表的名称进行修改，可以使用菜单或快捷菜单来实现。

【**实例 3-14**】　将表 xs1 更名为"学生_副本"。

操作步骤如下：

（1）打开"选课管理"数据库，进入表设计器。

（2）选中表 xs1，选择菜单"编辑"|"重命名"命令，直接输入表名"学生_副本"。

3.5　创建索引和表间的关系

　　数据库中的多个表之间往往存在着某种关联,如选课表中的学号和课程号分别在学生表和课程表中出现,因此选课表和学生表之间存在着关联,与课程表之间也存在着关联,这就是表之间的关联关系。关联的表之间有相同的字段,它们通过公共字段相关联。

　　索引是按照某个字段或字段集合的值进行记录排序的一种技术,其目的是为了提高检索速度。通常情况下,数据表中的记录是按照输入数据的顺序排列的。当用户需要对数据表中的信息进行快速检索、查询信息时,可以对数据表中的记录重新调整顺序。索引是一种逻辑排序,它不改变数据表中记录的排列顺序,而是按照排序关键字的顺序提取记录指针生成索引文件。当打开表和相关的索引文件时,记录就按照索引关键字的顺序显示。通常可以为一个表建立多个索引,每个索引可以确定表中记录的一种逻辑顺序。

　　使用索引还是建立表之间关联关系的前提。同一个数据库中的多个表之间若要建立关联关系,首先以关联字段建立索引,才能创建表之间的关系。

3.5.1　创建索引

　　在一个表中可以创建一个或多个索引,可以用单个字段创建一个索引,也可以用多个字段(字段集合)创建一个索引。使用多个字段索引进行排序时,一般按照索引第一个字段进行排序,当第一个字段有重复时,再按第二个关键字进行排序,以此类推。创建索引后,向表中添加记录或更新记录时,索引会自动更新。

　　在 Access 中,除了 OLE 对象型、备注型和逻辑型字段不能建立索引外,其他类型的字段都可以建立索引。

1. 索引的类型

　　索引按照功能可分为以下几种类型。

　　(1)唯一索引:索引字段的值不能重复。若给该字段输入了重复的数据,系统就会提示操作错误。若某个字段的值有重复,则不能创建唯一索引。一个表可以创建多个唯一索引。

　　(2)主索引:同一个表可以创建多个唯一索引,其中一个可设置为主索引,主索引字段称为主键。一个表只能创建一个主索引。

　　(3)普通索引:索引字段的值可以重复。一个表可以创建多个普通索引。

2. 设置索引属性

　　使用表设计器可以进行字段的索引属性设置。如图 3-45 所示,单击要创建索引的字段,

图 3-45　索引属性设置窗口

然后选择索引属性的值。

索引属性的值可以通过下拉列表选择，有 3 种可能的取值。

（1）"无"表示该字段无索引。

（2）"有（有重复）"表示该字段有索引，且索引字段的值可以重复，创建的索引是普通索引。

（3）"有（无重复）"表示该字段有索引，且索引字段的值不可以重复，创建的索引是唯一索引。

用这种方法定义的索引字段，其索引文件名、索引字段、排序方向都是系统根据选定的索引字段而定的，是升序排列。

3. 创建索引

利用索引属性可以创建单个字段索引，利用"索引"窗口可以按照用户的需要创建索引。

打开索引窗口有以下几种方法：

- 右击表设计器的标题栏，在弹出的快捷菜单中选择"索引"命令。
- 选择"视图"|"索引"命令。
- 单击工具栏上的"索引"按钮。

"索引"窗口如图 3-46 所示。

图 3-46　索引属性设置窗口

用户可以根据需求确定索引名称、索引字段、排序方向等。

4. 设置主关键字

在表中能够唯一标示记录的字段或字段集合被称为主关键字，简称主键。设置主键的同时也创建了索引，建立主键就是建立一种特殊的索引。

一个表只能有一个主键，若表设置了主键，则表的记录存取依赖于主键。

创建主键的方法有以下几种：

- 打开表，选中要创建主键的字段，单击工具栏上的"主键"按钮。
- 选择"编辑"|"主键"命令。
- 右击要创建主键的字段，在弹出的快捷菜单中选择"主键"命令。

【实例 3-15】　对"选课管理"数据库的表创建索引，要求如下：

（1）在"学生"表中，将"学号"设置为主键，"姓名"、"系号"为普通索引。

（2）在"课程"表中，将"课程号"设置为唯一索引。

（3）在"选课"表中，建立多字段索引，索引关键字为"学号"＋"课程号"，并设置为主索引。

操作步骤如下：

（1）在"学生"表中，将"学号"设置为主键，按照"姓名"、"系号"创建普通索引。

① 打开数据库中的"学生"表，进入表设计视图，同时打开索引窗口。

② 输入索引名称为"学号"，使用列表框选择字段名"学号"，在索引属性中选择主索引"是"。

③ 输入索引名称为"姓名"，使用列表框选择字段名"姓名"。

④ 输入索引名称为"学生系号"，使用列表框选择字段名"系号"，如图 3-47 所示。

图 3-47 创建"学生"表索引

（2）在"课程"表中，将"课程号"设置为唯一索引。

① 打开数据库中的"课程"表，进入表设计视图，同时打开索引窗口，

② 输入索引名称为"课号"，使用列表框选择字段名"课号"，在"唯一索引"属性中选择"是"，如图 3-48 所示。

图 3-48 创建"课程"表索引

（3）在"选课"表中，建立多字段索引，索引关键字为"学号"＋"课程号"，并设置为唯一索引。

① 打开数据库中的"选课"表，进入表设计视图，同时打开索引窗口，

② 输入索引名称为"学号课号"，使用列表框选择字段名"学号"，

③ 将光标定位于第二行，使用列表框选择字段名"课程号"，在索引属性中选择主索

引"是",如图 3-49 所示。

图 3-49　创建"选课"表索引

说明：设置索引属性与使用索引窗口创建索引有相似的功能，但又有不同之处。

（1）索引属性设置只能设置单字段索引，使用索引窗口可以设置多字段索引。

（2）索引属性设置可以设置普通索引、唯一索引，不能设置主索引，使用索引窗口可以设置普通索引、唯一索引以及主索引。

（3）索引属性设置只能按升序索引，而使用索引窗口可以按升序、降序索引。

3.5.2　创建表间的关系

当需要使一个表中的行与另一个表中的行关联时，可以创建两个表间的关系。

1. 表间关系类型

表之间的关系实际上是实体之间关系的一种反映。实体间的联系通常有 3 种，即"一对一联系"、"多对一联系"和"多对多联系"，因此表之间的关系通常也分为这 3 种。

1）一对一关系

"一对一关系"是指 A 表中的一条记录只能对应 B 表中的一条记录，并且 B 表中的一条记录也只能对应 A 表中的一条记录。

两个表之间要建立一对一关系，首先定义关联字段为两个表的主键或建立唯一索引，然后确定两个表之间具有一对一关系。

2）多对一关系

"多对一关系"是指 A 表中的一条记录能对应 B 表中的多条记录，而 B 表中的一条记录只能对应 A 表中的一条记录，A 称为主表，B 称为子表。

两个表之间要建立多对一关系，首先定义关联字段为主表的主键或建立唯一索引，然后在子表中按照关联字段创建普通索引，最后确定两个表之间具有多对一关系。

3）多对多联系

"多对多关系"是指 A 表中的一条记录能对应 B 表中的多条记录，而 B 表中的一条记录也可以对应 A 表中的多条记录。

关系型数据库管理系统不支持多对多关系，因此，在处理多对多关系时需要将其转换为两个多对一关系，即创建一个连接表，将两个多对多表中的主关键字段添加到连接表中，则这两个多对多表与连接表之间均变成多对一关系，这样间接地建立了多对多关系。

例如"学生"和"课程"表之间是多对多关系,因此创建了"选课"表,将"学生"表的"学号"和"课程"表的"课程号"添加到"选课"表中,"学生"表和"选课"表之间、"课程"表和"选课"表之间均为一对多关系。

2. 创建表间关系

数据库中的表之间要建立关系,必须先给相关的表建立索引。在创建关系前要关闭所有打开的表,否则创建的关系无效。在创建表间的关系时,可以编辑关联规则。建立表间的关系后可以设置参照完整性、设置在相关联的表中的插入记录、删除记录和修改记录的规则。

【实例 3-16】 对"选课管理"数据库的表创建关系,要求如下:

(1) 创建"学生"表和"选课"表之间的关系,关联字段为"学号"。

(2) 创建"课程"表和"选课"表之间的关系,关联字段为"课程号"。

(3) 创建"学生"表和"系部"表之间的关系,关联字段为"系号"。

操作步骤如下:

(1) 打开数据库"选课管理",假设创建关系所需要的表已经按照公共字段创建了索引。

(2) 在"数据库"窗口,选择菜单"工具"|"关系"命令或单击工具栏上的"关系"按钮，打开"关系"窗口,同时弹出"显示表"对话框,如图 3-50 所示。

图 3-50 "关系"窗口与"显示表"对话框

(3) 在"显示表"对话框中,将"学生"表和"选课"表添加到"关系"窗口中,如图 3-51 所示。

(4) 从图 3-51 中可以看到,在"学生"表和"选课"表的公共字段"学号"之间,已经连接了一条线段,这表明在两个表之间已经创建了关联关系。之所以如此,是因为两个表中有相同的关联字段。如果两个表中的关联字段名称不同,则需要将一个表的相关字段拖到另一个表中的相关字段的位置,系统将自动打开"编辑关系"对话框,如图 3-52 所示。

图 3-51　将待创建关系的表添加到"关系"窗口　　　　　图 3-52　"编辑关系"对话框

（5）在"编辑关系"对话框中，显示两个表的参考关联字段，用户可以重新选择关联字段，还可以勾选"实施参照完整性"复选框，单击"创建"按钮，返回到如图 3-51 所示的窗口。创建关系完成。

使用同样的方法可以创建"课程"表和"选课"表之间、"学生"表和"系部"表之间的关系，甚至可以创建"教师"表和"系部"表之间的关系，如图 3-53 所示。

图 3-53　各表之间的关系

（6）关闭"关系"窗口，保存数据库，完成表间关系的创建。

3. 编辑表间关系

表之间创建关系后，需要时可以对关系进行修改，如更改关联字段或删除关系。

1）更改关联字段

打开"关系"窗口，右击表之间的关系连接线，在弹出的快捷菜单中选择"编辑关系"命令或直接选择菜单"关系"|"编辑关系"命令，打开如图 3-52 所示的"编辑关系"对话框，重新选择关联的表和关联字段即可完成对关系的更改。

2）删除关系

如果要删除已经定义的关系,需要先关闭所有已打开的表,然后打开"关系"窗口,单击关系连接线,按 Delete 键。或右击关系连接线,在弹出的快捷菜单中选择"删除"命令即可。

4. 实施参照完整性

参照完整性是一个规则,使用它可以保证已存在关系的表中的记录之间的完整有效性,并且不会随意地删除或更改相关数据。即不能在子表的外键字段中输入不存在于主表中的值,但可以在子表的外键字段中输入 NULL 值来指定这些记录与主表之间并没有关系。如果在子表中存在与主表匹配的记录,则不能从主表中删除这个记录,同时也不能更改主表的主键值,如图 3-54 所示。

图 3-54　参照完整性设置

例如,在"课程"表和"选课"表之间建立了一对多关系,并勾选了"实施参照完整性"复选框,则在"选课"表的课程号字段中不能输入在"课程"表中不存在课程号的值。如果在"选课"表中存在与"课程"表相匹配的记录,则不能从"课程"表中删除这条记录,也不能更改"课程"表中这个记录的课程号的值。

在设置了"实施参照完整"后,还可以设置级联更新相关字段或级联删除相关字段,只需在图 3-54 中勾选相应的复选框,设置了"级联更新相关字段"后,当更改"课程"表中课程号字段的值时,"选课"表中与该记录相关的所有记录的课程号的值均自动更改。设置了"级联删除相关字段"后,如果删除了"课程"表中的某条记录,系统会自动删除"选课"表中与该记录关联的所有记录。

3.5.3　子表的使用

当两个表之间创建了一对多关系时,这两个表之间就形成了父表和子表的关系,一方称为主表,多方称为子表。当使用父表时,可以方便地使用子表。只要通过插入子表的操作,就可以在父表打开时,浏览子表的相关数据。

1. 子数据表的浏览与折叠

创建表间的关系后,在主表的数据浏览窗口中可以看到左边新增了标有＋的一列,这是父表与子表的关联符,当单击＋符号时,会展开子数据表,＋变为－符号,单击－符号可以折叠子数据表。

【实例 3-17】　对于"学生"表与"选课"表、"课程"表与"选课"表,完成子表数据的操作。

（1）对于"学生"表与"选课"表,浏览子数据表的部分记录。

（2）对于"课程"表与"选课"表,浏览子数据表的全部记录。

（3）折叠选课子数据表。

操作步骤如下：

（1）打开数据库"选课管理"。

（2）在"数据库"窗口打开"学生"表，进入数据表视图，如图 3-55 所示。

图 3-55　"学生"表数据表视图

（3）在数据表视图中，单击某个记录前面的"＋"按钮或"－"按钮，可以展开与该记录关联的子表中的记录，＋按钮会变为－按钮，单击"－"按钮可以关闭子表记录显示，如图 3-56 所示。

图 3-56　浏览子表

（4）选择"课程"表，进入数据表视图，使用菜单"格式"|"子数据表"|"全部展开"命令，展开子数据表，如图 3-57 所示。

（5）使用菜单"格式"|"子数据表"|"全部折叠"命令，关闭子表显示。

2. 子数据表的删除

删除子数据表是删除在数据表视图中父表与子表的连接符号＋，删除后则不能在父表中浏览子表的数据，但不删除父表和子表间的关系。

图 3-57 展开子数据表

【实例 3-18】 删除学生表中的子表。

操作步骤如下：

（1）打开数据库"选课管理"。

（2）在"数据库"窗口打开"学生"表，进入数据表视图。

（3）选择菜单"格式"|"子数据表"|"删除"命令，数据表视图中的关联符消失，如图 3-58 所示，即删除了子数据表。

	学号	姓名	性别	出生日期	婚否	政治面貌	家庭住址
►	02030001	李跃	男	Jan, 12, 1987	No	团员	不详
	02030002	汪静	女	Dec, 31, 1987	No	民主党派	不详
	05010001	刘一丁	男	Jan, 01, 1986	No	团员	北京市海淀[
	05020001	李想	女	Nov, 12, 1983	Yes	无	北京市东城[
	05020002	张男	女	Jun, 05, 1983	Yes	团员	北京市大兴[
	05020003	李悦明	男	Apr, 05, 1984	No	团员	北京市房山[
	05020003	王大玲	女	Dec, 12, 1985	No		北京市大兴[
	05040002	王磊	男	Jun 08, 1985	No	团员	北京市海淀[

图 3-58 删除子数据表

3. 子数据表的插入

在打开主表时，如果需要查看子表的信息，可以通过插入子表的方法来实现，即使两个表之间没有创建关系。

【实例 3-19】 在"教师"表中插入子数据表系部。

操作步骤如下：

（1）打开数据库"选课管理"。

（2）在"数据库"窗口打开"教师"表，进入数据表视图，如图 3-59 所示。

图 3-59　"教师"数据表视图

（3）选择菜单"插入"|"子数据表"命令，打开"插入子数据表"对话框，如图 3-60 所示。

（4）在表选项中，选择表"系部"，在"链接子字段"和"链接主字段"分别选择"系号"，然后单击"确定"按钮，系统回到"教师"表数据表视图，这时在每条记录前面增加了＋按钮列，单击＋按钮，展开子数据表，如图 3-61 所示。

图 3-60　"插入子数据表"对话框　　　　图 3-61　展开"系部"子数据表

说明：如果两个表之间没有创建关系，使用这种方法可以创建关系，然后再使用子数据表，但是用这种方法创建的关系不会出现在关系窗口中。

3.6　表的使用

在完成表设计后，用户可以使用表进行数据处理。如对数据进行排序、筛选，调整数据表视图中数据的显示格式等。

3.6.1　记录排序

在浏览表中的数据时，通常记录的顺序是按照记录的输入的先后顺序，或者是按主键值升序排列的顺序进行的。为了快速查找信息，可以对记录进行排序。排序需要设定排序关键字，排序关键字可以由一个或多个字段组成，排序后的结果可以保存在表中，再次打开时，数据表会自动按照已经排好的顺序显示记录。

在 Access 中，对记录排序采用的规则如下。

（1）英文字母按照字母顺序排序，不区分大小写。

（2）中文字符按照拼音字母的顺序排序。

（3）数字按照数值的大小排序。

（4）日期/时间型数据按照日期的先后顺序进行排序。

（5）备注型、超链接型和 OLE 对象型的字段不能排序。

【实例 3-20】 完成下列排序操作。

（1）在"学生"表中，按照"学号"的升序进行排序。

（2）在"教师"表中，按照"职称"的降序进行排序。

（3）在"教师"表中，先按照"工资"的降序，再按照"职称"的降序进行排序。

操作步骤如下：

（1）打开"选课管理"数据库中的"学生"表，进入数据表视图。

（2）选中字段"学号"，选择菜单"记录"|"排序"|"升序排序"命令，或直接单击工具栏上的"升序排序"按钮 ，数据表中的记录将立即按照"学号"的升序排列。

（3）关闭数据表视图，系统会自动弹出提示对话框，如图 3-62 所示，提醒用户保存结果，单击"是"按钮即可保存排序结果。

图 3-62 提示对话框

（4）使用上面的方法可以对"教师"表按照"职称"的降序进行排序，如图 3-63 所示。

编号	姓名	性别	参加工作日期	职称	工资	系号
04012	张振	男	2005-3-28	助教	1200.00	计算机系
05024	董家伟	女		助教	1500.00	管理系
04003	马良	男		教授	3400.00	计算机系
01001	章琳	男	1981-7-12	教授	3175.00	印刷工程
04008	周树春	男		教授	3400.00	计算机系
05004	张雨生	女		教授	3000.00	管理系
07005	刘丽	女		讲师	1700.00	艺术设计
03004	龙云	男	1994-7-20	讲师	1500.00	电子信息工
05001	马俊亭	男		讲师	1800.00	管理系
01002	赵立钧	男	1988-7-5	副教授	2000.00	印刷工程
03001	王中合	男	1985-6-16	副教授	2400.00	电子信息工
01002	周敬	男	1985-6-6	副教授	2000.00	印刷工程
04004	许亚芬	女	1995-6-23	副教授	2900.00	计算机系
04022	徐辉	女		副教授	2600.00	计算机系
07002	赵娜娜	女		副教授	2700.00	艺术设计
04001	董家玉	男		副教授	2900.00	计算机系

记录：14 ◀ 1 ▶ ▶| ▶* 共有记录数：16

图 3-63 "教师"表按照"职称"排序结果

可以看到，显示的排序结果并不是按照职称的高低进行的，而是按照"职称"值的字符顺序进行排列。

（5）打开"教师"表数据表视图。

（6）选择菜单"记录"|"筛选"|"高级筛选/排序"命令，打开"筛选"窗口，如图 3-64 所示。

窗口由两部分组成，上半区显示被打开的数据表及字段列表，下半区是数据表设计网格，用来指定排序字段、排序方式和所遵循的规则。从图中看到，在数据表设计网格中，已经有了一个排序字段，这是对"职称"字段排序产生的结果。

（7）删除排序字段"职称"（选中后按 Delete 键），如图 3-65 所示。

说明：若表未设置排序，也显示该界面。

图 3-64　"筛选"窗口

图 3-65　删除"职称"排序

（8）在数据表的字段列表中，双击"工资"字段，该字段将显示在数据表设计网格中，然后选择"排序"列表框中的"降序"；使用同样的方法，选择"职称"字段并选择排序方式为"降序"，如图 3-66 所示。

图 3-66　按照"工资"升序，"职称"降序排序

（9）选择菜单"筛选"|"应用筛选/排序"命令，数据表视图显示的记录先按照"工资"降序排序，然后再按照"职称"排序。

（10）保存排序结果。

3.6.2　记录筛选

筛选是根据给定的条件,选择满足条件的记录在数据表视图中显示。例如,显示所有职称为"教授"的教师,显示"计算机"专业的学生等。

在 Access 中,提供了"按选定内容筛选"、"按窗体筛选"、"内容排除筛选"以及"高级筛选/排序"4 种方法。

1. 按选定内容筛选

按选定内容筛选用于查找与特定记录在某一字段取值相似的数据记录,其作用是隐藏不满足选定内容的记录,显示所有满足条件的记录。

2. 内容排除筛选

内容排除筛选的功能是,将选定的内容作为条件,将满足这一条件的记录排除,显示不满足该条件的所有记录,即筛选不包含某一特定值的所有记录。

3. 按窗体筛选

按窗体筛选是在空白窗体中设置筛选条件,然后查找满足条件的所有记录并显示,可以在窗体中设置多个条件。按窗体筛选是使用最广泛的一种筛选方法。

4. 高级筛选/排序

使用"高级筛选/排序"不仅可以筛选满足条件的记录,还可以对筛选的结果进行排序。

【实例 3-21】　完成下列筛选操作。

(1) 在"学生"表中,显示家庭住址含有"大兴区"的同学记录。

(2) 在"学生"表中,显示"非党员"的同学记录。

(3) 在"教师"表中,显示系号为"计算机系",职称为"教授"的记录。

(4) 在"教师"表中,显示系号为"计算机系",职称为"教授"的记录,并按工资降序排序。

操作步骤如下:

(1) 打开"选课管理"数据库中的"学生"表,进入数据表视图。

(2) 在"家庭住址"字段的取值中找到字符串"大兴区",并将其选中,如图 3-67 所示。

(3) 选择菜单"记录"|"筛选"|"按选定内容筛选"命令,在数据表视图中就会显示家庭住址包含"大兴区"的所有记录,如图 3-68 所示。

(4) 选择菜单"记录"|"取消筛选/排序"命令,使"学生"表恢复到图 3-67 所示的状态,在"政治面貌"字段的取值中选中"党员",选择菜单"记录"|"筛选"|"内容排除筛选"命令,在数据表视图中显示政治面貌为"非党员"的所有记录,如图 3-69 所示。

图 3-67 "学生"表数据表视图

图 3-68 按选定内容筛选的结果

图 3-69 内容排除筛选的结果

(5) 选择"教师"表,进入数据表视图,选择菜单"记录"|"筛选"|"按窗体筛选"命令,显示空白窗体,在"职称"列表框中选择"教授",在"系号"列表框中选择"计算机系",如图 3-70 所示。

图 3-70 按窗体筛选的窗体

(6) 选择菜单"记录"|"筛选"|"按窗体筛选"命令,在数据表视图中将显示筛选结果,如图 3-71 所示。

图 3-71 按窗体筛选的结果

（7）选择菜单"记录"|"筛选"|"高级筛选/排序"命令，打开"筛选"窗口，如图 3-72 所示。

图 3-72 "筛选"窗口

（8）在数据表中双击"工资"字段，将"工资"添加到数据表设计网格中，如图 3-73 所示。

图 3-73 将"工资"添加到数据表设计网格中

（9）选择菜单"记录"|"筛选"|"应用筛选/排序"命令，在数据表视图中将显示筛选结果，如图 3-74 所示。

编号	姓名	性别	参加工作日期	职称	工资	系号	教研室
04003	马良	男	1986-9-1	教授	3400.00	计算机系	
04008	周树春	男	1984-6-2	教授	3300.00	计算机系	
*					NO		

记录：|◄ ◄| 2 | ► ►| ►* 共有记录数：2（已筛选的）

图 3-74 高级筛选/排序结果

应用高级筛选/排序功能既可以对记录进行筛选，又可以进行排序，也可以同时进行筛选和排序，而筛选不改变表中记录排列的顺序，通过取消筛选恢复所有记录的显示，这种方法是一种比较实用的记录访问方法。

3.6.3 记录的查找与替换

在数据管理中，有时需要快速查找某些数据，甚至需要对这些数据进行有规律的替换,使用 Access 提供的"查找"和"替换"功能即可实现。

【实例 3-22】 在"学生"表中,将字段"政治面貌"的取值"团员"值替换为"共青团员"。

操作步骤如下:

(1) 打开数据库"选课管理"中的"学生"表,进入数据表视图。

(2) 选择菜单"编辑"|"查找"命令,打开"查找和替换"对话框,如图 3-75 所示,在"查找内容"文本框中输入"团员",在"替换为"文本框中输入"共青团员",在"查找范围"下拉列表中可选择"学生:表",在"匹配"下拉列表中选择"整个字段",然后单击"替换"按钮,系统自动将查找到的数据替换,单击"查找下一个"按钮可以继续进行替换操作。如果单击"全部替换"按钮则将所有找到的数据进行替换。

图 3-75 "查找和替换"对话框

3.6.4 表的显示格式设置

在表的数据表视图中浏览数据时,可以按照自己的需求进行数据显示格式的设置,如设置行高和列宽、设置显示字体、隐藏某些列、冻结某些列、改变字段的显示顺序等。

1. 调整行高和列宽

调整行高和列宽可以直接拖动鼠标或使用菜单命令来完成。

1) 直接拖动鼠标

将鼠标指针移到字段标题按钮的左右边界按住鼠标并拖动可以直接改变列宽,将鼠标指针移到记录最左边的空白按钮边界按住鼠标并拖动可以直接改变行高。

2) 使用菜单命令

选择菜单"格式|行高(列宽)"命令,打开"行高(列宽)"对话框,如图 3-76 所示。在"行高(列宽)"文本框中输入需要设置的行高(列宽)值,单击"确定"按钮即可。

图 3-76 "行高"和"列宽"对话框

2. 设置字体

选择菜单"格式"|"字体"命令，打开"字体"对话框，如图 3-77 所示，可以选择显示数据的字体、字形、字号以及特殊效果。

3. 隐藏列/取消隐藏列

在数据表视图中，可以使某些字段信息隐藏，使其不在屏幕中显示，需要时取消隐藏。完成该设置可以使用菜单命令来实现。操作方法如下：

选中需要隐藏的列，选择菜单"格式"|"隐藏列"命令即可隐藏选定的列。若要使被隐藏的列恢复显示，可使用选择菜单"格式"|"取消隐藏列"命令，打开"取消隐藏列"对话框，如图 3-78 所示。

图 3-77 "字体"对话框

图 3-78 "取消隐藏列"对话框

在"取消隐藏列"对话框中，未选中的字段是被隐藏的字段，用户可以根据需要部分或全部显示被隐藏的字段，只需勾选相应的复选框。

4. 冻结列/解冻列

如果表中字段较多，在浏览记录时，将有一些字段被隐藏。如果想在字段滚动时，使某些字段始终在屏幕上保持可见，可以使用冻结列操作。这样，就可以使冻结的列显示在数据表的左边并添加冻结线，未被冻结的列，在字段滚动时将被隐藏。

5. 设置数据表格式

设置数据表的格式可以改变整个表的显示外观，包括单元格效果、网格线显示方式、背景色以及边框和线条样式等，如图 3-79 所示。

【**实例 3-23**】 在"学生"表中，进行下列显示格式设置。

（1）设置字体：隶书、粗体、五号、蓝色。

（2）冻结学号、姓名、性别等字段。

图 3-79 "设置数据表格式"对话框

（3）隐藏婚否、政治面貌、家庭住址及电话号码等字段。

（4）设置数据表的行高为 13，列宽为 12。

（5）设置数据表的格式：单元格效果为"平面"、背景色为"银白"，网格线颜色为"黑色"。

操作步骤如下：

（1）打开"选课管理"数据库中的"学生"表，进入数据表视图。

（2）选择菜单"格式"|"字体"命令，打开"字体"对话框，如图 3-77 所示。在"字体"列表框选择"隶书"，在"字形"列表框中选择"粗体"，在"字号"列表框中选择"五号"，在"颜色"列表框中选择"蓝色"，然后单击"确定"按钮，数据显示结果如图 3-80 所示。

图 3-80　设置"字体"后数据显示效果

（3）用鼠标拖动"学号"、"姓名"和"性别"字段将其选中，选择菜单"格式"|"冻结列"命令，则冻结"学号"、"姓名"、"性别"字段，数据显示结果如图 3-81 所示。

图 3-81　冻结列后数据显示效果

（4）选择"婚否"、"政治面貌"、"家庭住址"及"电话号码"字段，选择菜单"格式"|"隐藏列"命令，隐藏后的数据显示结果如图 3-82 所示。

图 3-82　隐藏后的数据显示结果

（5）选择菜单"格式"|"行高"命令，打开"行高"对话框，在"行高"文本框中输入13，单击"确定"按钮。选择菜单"格式"|"列宽"命令，打开"列宽"对话框，在"列宽"文本框中输入12，单击"确定"按钮。

（6）选择菜单"格式"|"数据表"命令，打开"设置数据表格式"对话框，如图3-79所示，设置单元格效果为"平面"、背景色为"银白"、网格线颜色为"黑色"，然后单击"确定"按钮，数据显示结果如图3-83所示。

图3-83　设置数据表格式后数据显示结果

3.7　思考与练习

一、思考题

1. 简述表的结构。
2. 表的字段有哪些数据类型？
3. 设计表要定义哪些内容？
4. 在字段属性中，格式和输入掩码有何区别？
5. 创建表间的关系应注意什么？
6. 使用查阅属性有什么优点？

二、填空题

1. 创建表有4种方法，分别是_____、_____、_____和导入表。

2. 表的索引方式有_____、_____和_____。

3. 有效性规则用于设置输入到字段中_____。有效性文本用来设置_____。

4. 两个数据表可以通过其间的_____建立联系。

5. 修改表的结构应在_____中进行。

6. 主键是用于_____表中每条记录的一个或多个字段。

7. 创建表间的关系时，在父表中必须按照连接字段创建_____。

8. 筛选是按照_____从表中选出_____的记录。

三、上机操作题

1. 在"教师管理"数据库中创建以下表。

(1)"教师"表结构如图 3-84 所示。

图 3-84 "教师"表结构

(2)"授课"表结构如图 3-85 所示。

图 3-85 "授课"表结构

(3)"课程"表结构如图 3-86 所示。

图 3-86 "课程"表结构

(4)"工资"表结构如图 3-87 所示。

图 3-87 "工资"表结构

2. 输入"教师"、"授课"、"课程"和"工资"表中的数据,表数据如表 3-5~表 3-8 所示。

表 3-5 教师表数据

职工号	姓名	性别	参加工作日期	职 称	系 号	邮政编码	电 话
01001	章琳	女	1981-7-12	教授	01	100022	63331122
01002	周敬	男	1985-6-5	副教授	01	100044	58001234
01003	赵立钧	男	1988-7-5	讲师	01	100076	62001011
04001	董家玉	男	1984-6-30	副教授	04	100082	69001088
04003	马良	男	1986-9-1	教授	04	100009	62033319
04004	许亚芬	女	1995-6-23	副教授	04	100085	87998822
04008	周树春	男	1984-6-2	教授	04	100051	67524321
04012	张振	男	2005-3-28	助教	04	100085	66078821
04022	徐辉	女	1989-6-28	副教授	04	100051	66084455
05001	马俊亭	男	1983-5-24	讲师	05	100085	87009988
05004	张雨生	女	2001-2-28	教授	05	100077	85102233
07002	赵娜娜	女	1984-7-3	副教授	07	100070	85104889

表 3-6 授课表数据

职 工 号	授课课号	职 工 号	授课课号
04004	B040201	04003	B040202
04012	B040201	05001	B030101
04001	B040201	05024	B030101
04001	B040203	04008	B040208
04008	B040206	04022	B040209
04003	B040205		

表 3-7 课程表数据

课 程 号	课 程 名 称	开课学期	学 时	学 分	课程类别
B010101	大学英语	一	72	4	必修
B020101	高等数学	一	80	4	必修
B030101	现代企业管理	二	36	2	公选
B040101	电路基础	一	80	4	必修
B040201	计算机基础	一	36	2	公选
B040202	C 程序设计	二	64	4	必修
B040203	离散数学	三	64	4	必修

课程号	课程名称	开课学期	学　时	学　分	课程类别
B040204	数据结构	三	72	4	必修
B040205	计算机组成原理	二	64	6	必修
B040206	操作系统	五	64	4	必修
B040207	VB程序设计	三	40	0	限选
B040208	数据库系统概论	五	64	4	限选
B040209	计算机网络	四	64	4	必修
B040218	毕业设计	六		16	实践
B040303	微机接口技术	四	64	4	必修
X040203	多媒体技术基础及应用	四	64	3	限选
X040206	软件工程	五	64	3	限选
X040207	网页制作与发布	五	40	2	限选

表 3-8　工资表数据

职工号	基本工资	职务工资	岗位补贴	书报费	公积金	所得税
01001	2800	1400	400	70	1200	0.15
01002	2000	1200	300	60	1050	0.1
01003	1700	1000	200	50	900	0.05
04001	2200	1200	300	60	960	0.1
04003	3000	1480	400	70	1300	0.15
04004	2100	1200	300	60	1080	0.1
04008	2850	1400	400	70	1240	0.15
04012	1300	800	150	40	500	0.05
04022	2030	1200	300	60	1060	0.1
05001	1790	1100	200	50	950	0.1
05004	1260	800	150	40	550	0.05
05024	1350	800	150	40	600	0.05
06001	2150	1200	300	60	1150	0.1
06004	1790	1050	200	50	930	0.05

3. 完成下列显示格式设置。

(1) 设置"教师"表中"教师编号"字段的数据靠左对齐。

(2) 将"工资"表中"基本工资"字段的显示格式设置为：整数部分最多 5 位，小数取

2位,前缀使用"＄"符号。

(3)设置"教师"表中"参加工作日期"字段的输入掩码格式为：yyyy 年 mm 月 dd 日,其中 y 为年份,m 为月份,d 为日期。

(4)设置"工资"表"所得税"字段的有效性规则："所得税"大于等于 0,出错信息为"所得税不能为负数"。

(5)设置"教师"表中"职称"字段的查阅属性：设置"职称"字段的取值为"教授、副教授、讲师和助教"或其他值。

4. 创建索引。

(1)在"教师"表中,将"职工号"设置为主键,"姓名"为普通索引。

(2)在"授课"表中,建立多字段索引,索引关键字为"职工号"＋"课程号",并设置为主索引。将"职工号"和"课程号"设置为普通索引。

(3)在"工资"表中,将"职工号"设置普通索引。

5. 创建"教师"、"工资"、"课程"和"授课"表之间的关系。

(1)设置"教师"表与"工资"表通过"职工号"字段建立一对一的关系,并实现"级联更新相关字段"和"级联删除相关记录"的操作。

(2)设置"教师"表与"授课"表通过"职工号"字段建立一对多的关系,并实现"级联更新相关字段"和"级联删除相关记录"的操作。

(3)设置"课程"表与"授课"表通过"课程号"字段建立一对一的关系,并选择"实施参照完整性"操作。

6. 表的修改,完成以下操作。

(1)在"教师"表中增加一个字段,字段名为应发工资,数据类型为数字型(单精度型),小数位数为 2。

(2)将姓名为"张振"的职称修改为"讲师"。

(3)将"职称"字段的名称改为"技术职务"。

(4)删除教师"张雨生"的记录。

(5)输入一个新记录(01004,"赵敏","女",♯1978-05-18♯,"助教",01,58861940)。

7. 完成表的排序和筛选操作。

(1)在"教师"表中,按照"参加工作日期"的降序进行排序。

(2)在"工资"表中,先按照"基本工资"的降序,再按照"职务工资"的降序进行排序。

(3)在"教师"表中,显示职称为"教授"和"副教授"的教师记录。

(4)在"教师"表中,显示职称为"教授"的记录,并按"系部"降序排序。

第4章

查　询

学习目标

通过本章的学习,应该掌握以下内容:

(1) 查询的基本概念。

(2) 查询的功能及分类。

(3) 根据给定条件建立查询规则。

(4) 查询的设计方法。

(5) 查询的应用。

(6) SQL 语言及其应用。

4.1　查询概述

利用数据表可以存储数据,这些数据可以长期保存于数据库中。存储数据的目的是为了重复使用这些数据。在设计数据库时,为了减少数据冗余,节省内存空间,常常会将数据分类存储到多个数据表中,这种设计导致某些相关信息可能分散地存储在多个数据表中。在使用这些数据时,用户根据自己的需求可以从单个数据表中获取所需要的信息,也可从多个相关的数据表中获得信息,所采用的手段就是使用查询技术。Access 提供的查询功能为用户提供了从若干个数据表中获取信息的手段,是分析和处理数据的一个重要工具。

4.1.1　查询的概念

查询是指向数据库提出请求,要求数据库按照特定的需求在指定的数据源中进行查找,提取指定的字段,返回一个新的数据集合,这个集合就是查询的结果。

查询是 Access 数据库中一个重要对象。在 Access 中,查询具有极其重要的地位,利用不同的查询,可以方便、快捷地浏览数据表中的数据,同时利用查询可以实现数据的统计分析与计算等操作,查询还可以作为窗体和报表的数据源。

查询也可以看做一个"表",只不过是以表或查询为数据来源的再生表,是动态的数据集合。也就是说,查询的记录集实际上并不存在,每次使用查询时,都是从查询的数据源表中创建记录集。基于此,查询的结果总是与数据源中的数据保持同步,当数据源中的记录更新时,查询的结果也会随数据源的变化自动更新。

查询主要有以下几方面的功能。

（1）选择字段和记录

查询可以根据给定的条件,查找并显示相应的记录,并可以仅显示需要的字段。

（2）修改记录

通过查询功能,对符合条件的记录进行添加、修改和删除等操作。例如,将所有教师的工资增加 10%,删除成绩不及格的学生记录等。

（3）统计和计算

可以使用查询对数据进行统计和计算。如求学生的总成绩、男女学生的人数、教师的平均工资等。

（4）建立新表

可以将查询所得的动态记录集即查询结果存储于表中。

（5）为其他数据库对象提供数据源

在创建报表、窗体或数据访问页时,其数据源可能是多个表,在这种情况下,可以先建立一个查询,再以查询作为数据源,设计报表、窗体或数据访问页。

4.1.2 查询的类型

根据对数据源的操作方式以及查询结果,Access 2003 提供的查询可以分为 5 种类型,分别是选择查询、交叉表查询、参数查询、操作查询和 SQL 查询。

1. 选择查询

选择查询是最常用的查询类型,它能够根据用户所指定的查询条件,从一个或多个数据表中获取数据并显示结果,还可以利用查询条件对记录进行分组,并进行求总计、计数、平均值等运算。选择查询产生的结果是一个动态记录集,不会改变源数据表中的数据。

2. 交叉表查询

交叉表查询可以计算并重新组织数据表的结构,可以方便地分析数据。交叉表查询将源数据或查询中的数据分组,一组在数据表的左侧,另一组在数据表的上部,数据表内行与列的交叉单元格处显示表中数据的某个统计值,这是一种可以将表中的数据看做字段的查询方法。

3. 参数查询

参数查询为用户提供了更加灵活的查询方式,通过参数来设计查询准则,在执行查询时,会出现一个已经设计好的对话框,由用户输入查询条件并根据此条件返回查询结果。

4. 操作查询

操作查询是指在查询中对源数据表进行操作,可以对表中的记录进行追加、修改、删除和更新。操作查询包括删除查询、更新查询、追加查询和生成表查询。

5. SQL 查询

SQL 是指使用结构化查询语言 SQL 创建的查询。在 Access 中，用户可以使用查询设计器创建查询，在查询创建完成后系统会自动产生一个对应的 SQL 语句。除此之外，用户还可以使用 SQL 语句创建查询，实现对数据的查询和更新操作。

4.1.3　查询视图

查询共有 5 种视图，分别是设计视图、数据表视图、SQL 视图、数据透视表视图和数据透视图。

（1）设计视图

设计视图就是查询设计器，通过该视图可以创建除 SQL 外的各种类型查询。

（2）数据表视图

数据表视图是查询的数据浏览器，用于查看查询运行结果。

（3）SQL 视图

SQL 视图是查看和编辑 SQL 语句的窗口，通过该窗口可以查看用查询设计器创建的查询所产生的 SQL 语句，也可以对 SQL 语句进行编辑和修改。

（4）数据透视表视图和数据透视图

在数据透视表视图和数据透视图中，可以根据需要生成数据透视表和数据透视图，从而对数据进行分析，得到直观的分析结果。

4.1.4　创建查询方法

在 Access 中，创建查询的方法主要两种，即使用查询设计视图创建查询和使用查询向导创建查询。

1. 使用查询设计视图创建查询

使用查询设计视图创建查询首先要打开"查询设计视图"窗口，然后根据需要进行查询定义，具体操作步骤如下：

（1）打开数据库。

（2）选择查询为操作对象，单击"在设计视图中创建查询"选项，打开"查询设计器"窗口，如图 4-1 所示。

查询设计器窗口由两部分组成，上半部分是数据源窗口，用于显示查询所涉及的数据源，可以是数据表或查询；下半部分是查询定义窗口，也称为 QBE 网格，主要包括以下内容。

图 4-1　查询设计视图

① 字段：查询结果中所显示的字段。

② 表：查询的数据源，即查询结果中字段的来源。

③ 排序：查询结果中相应字段的排序方式。

④ 显示：当相应字段的复选框被勾选时,则在结果中显示,否则不显示。

⑤ 条件：即查询条件,同一行中的多个准则之间是逻辑"与"的关系。

⑥ 或：查询条件,表示多个条件之间的"或"的关系。

（3）在打开"查询设计视图"窗口的同时打开弹出"显示表"对话框,如图 4-2 所示。

（4）在"显示表"对话框中,选择作为数据源的表或查询,将其添加到查询设计器窗口的"数据源"窗口中。在"查询设计器"窗口的 QBE 网格中,单击字段的空白处,会出现一个下拉按钮,单击该下拉按钮即可打开下拉列表,其中列出了所有被选择的表或查询所包含的所有字段。通过"字段"列表框选择所需字段,或者将双击数据源中的字段,可以选择所需要的字段,选中的字段将显示在 QBE 网格中,如图 4-3 所示。

图 4-2 "显示表"对话框

图 4-3 为查询添加字段

除此之外,还可以为显示的信息指定标题、调整字段的宽度和改变显示顺序等操作。

调整字段的宽度和改变显示顺序直接用鼠标拖动即可实现。拖动字段的边界可以改变字段的宽度;调整字段显示顺序只需将指定的字段拖曳到指定的位置即可;而为显示的信息指定标题可以在需要指定标题的字段名或表达式的前边输入"标题:"即可。

（5）在"查询设计器"窗口的 QBE 网格中,打开"排序"列表框,可以指定查询的排序关键字和排序方式。排序方式分为升序、降序和不排序 3 种。

（6）使用"显示"复选框可以设置某个字段是否在查询结果中显示,若复选框被勾选,则显示该字段,否则不显示。

（7）在"条件"文本框中输入查询条件,或者利用表达式生成器输入查询条件,如图 4-4 所示。

图 4-4 "表达式生成器"对话框

（8）保存查询，创建查询完成，如图 4-5 所示。

2. 使用查询向导创建查询

使用查询向导创建查询就是使用 Access 系统提供的查询向导，按照系统的引导完成查询的创建。

在 Access 中，共提供了 4 种类型的查询向导，包括简单查询向导、交叉表查询向导、查找重复项查询向导和查找不匹配项查询向导。它们创建查询的方法基本相同，用户可以根据需要进行选择。

操作步骤如下：

（1）打开数据库。

（2）选择查询为操作对象，单击"新建"按钮，打开"新建查询"对话框，如图 4-6 所示。

图 4-5　保存查询

图 4-6　"新建查询"对话框

（3）在"新建查询"对话框中，选择所需的查询向导，根据系统的引导选择参数或输入相应的信息。

（4）保存查询，完成查询创建。

4.1.5　运行查询

查询创建完成后，将其保存在数据库中。运行查询后才能看到查询结果。可以通过下面的方法运行查询。

（1）单击"运行"按钮 ▯ 。

（2）选择菜单"查询"|"运行"命令。

（3）使用快捷菜单直接切换到数据表视图。

图 4-7 所示的窗口是运行学生信息查询的界面。

学号	姓名	性别	出生日期	政治面貌	家庭住址
02030001	李跃	男	Jan, 12, 1987	共青团员	不详
02030002	汪静	女	Dec, 31, 1987	民主党派	不详
05010001	刘一丁	男	Jan, 01, 1986	共青团员	北京市海淀区
05020001	李想	女	Nov, 12, 1983	无	北京市东城区
05020002	张男	女	Jun, 05, 1983	团员	北京市大兴区
05020003	李悦明	男	Apr, 05, 1984	团员	北京市房山区
05020004	王大玲	女	Dec, 12, 1985	党员	北京市大兴区
05040002	王淼	男	Jun, 08, 1985	团员	北京市海淀区
05040003	赵莉	女	Dec, 23, 1985	民主党派	北京市西城区
05040011	周强	男	Nov, 12, 2005	团员	沈阳市沈河区

记录：14 ◀　　7　▶ ▶I ▶* 共有记录数：11

图 4-7　查询结果

4.2 选择查询

选择查询是最常用的查询类型,它能够根据用户所指定的查询条件,从一个或多个数据表中获取数据并显示结果,还可以利用查询条件对记录进行分组,并进行求总计、计数、平均值等运算。选择查询产生的结果是一个动态记录集,不会改变源数据表中的数据。

4.2.1 简单查询

设计查询时,要确定查询目标。首先要确定查询的数据源,查询的数据源可以是表和已经建立的查询,然后再确定需要显示的字段或表达式。

【实例 4-1】 在选课管理数据库中,创建以下查询。

(1) 查询学生的学号、姓名和性别。

(2) 查询学生的所有信息。

(3) 查询所有教师的姓名、性别、职称和参加工作日期。

(4) 查询学生的学号、姓名及所修课程的课程号。

(5) 查询学生的姓名、选课名称和成绩。

操作步骤如下:

(1) 打开数据库"选课管理"。

(2) 在数据库中选择查询为操作对象,单击"在设计视图中创建查询"选项,打开"查询设计器"窗口,在"显示表"对话框中选择"学生"表并双击,将"学生"表添加到查询设计视图的"数据源"窗口中,如图 4-8 所示。

(3) 通过"字段"下拉列表选择字段"学号"、"姓名"和"性别",这些字段将显示在QBE 网格中,如图 4-9 所示。保存查询,完成查询步骤(1)的创建。

图 4-8 查询"学生"表的信息

图 4-9 查询学生的学号、姓名和性别

(4) 重复步骤(2),如图 4-8 所示。顺序双击"数据源"窗口中表的所有字段或直接双击表中显示的"﹡"标记,这里,"﹡"代表表中的所有字段,如图 4-10 所示。保存查询,完

成查询步骤(2)的创建。

(5)在数据库中选择查询为操作对象,单击"在设计视图中创建查询"选项,打开"查询设计器"窗口,在"显示表"对话框中选择"教师"表,将"教师"表添加到查询设计视图的"数据源"窗口中,如图 4-11 所示。

图 4-10　查询学生的所有信息　　　　　图 4-11　查询"教师"表的信息

(6)通过"字段"下拉列表选择字段"姓名"、"性别"、"职称"和"参加工作日期",这些字段将显示在 QBE 网格中,如图 4-12 所示。保存查询,完成查询步骤(3)的创建。

图 4-12　查询教师的姓名、性别、职称和参加工作日期

(7)在数据库中选择查询为操作对象,单击"在设计视图中创建查询"选项,打开"查询设计器"窗口,在"显示表"对话框中选择"学生"表和"选课"表,将这两个表添加到查询设计视图的"数据源"窗口中,如图 4-13 所示。

从图 4-13 中可以看到,在"学生"表和"选课"表的公共字段"学号"之间连了一条线段,这表明在两个表之间按照"学号"字段创建了关联关系。

使用"字段"下拉列表选择"学生"表中的字段"学号"、"姓名"以及"选课"表中的字段"课程号",然后保存查询,完成查询步骤(4)的创建。

(8)在数据库中选择查询为操作对象,单击"在设计视图中创建查询"选项,打开"查

询设计器"窗口,在"显示表"对话框中选择"学生"表、"选课"表和"课程"表,将这 3 个表添加到查询设计视图的"数据源"窗口中,如图 4-14 所示。

图 4-13　查询学生的学号、姓名及　　　　　　图 4-14　查询学生的学号、姓名、
　　　　　所修课程的课程号　　　　　　　　　　　　　选课名称和成绩

在"学生"表和"选课"表之间按照"学号"字段创建了关联关系,在"选课"表和"课程"表之间按照"课程号"字段创建了关联关系。使用"字段"下拉列表选择"学生"表中的字段"学号"、"姓名","课程"表中的字段"课程名称"以及"选课"表中的字段"成绩",如图 4-14所示,然后保存查询,完成查询步骤(5)的创建。

4.2.2　查询中的连接类型

如果查询的数据源是两个或两个以上的表或查询,就要设计查询需要创建数据源之间的连接关系。如果在创建表时已经按照公共字段创建了索引,在查询视图中可以看到作为数据源的表或查询之间已经通过相应的字段连接起来了,也就是自动创建了连接。如果在表中的字段在创建表时未创建索引,则需要在数据源之间按照关联字段创建连接,具体做法是:用鼠标将一个表中的字段拖到与其关联的表中相关字段上,就会在相关字段之间连一条线段。右击连接线,在弹出的快捷菜单中选择"连接属性"命令,打开"连接属性"对话框,如图 4-15 所示。

图 4-15　"连接属性"对话框

在图 4-15 中,列出了查询连接的类型,共分为 3 种,即内部连接、左连接和右连接。

1) 内部连接

内部连接是指将两个表中连接字段相等的记录提取出来进行合并,从中选取所需要

的字段形成一条记录,并显示在查询结果中。内部连接是系统默认的连接类型。

2）左连接

左连接是指取左表中的所有记录和右表中连接字段相等的记录作为查询的结果。

3）右连接

右连接是指取右表中的所有记录和左表中连接字段相等的记录作为查询的结果。

说明：如果查询中使用的表或查询之间没有建立连接关系,那么查询将以笛卡儿积的形式产生查询结果。也就是说,一个表的每一条记录和另一个表的所有记录连接构成新的记录,这样就会在查询结果中产生大量的数据,而这样的结果是没有任何实际意义的。因此,在涉及多表的查询中,建立表之间的连接是必要的。

4.2.3 查询中条件的设置

在实际应用中,经常查询满足某个条件的记录,这需要在查询时进行查询条件的设置。例如,查询所有"女同学"的记录,查询职称为"教授"的教师的信息等。通过在查询设计视图中设置条件可以实现条件查询。

查询中的条件通常使用关系运算符、逻辑运算符和一些特殊运算符来表示。

1. 条件的表示

1）关系运算

关系运算符由>、>=、<、<=、=和<>等符号构成,主要用于数据之间的比较,其运算结果为逻辑值,即"真"和"假",如表 4-1 所示。

例如,性别为"男"的同学,用关系表达式应为,"性别="男""。成绩在及格以上,用关系表达式应为,"成绩>=60"。

2）逻辑运算

逻辑运算符由 Not、And 和 Or 构成,主要用于多个条件的判定,其运算结果是逻辑值,如表 4-2 所示。

<table>
<tr><td colspan="2">表 4-1　关系运算符</td></tr>
<tr><td>关系运算符</td><td>含　义</td></tr>
<tr><td>></td><td>大于</td></tr>
<tr><td>>=</td><td>大于等于</td></tr>
<tr><td><</td><td>小于</td></tr>
<tr><td><=</td><td>小于等于</td></tr>
<tr><td>=</td><td>等于</td></tr>
<tr><td><></td><td>不等于</td></tr>
</table>

<table>
<tr><td colspan="2">表 4-2　逻辑运算符</td></tr>
<tr><td>关系运算符</td><td>含　义</td></tr>
<tr><td>Not</td><td>逻辑非</td></tr>
<tr><td>And</td><td>逻辑与</td></tr>
<tr><td>Or</td><td>逻辑或</td></tr>
</table>

例如,成绩在 60～70 之间 ,其逻辑表达式应为"成绩>=60 and 成绩<=70"。婚姻状况为"未婚",其逻辑表达式应为"not 婚否"。

3）其他运算

Access 提供了一些特殊运算符用于对记录进行过滤,常用的特殊运算符如表 4-3 所示。

表 4-3　其他运算符

关系运算符	含　义
In	指定值属于列表中所列出的值
Between…and…	指定值的范围在……到……之间
Is	与 null 一起使用确定字段值是否为空值
Like	用通配符查找文本型字段是否与其匹配 通配符"?"匹配任意单个字符;"＊"匹配任意多个字符;"＃"匹配任意单个数字;"!"不匹配指定的字符;[字符列表]匹配任何在列表中的单个字符

例如,成绩在 70~90 之间,可以表示为 Between 70 and 90;姓"李"的同学,可以表示为"like "李＊""。

2. 查询条件的设置

在查询设计视图中,设置查询条件应使用 QBE 网格中的条件选项来设置。首先选择需设置条件的字段,然后在"条件"文本框中输入条件。条件的输入格式与表达式的格式略有不同,通常省略字段名。

例如,"性别＝"男"",用关系表达式应为"性别＝"男"",而在查询设计器中对应"性别"字段的"条件"行输入"＝"男""。成绩在 60~70 之间 ,用逻辑表达式应为"成绩＞＝60 and 成绩＜＝70",而在查询设计时对应"成绩"字段的"条件"行应输入"＞＝60 and ＜＝70"。

如果有多个条件,且涉及不同的字段,则分别设置相应字段的条件,例如,职称为"讲师"的男教师,其逻辑表达式应为"性别＝"男" and 职称＝"讲师"",而在查询设计器中对应"性别"字段的条件行应输入""男"",对应"职称"字段的条件行应输入""讲师"",如果两个条件之间 and 运算符连接,则输入的信息放在同一行中,如图 4-16 所示。如果两个条件之间 or 运算符连接,则输入的信息放在不同行中,如图 4-17 所示。

图 4-16　多个查询条件之间用 and 连接

图 4-17　多个查询条件之间用 or 连接

3. 查询举例

【实例 4-2】 在选课管理数据库中,创建以下查询。

(1) 查询 1985 年以后出生的学生的学号、姓名和出生日期。

(2) 查询家庭住址在"海淀区"的同学的姓名和家庭住址。

(3) 查询学号前 2 位是"05"和"06"的同学的姓名和系号。

(4) 查询职称是"教授"或"副教授"的教师的姓名、性别和职称。

(5) 查询职称为"中级及以上"职称的教师的姓名、性别和职称。

(6) 查询选修"C 程序设计"课程的学生的学号、姓名和成绩。

(7) 查询"高等数学"大于 90 分或"计算机基础"大于 85 的同学的姓名、课程和成绩。

(8) 查询未参加考试的同学的学号、姓名和课程名称。

操作步骤如下:

(1) 查询 1985 年以后出生的学生的学号、姓名和出生日期。

打开数据库"选课管理",在数据库中选择查询为操作对象,单击"在设计视图中创建查询"选项,打开"查询设计器"窗口,将"学生"表添加到查询设计视图的"数据源"窗口中。

将字段"学号"、"姓名"和"出生日期"添加到 QBE 网格中,对应"出生日期"字段,在"条件"行输入">=♯1985-1-1♯",如图 4-18 所示。

保存查询。查询运行结果如图 4-19 所示。

图 4-18　查询步骤(1)设置

图 4-19　查询步骤(1)运行结果

(2) 查询家庭住址在"海淀区"的同学的姓名和家庭住址。

将字段"姓名"和"家庭住址"添加到 QBE 网格中,对应"家庭住址"字段,在"条件"行输入"like " * 海淀区 * "",如图 4-20 所示。

保存查询。运行结果如图 4-21 所示。

(3) 查询学号前 2 位是"05"和"06"的同学的姓名和系号。

将字段"学号"、"姓名"和"专业"添加到 QBE 网格中,同时将学号字段的"显示"复选按钮取消;对应"系号"字段,在"条件"行输入"like "0[56] * "",如图 4-22 所示。

保存查询。运行结果如图 4-23 所示。

图 4-20　查询步骤(2)设置

图 4-21　查询步骤(2)运行结果

图 4-22　查询步骤(3)设置

图 4-23　查询步骤(3)运行结果

(4) 查询职称是"教授"或"副教授"的教师的姓名、性别和职称。

单击"在设计视图中创建查询"选项,打开"查询设计器"窗口,将"教师"表添加到查询设计视图的"数据源"窗口中。

将字段"姓名"、"性别"和"职称"添加到 QBE 网格中,对应"职称"字段,在"条件"行输入"in("教授","副教授")",如图 4-24 所示。

保存查询。运行结果如图 4-25 所示。

图 4-24　查询步骤(4)设置

图 4-25　查询步骤(4)运行结果

(5) 查询中级职称及以上的教师的姓名、性别和职称(假设教师的职称为教授、副教授、讲师和助教)。

将字段"姓名"、"性别"和"职称"添加到 QBE 网格中,对应"职称"字段,在"条件"行输入"not "助教"",如图 4-26 所示。

(6) 查询选修"C 程序设计"课程的学生的学号、姓名和成绩。

单击"在设计视图中创建查询"选项,打开"查询设计器"窗口,将"学生"、"课程"和"选课"表添加到查询设计视图的"数据源"窗口中。

将"学生"表中的字段"学号"、"姓名"、"课程"表中的字段"课程名称"和"选课"表中的字段"成绩"依次添加到 QBE 网格中,同时将"课程名称"字段的"显示"复选框取消勾选;对应"课程名称"字段,在"条件"行输入"="C 程序设计"",如图 4-27 所示。

图 4-26　查询步骤(5)设置

图 4-27　查询步骤(6)设置

保存查询。运行结果如图 4-28 所示。

(7) 查询"高等数学"大于 90 分或"计算机基础"大于 85 的同学的姓名、课程和成绩。

将"学生"表中的字段"姓名","课程"表中的字段"课程名称"和"选课"表中的字段"成绩"依次添加到 QBE 网格中;在"条件"行,对应"课程名称"字段,输入"="高等数学"",对应"成绩"字段,输入">90",在"或"行,输入"="计算机基础"",对应"成绩"字段,输入">85",如图 4-29 所示。

图 4-29　查询步骤(7)设置

图 4-28　查询步骤(6)运行结果

保存查询。运行结果如图 4-30 所示。

图 4-30　查询步骤(7)运行结果

(8) 查询未参加考试的同学的学号、姓名和课程名称。

将"学生"表中的字段"学号","姓名","课程"表中的字段"课程名称"和"选课"表中的字段"成绩"依次添加到 QBE 网格中,同时将"成绩"字段的"显示"复选框取消勾选;在"条件"行,对应"成绩"字段,输入"is null",如图 4-31 所示。

图 4-31　查询步骤(8)设置

保存查询。运行结果如图 4-32 所示。

图 4-32　查询步骤(8)运行结果

说明:

(1) 日期型常量要使用定界符"#",例如,#1985-1-1# 表示日期型数据 1985-1-1 (1985 年 1 月 1 日)。

(2) 中级职称及以上的教师用表达式 not"助教"表示,这里假设教师的职称为教授、副教授、讲师和助教。

(3) 未参加考试的同学,用表达式"is null"表示,成绩为空。

4.2.4　在查询中进行计算和统计

在设计选择查询时,除了进行条件设置外,还可以进行计算和分类汇总,如计算学生的年龄、计算教师的工龄、统计教师的工资、按性别统计学生数、按系别统计教师的任务工作量等,这需要在查询设计时使用表达式及查询统计功能。

1. 表达式

用运算符将常量、变量、函数连接起来的式子称为表达式,表达式计算将产生一个结果。可以利用表达式在查询中设置条件(参见 4.2.3 节)或定义计算字段。Access 系统提供了算术运算、关系运算、字符运算和逻辑运算等 4 种基本运算表达式。

1) 算术运算

算术运算符包括＋、－、＊、／ 4 种,主要用于数值运算。例如,[工资]＊12 是一个算术表达式,可以求职工的年薪,其中,[工资]是教师表中工资字段的值。

2) 关系运算

前面已经提到,关系运算符由＞、＞＝、＜、＜＝、＝和＜＞等符号构成,主要用于数据之间的比较,其运算结果为逻辑值,即"真"和"假"。

3) 字符运算

字符运算是指字符串的连接运算,包括＋和 & 两种运算符,其主要功能是将两个字符串进行首尾相接。

例如,"计算机"＋ "技术","计算机" & "技术"都是进行字符串的连接。运算结果均为"计算机技术"。

"＋"和"&"的功能都是完成字符串的连接运算,但又有所不同,"＋"运算既可以进行加法运算又可以做字符串连接运算,而"&"运算只能做字符串连接运算。

例如,表达式"123"＋12 的结果为"135",而表达式"123" & 12 的运算结果为"12312"。

4) 逻辑运算

逻辑运算符由 Not、And 和 Or 构成,分别表示逻辑上"非"、"与"、"或"运算,主要功能是进行逻辑运算,其运算结果是逻辑值。逻辑运算的规则如表 4-4 所示。

表 4-4　逻辑运算规则

A	B	Not A	A and B	A or B
True	True	False	True	True
True	False	False	False	True
False	True	True	False	True
False	False	True	False	False

2. 系统函数

函数是一个预先定义的程序模块函数。可以由用户自行定义,也可以由系统预先定义,用户在使用时只需给出相应的参数值就可以自动完成计算。其中,系统定义的函数称为标准函数,用户自己定义的函数称为自定义函数。

Access 系统提供了数百个标准函数,可分为数学函数、字符串处理函数、日期/时间函数、聚合函数等,其中聚合函数可以直接用于查询中。函数及功能列表如表 4-5 所示。

表 4-5　系统函数

函 数 名 称	功　　能
Sum	计算指定字段值的总和。适用于数字、日期/时间、货币型字段
Avg	计算指定字段值的平均值。适用于数字、日期/时间、货币型字段
Min	计算指定字段值的最大值。适用于文本、数字、日期/时间、货币型字段
Max	计算指定字段值的最小值。适用于文本、数字、日期/时间、货币型字段
Count	计算指定字段值的计数。当字段中的值为空(null)时,将不计算在内
Var	计算指定字段值方差值。适用于文本、数字、日期/时间、货币型字段
StDev	计算指定字段值标准差值。适用于文本、数字、日期/时间、货币型字段
First	返回指定字段的第一个值。
Last	返回指定字段的最后一个值。
Expression	在字段中自定义计算公式,可以套用多个总计函数

在查询过程中,当需要使用某个函数时,并不需要写出函数的完整格式,可以通过 Access 提供的汇总功能使用这些函数。具体步骤如下:

(1)打开"查询设计器"窗口,将查询所需要的表添加到查询设计视图的"数据源"窗口中。

(2)将查询所需要的字段添加到 QBE 网格中。

(3)单击工具栏上的"总计"按钮 Σ 或在快捷菜单(如图 4-33 所示)中选择"总计",在 QBE 网格中出现"总计"行。

图 4-33　快捷菜单

(4)在"总计"下拉列表中选择相应的统计函数。

3. 查询举例

【实例 4-3】 在选课管理数据库中,创建以下查询。

(1)查询学生的学号、姓名、出生日期并计算年龄。

(2)统计各系学生的平均年龄。

(3)统计各年份出生的学生人数。

(4)查询教师的姓名、参加工作日期和工龄。

(5)统计每位教师的所教课程的总学时。

(6)统计"计算机系"教师的课程总学时数。

(7)统计学生的课程总成绩和平均成绩。

操作步骤如下:

打开数据库"选课管理",在数据库中选择查询为操作对象,单击"在设计视图中创建查询"选项,打开"查询设计器"窗口,将查询所需要的表添加到查询设计视图的"数据源"

窗口中。

（1）查询学生的学号、姓名、出生日期并计算年龄。

将"学生"表的字段"学号"、"姓名"、"出生日期"添加到 QBE 网格中，然后在空白列中输入"年龄：Year(Date())－Year([出生日期])"，其中，Year(Date())－Year([出生日期])是计算年龄的表达式，而"年龄："用于设置年龄的显示标题，如图 4-34 所示，保存查询。

图 4-34　查询步骤(1)设置

（2）统计各系学生的平均年龄。

将"系部"表的字段"系名称"添加到 QBE 网格中，并在空白列中输入"平均年龄：Year(Date())－Year([出生日期])"，然后单击工具栏上的"总计"按钮 **Σ** 或在快捷菜单（如图 4-33 所示）中选择"总计"，在 QBE 网格中出现"总计"行，如图 4-35 所示。对应"系名称"字段，在"总计"下拉列表中选择"分组"，对应表达式"Year(Date())－Year([出生日期])"，在"总计"下拉列表中选择"平均值"，这表明按照"系名称"字段分组统计年龄的平均值，然后保存查询。

（3）统计各年份出生的学生人数

将"学生"表的字段"学号"添加到 QBE 网格中，并在空白列中输入"年份：Year([出生日期])"，然后在"总计"行中，对应"学号"字段，选择"计数"，对应表达式"Year([出生日期])"选择"分组"，这表明按照年份分组统计学生的人数，如图 4-36 所示。

图 4-35　查询步骤(2)设置

图 4-36　查询步骤(3)设置

（4）查询教师的姓名、参加工作日期和工龄

将"教师"表的字段"姓名"、"参加工作日期"添加到 QBE 网格中，并在空白列中输入"工龄：2009－Year（［参加工作日期］）"，其中，"工龄："作为表达式的显示标题，而"2009－Year（［参加工作日期］）"是计算工龄的表达式，如图 4-37 所示。

图 4-37　查询步骤（4）设置

（5）统计每位教师的所教课程的总学时。

将"教师"表的字段"姓名"，"课程"表的字段"学时"添加到 QBE 网格中，然后在"总计"行中，对应"姓名"字段，选择"分组"，对应"学时"字段，选择"总计"，这表明按照教师分组进行学时的求和，即每位教师的所教课程的总学时，如图 4-38 所示。

保存查询并运行，运行结果如图 4-39 所示。

图 4-38　查询步骤（5）设置

图 4-39　查询步骤（5）运行结果

（6）统计"计算机系"教师的课程总学时数。

将"系部"表的字段"系名称"，"课程表"的字段"学时"添加到 QBE 网格中，然后在"总计"行中，对应"系名称"字段，选择"分组"，对应"学时"字段，选择"总计"，这表明按照教师所在系名称分组进行学时的求和，对应"系名称"字段，在"条件"行输入条件"计算机系"，即选择计算机系的教师所教课程求总学时，如图 4-40 所示。

（7）统计学生的课程总成绩和平均成绩。

将"学生"表的字段"学号"、"姓名"，"选课"表的字段"成绩"添加到 QBE 网格中，注意，将成绩字段添加 2 次。然后在"总计"行中，对应"学号"和"姓名"字段，选择"分组"；对

图 4-40　查询步骤(6)设置

应第 1 个"成绩"字段,选择"总计"并添加标题"总成绩",对应第 2 个"成绩"字段,选择"平均值计"并添加标题"平均成绩",如图 4-41 所示。

图 4-41　查询步骤(7)设置

说明:

(1) 在查询学生的年龄、教师的工龄和学生人数时使用了函数 Year() 和 Date(),这是日期/时间型函数,Year() 的功能是返回日期/时间型数据的年份,而 Date() 的功能是返回系统当前的日期。

(2) 在查询统计每位教师的所教课程的总学时数时,需要涉及 3 个表:"教师"、"课程"和"授课"表,其中,"课程"和"授课"表之间用"课程号"进行关联,"教师"和"授课"表之间用"职工号"进行关联。

4.3　交叉表查询

交叉表查询通常以一个字段作为表的行标题,以另一个字段的取值作为列标题,在行和列的交叉点单元格处获得数据的汇总信息,以达到数据统计的目的。例如,查询学生的单科成绩,是以学生姓名作为行标题,而课程名称作为列标题,在行和列的交叉点单元格处显示成绩数据。除此之外,还可以查询教师的授课情况等。交叉表查询既可以通过交叉表查询向导来创建,也可以在设计视图中创建。本节将介绍使用设计视图创建交叉表查询。

【实例 4-4】　在选课管理数据库中,创建以下交叉表查询。

(1) 查询学生的各门课成绩。

(2) 查询教师的所授课程及学时。

(3) 查询各系男、女教师的人数。

(4) 查询学生单科成绩平均及总成绩。

操作步骤如下:

打开数据库"选课管理",在数据库中选择查询为操作对象,单击"在设计视图中创建查询"选项,打开"查询设计器"窗口。

(1) 查询学生的各门课成绩。

将"学生"表、"课程"表和"选课"表添加到查询设计视图的"数据源"窗口中,同时将"学生"表的字段"学号"、"姓名","课程"表中的"课程名称"以及"选课"表的字段"成绩"添加到 QBE 网格中。右击"数据源"窗口,在弹出的快捷菜单中选择"查询类型"|"交叉表查询"命令,在 QBE 网格中将出现"总计"和"交叉表"行,首先,在"交叉表"行,对应"学号"和"姓名"字段选择"行标题"、对应"课程名称"选择"列标题",对应"成绩"字段,选择"值",然后,在"总计"行,对应"学号"、"姓名"和"课程名称"字段选择"分组",对应"成绩"字段,选择"第一条记录",如图 4-42 所示。

图 4-42　查询步骤(1)设置

保存查询并运行,运行结果如图 4-43 所示。

图 4-43　查询步骤(1)运行结果

(2) 查询教师的所授课程及学时。

将"教师"表、"课程"表和"授课"表添加到查询设计视图的"数据源"窗口中,同时将

"教师"表的字段"姓名"、"课程"表中的"课程名称"以及"授课"表的字段"学时"添加到
QBE 网格中。在"总计"行,对应"姓名"和"课程名称"字段选择"分组",对应"学时"字段,
选择"第一条记录";在"交叉表"行,对应"姓名"字段选择"行标题"、对应"课程名称"选择
"列标题",对应"学时"字段,选择"值",如图 4-44 所示。

图 4-44 查询步骤(2)设置

(3) 交叉查询各系男、女教师的人数。

将"教师"表、"系部"表添加到查询设计视图的"数据源"窗口中,同时将"系部"表中的
"系名称","教师"表中的字段"性别"和"职工号"添加到 QBE 网格中。在"总计"行,对应
"系名称"和"性别"字段选择"分组",对应"职工号"字段,选择"计数";在"交叉表"行,对应
"系名称"字段选择"行标题"、对应"性别"选择"列标题",对应"职工号"字段,选择"值",如
图 4-45 所示。

保存查询并运行,运行结果如图 4-46 所示。

图 4-45 查询步骤(3)设置

图 4-46 查询步骤(3)运行结果

(4) 查询学生单科成绩平均及总成绩。

将已创建的查询"交叉表查询学生的各门课成绩"和"统计学生的课程总成绩和平均
成绩"(参见实例 4-3[7])添加到查询设计视图的"数据源"窗口中,同时将查询"交叉表查
询学生的各门课成绩"中的所有字段以及查询"统计学生的课程总成绩和平均成绩"中的
"总成绩"和"平均成绩"并将其添加到 QBE 网格中,如图 4-47 所示。

保存查询并运行,运行结果如图 4-48 所示。

图 4-47 查询步骤(4)设置

学号	姓名	C程序设计	大学英语	高等数学	计算机基础	离散数学	数据结构	总成绩	平均成绩
05010001	刘一丁		56	76	70			202	67.33333333333
05010002	李想		90	87	67			244	81.33333333333
05040001	王大玲	78	76	60	78	85	64	441	73.5
05040002	王霖	89	87	80	89	78	86	509	84.83333333333
05040003	赵莉		88					88	88
05040004	周强	56		50		88		261	65.25

记录: ◄ ◄ 1 ► ► ►* 共有记录数: 6

图 4-48 查询步骤(4)运行结果

说明:

(1) 在交叉表查询设计时,如果在"交叉表"行中,设置某个字段的选项为"值",则在"总计"行中可以有多种选择,每个选项都与表 4-5 的系统函数相对应。如果获取的数据是单一数据,则可以选择"第一条记录"或"最后一条记录"。

(2) 本案例的步骤(4)是利用交叉查询的结果创建的查询,数据源是已经创建的查询。

4.4 参数查询

参数查询就是将查询中的字段准则,确定为一个带有参数的条件,用户在执行参数查询时会显示一个输入对话框以提示用户输入信息,系统在运行时根据给定的参数值确定查询结果,而参数值在创建查询时不需定义。

参数查询是一个特殊的选择查询,具有较大的灵活性,常常作为窗体、报表、数据访问页的数据来源。

【实例 4-5】 在教学管理数据库中,创建以下参数查询。

(1) 按学号查询学生的所有信息。

(2) 按系名查询学生的选课成绩。

(3) 按职称查询教师的所授课程名称。

(4) 按年级查询学生的姓名、性别和所在系。

操作步骤如下:

打开数据库"选课管理",在数据库中选择查询为操作对象,单击"在设计视图中创建查询"选项,打开"查询设计器"窗口。

（1）按学号查询某个学生的所有信息

将"学生"表添加到查询设计视图的"数据源"窗口中,将"学生"表的所有字段添加到QBE网格中（选择所有字段可以直接在数据表中单击"＊"）,对应"学号"字段,在"条件"行输入"［输入学生学号：］",如图 4-49 所示。

保存查询并运行,显示"输入参数值"对话框,如图 4-50 所示。

图 4-49　查询步骤(1)设置

图 4-50　"输入参数值"对话框

输入学号值"05010001",系统将显示值"05010001"的学生信息。

（2）按系名查询学生的选课成绩

将"学生"表、"选课"表、"课程"表和"系部"表添加到查询设计视图的"数据源"窗口中,将"学生"表中的"学号"、"姓名"字段,"课程"表中的"课程名称","选课"表中的"成绩"和"系部"表中的"系名称"添加到 QBE 网格中,对应"系名称"字段,在"条件"行输入"［输入学生系名：］",如图 4-51 所示。

图 4-51　查询步骤(2)设置

（3）按职称查询教师的所授课程名称。

将"教师"表、"授课"表、"课程"表和"系部"表添加到查询设计视图的"数据源"窗口中,将"教师"表中的"姓名"、"职称"字段,"课程"表中的"课程名称"添加到 QBE 网格中,对应"职称"字段,在"条件"行输入"［输入教师职称：］",如图 4-52 所示。

图 4-52　查询步骤(3)设置

(4) 按年级查询学生的学号、姓名、性别和所在系(假设学号的前 2 位表示年级)。

将"学生"表、"系部"表添加到查询设计视图的"数据源"窗口中,将"学生"表中的"学号"、"姓名"、"性别"字段和"系部"表中的"系名称"添加到 QBE 网格中,在空白列中输入"年级：Mid([学号],1,2)",并在"条件"行输入"[输入年级:]",如图 4-53 所示。

图 4-53　查询步骤(4)设置

说明：

(1) 在参数查询中,在"条件"行中输入的参数条件实际上是一个变量,运行查询时用户输入的参数将存储在该变量中,执行查询时系统自动将字段或表达式的值与该变量的值进行比较,根据比较的结果显示相应的结果。

(2) 在查询步骤(4)中,表达式"Mid([学号],1,2)"调用了字符串处理函数 Mid(),它的功能是取"学号"字段的前 2 位。

4.5　操作查询

前面介绍的查询是按照用户的需求,根据一定的条件从已有的数据源中选择满足特定准则的数据形成一个动态集,将已有的数据源再组织或增加新的统计结果,这种查询方式不改变数据源中原有的数据状态;而操作查询是在选择查询的基础上创建的,可以对表中的记录进行追加、修改、删除和更新。操作查询包括删除查询、更新查询、追加查询和生成表查询。

4.5.1　删除查询

删除查询又称为删除记录的查询,可以从一个或多个数据表中删除记录。使用删除查询,将删除整条记录,而非只删除记录中的字段值。记录一旦删除将不能恢复,因此在删除记录前要做好数据备份。删除查询设计完成后,需要运行查询才能将需要删除的记录删除。

【实例4-6】　在选课管理数据库中,创建以下删除查询。

(1) 删除成绩不及格的学生的选课记录。

(2) 删除04级学生的记录。

操作步骤如下:

打开数据库"选课管理",在数据库中选择查询为操作对象,单击"在设计视图中创建查询"选项,打开"查询设计器"窗口。

(1) 删除成绩不及格的学生的选课记录。

将"选课"表添加到查询设计视图的"数据源"窗口中,同时将"成绩"字段添加到 QBE
网格中。右击"数据源"窗口,在弹出的快捷菜单中选择"查询类型"|"删除查询"命令,则在 QBE 网格中出现删除行,在下拉列表中有两个选项,即 where 和 from,选中 where,然后在"条件"行输入"＜60",如图 4-54 所示。

保存查询,输入查询名"删除成绩不及格的学生的选课记录",查询设置完成。运行查询,系统将自动显示删除确认对话框,如图 4-55 所示。

单击"是"按钮,满足条件的记录将被删除。

(2) 删除04级学生的记录。

图 4-54　查询步骤(1)设置

将"学生"表添加到查询设计视图的"数据源"窗
口中,同时将"学号"字段添加到 QBE 网格中。右击"数据源"窗口,在快捷菜单中选择"查询类型"|"删除查询"命令,则在 QBE 网格中出现删除行,通过下拉列表中选中 where,然后在"条件"行输入""04"",如图 4-56 所示。

图 4-55　删除确认对话框

图 4-56　查询步骤(4)设置

说明：

（1）在删除查询中，在"删除"行的下拉列表框中有两个选项，where 或 from，其中，where 的作用是选择满足条件的所有记录，而 from 的作用是选择连续满足条件的记录，直到遇到不满足条件的记录为止。

（2）由于表间存在着关系，在进行删除查询时要注意到表间的关系，若关系完整性设置了级联，当删除一对多关系中"一"方的表中的记录时，那么"多"方表中与之相关联的记录也会被删除。

4.5.2 更新查询

在数据库操作中，如果只对表中少量数据进行修改，可以直接在表操作环境下，通过手工进行修改。然而，利用手工编辑效率低，而且容易出错。如果需要成批修改数据，可以使用 Access 提供的更新查询功能来实现。更新查询可以对一个或多个表中符合查询条件的数据进行批量修改。

【实例 4-7】 在教学管理数据库中，创建以下更新查询。

（1）将不及格学生的课程成绩置 0。

（2）将所有必修课程的学时增加 8 学时，学分增加 0.5 学分（假设必修课程的课程编号以字母 B 开头）。

操作步骤如下：

打开数据库"选课管理"，在数据库中选择查询为操作对象，单击"在设计视图中创建查询"选项，打开"查询设计器"窗口。

（1）将不及格学生的课程成绩置 0。

将"选课"表添加到查询设计视图的"数据源"窗口中，同时将"成绩"字段添加到 QBE 网格中。右击"数据源"窗口，在弹出的快捷菜单中选择"查询类型"|"更新查询"命令，则在 QBE 网格中出现"更新到"行。在"条件"行输入"<60"，然后在"更新到"行输入"0"，如图 4-57 所示。

保存查询，输入查询名"将不及格学生的课程成绩置 0"，查询设置完成。运行查询，系统自动显示更新数据对话框，如图 4-58 所示。

图 4-57　查询步骤（1）设置

图 4-58　更新数据对话框

单击"确定"按钮,满足条件的记录将被自动更新。

(2) 将所有必修课程的学时增加 8 学时,学分增加 0.5 学分。

将"课程"表添加到查询设计视图的"数据源"窗口中,同时将"课程号"、"学时"和"学分"字段添加到 QBE 网格中,然后将"课程号"修改为表达式"Mid([课程号],1,1)"。右击"数据源"窗口,在弹出的快捷菜单中选择"查询类型"|"更新查询"命令,则在 QBE 网格中出现"更新到"行。对应表达式"Mid([课程号],1,1)"在"条件"行输入""B"",对应"学时"和"学分"字段,在"更新到"行分别输入"[学时]+8"和"[学分]+.5",如图 4-59 所示。

图 4-59　查询步骤(2)设置

保存查询,输入查询名"将所有必修课程的学时学分增加",查询设置完成。

4.5.3　追加查询

追加查询可以从一个或多个表将一组记录追加到一个或多个表的尾部,可以大大提高数据输入效率。

【实例 4-8】　在教学管理数据库中,新增加一个新生档案表,其结构与学生表相似,创建追加查询,将"新生档案"表中的数据追加到"学生"表中。

操作步骤如下:

(1) 打开数据库"选课管理",在数据库中选择查询为操作对象,单击"在设计视图中创建查询"选项,打开"查询设计器"窗口。

(2) 将"新生档案"表添加到查询设计视图的"数据源"窗口中,同时将所有字段添加到 QBE 网格中,如图 4-60 所示。

(3) 右击"数据源"窗口,在弹出的快捷菜单中选择"查询类型"|"追加查询"命令,则显示"追加"对话框,如图 4-61 所示。

(4) 在"表名称"文本框中输入表名或使用下拉列表选择表的名称,如果被追加的表位于其他数据库中,则需要选择数据库的选项。

(5) 保存查询,输入查询名为"将新生档案表追加到学生表",查询设置完成。运行查询,"新生档案"表中的数据将被追加到"学生"表中。

图 4-60　查询设置

图 4-61　"追加"对话框

说明:

(1) 在追加查询中,只有源数据表和目标数据表中相同字段的值才能被添加到目标数据表中。

(2) 被追加的数据表必须是已存在的表,否则无法实现追加,系统将显示相应的错误信息。

4.5.4　生成表查询

生成表查询可以使查询的运行结果以表的形式存储,生成一个新表,这样就可以利用一个或多个表或已知的查询再创建表,从而使数据库中的表可以创建新表,实现数据资源的多次利用及重组数据集合。

【实例 4-9】　在选课管理数据库中,创建以下生成表查询。

(1) 查询计算机系学生的学号、姓名和性别并生成学生名单表。

(2) 查询学生的各门课成绩并生成成绩表。

操作步骤如下:

打开数据库"选课管理",在数据库中选择查询为操作对象,单击"在设计视图中创建查询"选项,打开"查询设计器"窗口。

(1) 查询计算机系学生的学号、姓名和性别并生成学生名单表。

将"学生"表、"系部"表添加到查询设计视图的"数据源"窗口中,同时将"学生"表中的字段"学号"、"姓名"和"性别"和"系部"表中的"系名称"添加到 QBE 网格中,同时对应"系名称"字段,在"条件"行输入""计算机系"",如图 4-62 所示。

图 4-62　查询步骤(1)设置

右击"数据源"窗口,在弹出的快捷菜单中选择"查询类型"|"生成表查询"命令,显示"生成表"对话框,如图 4-63 所示。在"表名称"文本框中输入"计算机系学生表",单击"确定"按钮,查询设置完成,保存查询。

图 4-63　"生成表"对话框

(2) 查询学生的各门课成绩并生成成绩表。

将"学生"表、"课程"表和"选课"表添加到查询设计视图的"数据源"窗口中,同时将"学生"表中的字段"学号"、"姓名"和"课程"表中的"课程名称"以及"选课"表中的字段"成绩"添加到 QBE 网格中。右击"数据源"窗口,在弹出的快捷菜单中选择"查询类型"|"交叉表查询"命令,在 QBE 网格中将出现"总计"和"交叉表"行,首先,在"交叉表"行,对应"学号"和"姓名"字段选择"行标题"、对应"课程名称"选择"列标题",对应"成绩"字段,选择"值",然后,在"总计"行,对应"学号"、"姓名"和"课程名称"字段选择"分组",对应"成绩"字段,选择"第一条记录",如图 4-64 所示。

图 4-64　查询步骤(2)设置

右击"数据源"窗口,在弹出的快捷菜单中选择"查询类型"|"生成表查询"命令,显示"生成表"对话框,如图 4-65 所示。在"表名称"文本框中输入"学生各门课成绩交叉表",单击"确定"按钮,查询设置完成,保存查询。

图 4-65 "生成表"对话框

说明:

(1) 在生成表查询中,生成的新表可以存放在当前数据库中,也可以存放在另一个数据库中。如果存放在其他数据库中,需要选择数据库的名称。

(2) 在实例 4-9(2)中,由于涉及交叉表查询和生成表查询两种查询方式,首先要进行交叉表查询设置,然后再进行生成表查询设置。

4.6 使用向导创建查询

前面介绍了利用查询设计视图创建查询,用查询设计视图可以按照用户的需求设置查询条件,选择需要的字段和表达式,还可以利用查询对源数据表进行操作,这种方法对使用者的要求较高。如果使用查询向导创建查询,就可以按照 Access 系统提供的查询向导,按照系统的引导完成查询的创建。这种方法容易学习和掌握,因此,使用向导创建查询也是用户应该掌握的一种方法。

在 Access 中,提供了 4 种类型的查询向导,包括简单查询向导、交叉表查询向导、查找重复项查询向导和查找不匹配项查询向导。

4.6.1 简单查询向导

简单查询向导用于创建最简单的选择查询,这种方法操作过程简单易用。

【实例 4-10】 在选课管理数据库中,使用简单查询向导查询课程的基本信息。

操作步骤如下:

(1) 打开数据库"选课管理",在数据库中选择查询为操作对象,单击"新建"按钮,打开"新建查询"对话框,并选择"简单查询向导"选项,打开"简单查询向导"对话框,如图 4-66 所示。

(2) 在"表/查询"下拉列表中选择"表:课程",同时在"可用字段"列表框中将"课号"、"课程名称"、"开课学期"、"学时"、"学分"、"课程类别"等字段添加到"选定的字段"列表框中,然后单击"下一步"按钮,打开"请确定采用明细查询还是汇总查询"面板,如图 4-67 所示。

图 4-66　"简单查询向导"对话框

图 4-67　"请确定采用明细查询还是汇总查询"面板

（3）选择"汇总"单选按钮,同时单击"汇总选项"按钮,打开"汇总选项"对话框,如图 4-68 所示。

图 4-68　"汇总选项"对话框

（4）利用复选框，可选择求"汇总"、"平均"、"最大"或"最小"值，然后单击"确定"按钮，返回到如图 4-67 所示的面板。

（5）单击"下一步"按钮，打开"请为查询指定标题"面板，如图 4-69 所示。

图 4-69 "请为查询指定标题"面板

（6）输入查询名称"课程基本信息查询向导"，如果需要还可以选择查询创建完成后的查询使用方式"打开查询查看信息"|"修改查询设计"命令，然后单击"完成"按钮，查询设置完成，Access 系统将自动运行查询或进入查询修改窗口。若选择"打开查询查看信息"，则运行查询，显示查询结果，如图 4-70 所示。

图 4-70 课程基本信息查询向导查询运行结果

说明：

（1）在使用简单查询向导创建查询时，如果在表中选择的字段无数字型，则跳过第（2）步～第（4）步。

（2）为了查询指定的标题同时也是查询的名称，应给出新的名称，不能与已有的查询同名，否则将不能保存。

4.6.2 交叉表查询向导

交叉表查询向导用于创建交叉表查询，它的显示数据来源于某个字段的值或统计值。

【实例 4-11】 在选课管理数据库中，使用交叉表查询向导创建查询按系别统计教师各职称的人数。

操作步骤如下：

（1）打开数据库"选课管理"，在数据库中选择查询为操作对象，单击"新建"按钮，打开"新建查询"对话框，选择"交叉表查询向导"选项，打开"交叉表查询向导"对话框，如图 4-71 所示。

图 4-71 "交叉表查询向导"对话框

（2）在"交叉表查询向导"对话框中，选中"表"单选按钮，并在"含有交叉表查询信息的表或查询"列表框中选择"教师"表，然后单击"下一步"按钮，打开"添加行标题字段"面板，如图 4-72 所示。

图 4-72 添加行标题字段

（3）选择作为行标题的字段"系号"，该字段将显示在"选定字段"列表框中，同时"示例"表格的行标题中已经添加了"系号"。然后，单击"下一步"按钮，打开"添加列标题字段"面板，如图 4-73 所示。

（4）在打开的对话框中，选择作为列标题的字段"职称"，该字段将显示在"示例"表格

图 4-73　添加列标题字段

的列标题中,然后,单击"下一步"按钮,打开"选择行列交叉点处显示的数据"面板,如图 4-74 所示。

图 4-74　选择行列交叉点处显示的数据

（5）在打开的对话框中,选择作为每个行和列交叉点的字段和数据形式,其中,字段选择"职工号",数据形式选择"计数",这时在"示例"表格的行和列交叉点的信息更改为"计数（职工号）",这表明,行和列交叉点的数据为职工号的个数,若需要,还可以选择"是|否包括各行小计",然后,单击"下一步"按钮,打开"确定查询的名称"面板,如图 4-75 所示。

（6）在"指定查询名称"面板中输入查询名称"按系别统计教师各职称的人数交叉表查询",然后单击"完成"按钮,查询设置完成,显示查询运行结果,如图 4-76 所示。

4.6.3　查找重复项查询向导

利用查找重复项查询向导可以查询表中是否出现重复的记录,或者确定记录在表中

图 4-75　确定查询的名称

图 4-76　按系别统计教师各职称的人数查询运行结果

是否共享相同的值,或对表中具有相同字段值的记录进行统计等。例如,学生表中是否有相同的记录,统计职称相同的人数等。

【实例 4-12】　在选课管理数据库中,使用查找重复项查询向导查询是否有同一个学生选课成绩相同的记录。

操作步骤如下:

(1) 打开数据库"选课管理",在数据库中选择查询为操作对象,单击"新建"按钮,打开"新建查询"对话框,选择"查找重复项查询向导"选项,打开"查找重复项查询向导"对话框,如图 4-77 所示。

图 4-77　"查找重复项查询向导"对话框

（2）在打开的面板中，选择确认用以搜寻重复字段值的表或查询。在列表框中选择"选课"表以及视图选项组中的"表"单选按钮，然后，单击"下一步"按钮，打开"请确定可能包含重复信息的字段"面板，如图4-78所示。

图 4-78 请确定可能包含重复信息的字段

（3）在打开的面板中，选择可能包含重复信息的字段："学号"和"课程号"，该字段将显示在"重复字段"列表框中，单击"下一步"按钮，打开"请确定查询是否显示除带有重复值的字段之外的其他字段"面板，如图4-79所示。

图 4-79 选择除带有重复字段之外的其他字段

（4）在打开的面板中，选择"成绩"字段，该字段将显示在"另外的查询字段"列表框中，单击"下一步"按钮，打开"请指定查询的名称"面板，如图4-80所示。

（5）在"请指定查询的名称"面板中，输人查询名称为"选课相同记录查找重复项查询向导"，单击"完成"按钮，查询设置完成，显示查询运行结果，如图4-81所示。

4.6.4 查找不匹配项查询向导

在具有"一对多"的表中，在"一"方的表中的每一条记录，在"多"方可以有多条记录与其对应，但也可以没有任何记录与之对应，使用查找不匹配项查询向导可以查询在一个表

图 4-80 "指定查询名称"面板

图 4-81 "重复选课学生"查询运行结果

中查找与另一个表没有相关记录的记录。例如,查找没有授课任务的教师,可以使用查找不匹配项查询向导在"教师"表中查找那些在授课表中没有出现的记录。

【实例 4-13】 在选课管理数据库中,使用查找不匹配项查询向导创建查询没有选课的学生记录。

操作步骤如下:

(1)打开数据库"选课管理",在数据库中选择查询为操作对象,单击"新建"按钮,打开"新建查询"对话框,选择"查找不匹配项查询向导"选项,打开"查找不匹配项查询向导"对话框,如图 4-82 所示。

图 4-82 "查找不匹配项查询向导"对话框

（2）在打开的对话框中选择"在查询结果中含有的表或查询"。在列表框中选择"学生"表，单击"下一步"按钮，打开"包含相关记录的表或查询"面板，如图 4-83 所示。

图 4-83　选择包含相关记录的表或查询

（3）在该面板中，选择列表框中的相关表或查询"选课"表，单击"下一步"按钮，打开"请确定两张表中都有的信息"面板，如图 4-84 所示。

图 4-84　选择两张表中都有的信息

（4）在打开的面板中，选择两个表的公共字段"学号"，然后，单击"下一步"按钮，打开"请选择查询结果中所需的字段"面板，如图 4-85 所示。

（5）在打开的面板中，选择查询结果中所需字段"学号"和"姓名"，将在选定字段列表框中显示"学号"和"姓名"，单击"下一步"按钮，打开"请指定查询名称"面板，如图 4-86 所示。

（6）在打开的面板中，输入查询名称为"没有选课的学生查找不匹配项查询向导"，单击"完成"按钮，查询设置完成。运行查询，显示结果如图 4-87 所示。

上面的运行结果说明，显示的记录是没有选课记录的学生。

图 4-85　选择查询结果中所需字段

图 4-86　"指定查询名称"面板

图 4-87　没有选课的学生查询运行结果

4.7　SQL 查询

　　SQL(Structured Query Language)查询是使用 SQL 语言创建的一种查询。SQL 结构化查询语言是标准的关系型数据库语言,一般关系数据库管理系统都支持使用 SQL 作为数据库系统语言。SQL 语言的功能包括数据定义、数据查询、数据操纵和数据控制 4 个部分,了解和掌握 SQL 语言的基本语法对使用和管理数据库是非常有意义的。

　　在 Access 中,每个查询都对应着一个 SQL 查询命令。当用户使用查询向导或查询设计器创建查询时,系统会自动生成对应的 SQL 命令,可以在 SQL 视图中查看,除此之外,用户还可以直接通过 SQL 视图窗口输入 SQL 命令来创建查询。

4.7.1　SQL 语言的特点

　　SQL 语言具有以下特点:
　　(1) 高度的综合
　　SQL 语言集数据定义、数据操纵和数据控制于一体,语言风格统一,可以实现数据库的全部操作。

（2）高度非过程化

SQL 语言在进行数据操作时，只需说明"做什么"，而不必指明"怎么做"，其他工作由系统完成。用户无须了解对象的存取路径，从而大大减轻了用户负担。

（3）交互式与嵌入式相结合

用户可以将 SQL 语句当作一条命令直接使用，也可以将 SQL 语句当作一条语句嵌入到高级语言程序中，两种方式语法结构一致，为程序员提供了方便。

（4）语言简洁，易学易用

SQL 语言结构简洁，只用了 9 个命令就可以实现数据库的所有功能，使用户易于学习和使用。

4.7.2 SQL 语言的数据定义功能

SQL 语言的数据定义功能包括定义表、定义视图和定义索引，具体地说，是指表、视图和索引等对象的创建、修改和删除。在 Access 中没有视图。这里只介绍定义表和定义索引。

1. 定义基本表

定义基本表使用 CREATE TABLE 命令，其语法格式为：

```
CREATE TABLE <表名>
        ([<列名 1>]<数据类型 1>[<列级完整性性约束 1>]
        [,[<列名 2>]<数据类型 2>[<列级完整性性约束 2>]][,……])
        [,[<列名 n>]<数据类型 n>[<列级完整性性约束 n>]]
        [<表级完整性性约束 n>]
```

该语句的功能是，创建一个以＜表名＞为名的，以指定的列属性定义的表结构。其中：

- ＜表名＞是所定义的基本表的名称，它可以由一个或多个属性（列）组成，
- ＜列级完整性性约束 n＞和＜表级完整性性约束 n＞用来定义与该表有关的完整性约束条件，这些完整性约束条件将被保存在数据库中，当用户对表中数据进行操作时，系统将自动检查该操作是否违背这些完整性约束条件。

2. 修改基本表

修改基本表使用 ALTER TABLE 命令，其语法格式为：

```
ALTER TABLE <表名>
        [ADD <新列名><数据类型 1>][<完整性性约束>]][,…]
        [DROP <完整性约束>]
        [ALTER <列名><数据类型>]
```

该语句的功能是，修改以＜表名＞为名的表结构。其中：

- ADD 子句用于增加新列和新的完整性约束条件。
- DROP 子句用于删除指定的列和完整性。
- ALTER 子句用于修改原有的列的定义,包括列名、列宽和列的数据类型。

3. 删除表

删除表使用 DROP TABLE 命令,其语法格式为:

```
DROP TABLE <表名>
```

该语句的功能是,删除以<表名>为名的表。

4. 创建索引

创建索引使用 CREATE INDEX 命令,其语法格式为:

```
CREATE [UNIQUE] INDEX <索引名>
ON <表名> (<列名 1> [ASC|DESC]) [,<列名 2> [ASC|DESC],……]
```

该语句的功能是,为指定的表创建索引。其中,[ASC|DESC]是指索引值的排列顺序,UNIQUE 表示唯一索引。

5. 删除索引

创建索引使用 DROP INDEX 命令,其语法格式为:

```
DROP INDEX <索引名>
```

该语句的功能是,删除指定的索引。

6. SQL 数据定义实例

【实例 4-14】 使用 SQL 语言完成下列操作。

(1) 创建一个表: student,它由学号、姓名、性别、年龄和专业 5 个属性列组成,其中学号和姓名属性不能为空,并且唯一。

(2) 在 student 表中增加一个"入学时间"列,其数据类型为日期型。

(3) 删除 student 表中姓名唯一的约束。

(4) 分别按照姓名字段为 student 表创建索引,索引名为 xmsy。

(5) 删除姓名索引。

【SQL 命令】

(1) CREATE TABLE student (学号 char(10) NOT NULL UNIQUE,姓名 char(12) NOT NULL UNIQUE,性别 char(2),年龄 int,专业 char(15))

(2) ALTER TABLE student ADD 入学时间 date

(3) ALTER TABLE student DROP UNIQUE(姓名)

(4) CREATE INDEX xmsy ON student(学号)

(5) DROP INDEX xmsy

说明：

（1）NOT NULL 用于设置字段的值非空，UNIQUE 用于设置字段的值唯一。

（2）char 用于说明字符型数据，int 用于说明整型数据，date 用于说明日期型数据。

4.7.3 SQL 语言的数据操纵功能

SQL 的数据操纵包括表中数据更新、数据插入和数据删除等相关操作。

1. 数据更新

数据更新使用 UPDATE 命令，其语法格式为：

UPDATE <表名>SET<列名>=<表达式>[,<列名>=<表达式>…][WHERE<条件>]

该语句的功能是，用表达式的值更新指定表中指定列的值。其中：

- <列名>=<表达式>用表达式的值更新指定列的值。
- where 子句用于设置筛选条件，选择满足指定条件的记录进行数据更新。

2. 数据插入

数据插入使用 INSERT 命令，其语法格式为：

INSERT INTO <表名>[(列名1[,列名2,…])]VALUES[(常量1[,常量2,…])]

该语句的功能是，将一个新记录插入到指定的表中。其中：

- INTO 子句中的(列名1[,列名2,…])指表中插入新值的列，如果省略该选项，则新插入记录的每一列必须在 VALUES 子句中有值对应。
- VALUES 子句中的(常量1[,常量2,…])指表中插入新列的值，各常量的数据类型必须与 INTO 子句中所对应列的数据类型相同，而且个数也要匹配。

3. 数据删除

数据删除使用 DELETE 命令，其语法格式为：

DELETE FROM <表名>WHERE<条件>

该语句的功能是，删除指定表中满足条件的记录。如果省略 where 子句，则删除表中的所有数据。

4. SQL 数据操纵实例

【实例 4-15】 使用 SQL 语言完成下列操作。

（1）在 student 表中插入一条新记录("08010001","赵丹","男",26,"计算机应用")。

（2）将所有学生的年龄增加 1。

（3）删除学号为"04010001"的记录。

【SQL 命令】

（1）INSERT INTO student(学号,姓名,性别,年龄,专业)VALUES ("08010001","赵丹","男",

26,"计算机应用")

（2）UPDATE student SET 年龄=年龄+1

（3）DELETE FROM student WHERE 学号="04010001"

4.7.4　SQL 语言的数据查询功能

数据查询是 SQL 的核心功能,SQL 语言提供了 SELECT 语句用于检索和显示数据库中表的信息,该语句功能强大,使用方式灵活,可以用一个语句实现多种方式的查询。

SELECT 语句的格式为:

```
SELECT [ ALL| DISTINCT ] <目标列表达式 1>[,<目标列表达式 2>… ]
FROM <表名或查询名列表>
[INNER JOIN<数据源表或查询>ON <条件表达式>]
[WHERE <条件表达式>]
[GROUP BY <分组字段名>[HAVING <条件表达式>]]
[ORDER BY<排序选项> [ASC|DESC]]
```

该语句的功能是,从指定的表或查询中找出符合条件的记录,按目标列表达式的设定,选出记录中的字段值形成查询结果。其中:

- ALL| DISTINCT 表示记录的范围,ALL 表示所有记录,DISTINCT 表示不包括重复行的记录。
- <目标列表达式>表示查询结果中显示的数据,一般为列名或表达式。
- FROM 子句表示数据源,即查询所涉及的相关表或已有的查询。
- WHERE 子句表示查询条件,用于选择满足条件的记录。
- GROUP BY 子句对查询结果进行分组。
- HAVING 子句限制分组的条件。
- ORDER BY 子句对查询结果进行排序。

【实例 4-16】　在选课管理数据库中,使用 SQL 语言完成下列查询。

（1）查询所有学生的信息。

（2）查询所有学生的学号、姓名、出生日期并计算年龄。

（3）查询 1985—1990 年间出生的学生的姓名和出生日期。

（4）查询所有学生的选课信息,显示学号、姓名、课程名称和成绩。

（5）查询所有选修"C 程序设计"学生的选课信息,显示学号、姓名和成绩。

（6）统计每个学生的课程总成绩、平均成绩并按成绩降序排序,显示学号、姓名、总成绩和平均成绩。

（7）查询各系学生总人数。

（8）查询选修了课程但没有参加考试的学生的学号、课程名称。

【SQL 命令】

（1）SELECT * FROM 学生

在此命令中,"*"表示所有字段。

（2）SELECT 学生.学号,学生.姓名,学生.出生日期,Year(Date())-Year([出生日期]) AS 年龄 FROM 学生

在此命令中,表达式 Year(Date())-Year([出生日期])用于计算年龄,而 Date(), Year()为 Access 提供的函数,AS 年龄用于设置年龄的显示标题。

（3）SELECT 学生.学号,学生.姓名,学生.出生日期 WHERE YEAR(出生日期)BETWEEN 1985 AND 1990

在该命令中,WHERE 子句用于判断出生日期的年份是否在 1985—1990 之间。

（4）SELECT 学生.学号,学生.姓名,课程.课程名称,选课.成绩 FROM 学生,课程,选课 WHERE 课程.课程号=选课.课程号 and 选课.学号=学生.学号

在该查询中,涉及 3 个表:学生、课程、选课。其中,"学生"表和"选课"表之间通过学号进行关联,"选课"表和"课程"表之间通过课程号进行关联,WHERE 子句的功能是设置表间的关联。

（5）SELECT 学生.学号,学生.姓名,选课.成绩 FROM 学生,课程,选课 WHERE 课程.课程名称="C 程序设计" AND (课程.课程号=选课.课程号) AND 选课.学号=学生.学号课程.课程名称="C 程序设计"

该查询与（4）相似,只是多了一个条件:课程名称＝"C 程序设计"。

（6）SELECT 学生.学号,学生.姓名,Sum(选课.成绩) AS 总成绩,Avg(选课.成绩) AS 平均成绩 FROM 学生,课程,选课 WHERE 课程.课程号=选课.课程号 and 选课.学号=学生.学号 GROUP BY 学生.学号,学生.姓名 ORDER BY Sum(选课.成绩) DESC

在该查询中,字段分别来自于"学生"表、"课程"表和"选课"表,函数 Sum(选课.成绩)用于统计学生的总成绩,Avg(选课.成绩)用于统计学生的平均成绩,短语 GROUP BY 学生.学号,学生.姓名用于进行分组,短语 ORDER BY Sum(选课.成绩)用于对成绩进行排序。

（7）SELECT 系部.系名称,Count(学生.学号) AS 学生人数 FROM 学生,系部 WHERE 学生.系号=系部.系号 GROUP BY 系部.系名称

在该查询中,数据来自于"系部"表和"学生"表,系名称是分组字段,Count(学生.学号)用于统计学生的人数。

（8）SELECT 学生.学号,学生.姓名,课程.课程名称 FROM 学生,课程,选课 WHERE 学生.学号=选课.学号 AND 课程.课程号=选课.课程号

在该查询中,选课.成绩 Is Null 用于判断成绩是否为空,当成绩为空时,说明学生选修了该课程,但没有参加考试。

4.7.5 SQL 视图

在 Access 中,所有的查询都可以在 SQL 视图中打开,通过修改 SQL 语句,就可以对现有的查询进行修改以满足用户的要求。

打开 SQL 视图的操作步骤如下：

（1）选择已经存在的查询，打开其查询设计视图。

（2）在查询设计视图上右击，在弹出的快捷菜单中选择"SQL 视图"命令，或单击工具栏上的"视图"按钮 并选择"SQL 视图"选项，就可以切换到 SQL 视图，如图 4-88 所示。

图 4-88 SQL 查询视图

在 SQL 视图窗口中显示于该查询对应的 SQL 语句，用户可以重新编辑或修改 SQL 语句，运行 SQL 语句就可以得到新的查询结果。

4.8 思考与练习

一、思考题

1. 什么是查询？查询有哪些功能？

2. 查询有哪些类型？

3. 查询和表有何不同？

4. 什么是 SQL 查询？它有什么哪些特点？

二、填空题

1. Access 查询的数据源可以来自_____和_____。

2. 操作查询包括更新查询、_____、_____和_____。

3. 在查询中，如果需要对数值型字段进行求和应使用_____函数。

4. 查询有种 视图方式，分别是_____。

5. 在交叉表查询中，作为列标题的字段只能有_____个。

6. 在 SQL 语句中，From 子句表示_____，Group By 子句用于_____。

7. 在查询中设计视图中，判断某个字段是否为空，需要在条件行设置的表达式为_____。

8. 查询的"条件"项上，同一行的条件之间是_____的关系，不同行的条件是的_____关系。

9. 能够对源数据表的记录进行修改的查询有_____。

10. 在查询设计过程中,如果在"条件"行将姓名字段的设置为"Like " * 国 * "",则查询的记录应满足条件_____。

三、上机操作题

1. 针对教师管理数据库,使用查询设计视图创建下列选择查询。

(1) 查询 20 世纪 90 年代参加工作的教师的姓名和参加工作日期。

(2) 查询所有课程性质为选修的课程及学分。

(3) 查询教师所讲授的课程及课程性质。

(4) 查询所有"选修"课程的课程和授课教师姓名。

(5) 查询所有教师的工资各项数据。

(6) 统计所有教师的应发工资,显示教师姓名和应发工资。

其中:应发工资=基本工资+职务工资+岗位补贴+书报费

2. 针对教师管理数据库,创建参数查询。

(1) 按系名查询教师的姓名、性别和电话。

(2) 按职称查询教师的姓名、教授的课程及学时。

(3) 按姓名查询教师的工资各项数据。

(4) 按课程名称查询教授该课程的教师姓名和职称。

3. 针对教师管理数据库,创建交叉表查询。

(1) 查询讲授各门课程的教师的职称情况。

(2) 查询教师的所授课程及学时。

4. 针对教师管理数据库,创建操作查询。

(1) 查询所有"必修"课程的授课教师姓名、授课课程名称和学时并生成数据表"必修课授课教师"。

(2) 将"选修"课的授课教师姓名、课程名称和学时追加到数据表"必修课授课教师"中。

(3) 删除所有姓"张"的教师记录。

(4) 将职称为"讲师"的教师的基本工资增加 50。

(5) 使用更新查询计算教师的实发工资。

其中,实发工资=应发工资-公积金-(应发工资-公积金-2000)×所得税

5. 创建 SQL 查询。

(1) 查询所有第"二"学期开设的课程。

(2) 查询职称为教授的教师所授课程及学时。

(3) 查询所有基本工资小于 2000 的教师的姓名和单项工资。

6. 使用向导创建以下查询。

(1) 查询教授课程多余 1 门的教师姓名。

(2) 查询没有授课任务的教师。

第5章

窗体

学习目标

通过本章的学习,应该掌握以下内容:

(1) 窗体的基本概念。

(2) 窗体的类型。

(3) 使用向导和设计视图创建窗体的方法。

(4) 常用控件的使用。

(5) 窗体的应用。

5.1 窗体概述

窗体,又称为表单,是 Access 数据库系统的一种重要的数据库对象。在 Access 中,窗体是人机对话的重要工具,是用户同数据库系统之间的主要操作接口。它的作用通常包括显示和编辑数据、接受用户输入以及控制应用程序流程等。窗体可以为用户提供一个友好、直观的数据库操作界面,通过窗体可以方便、快捷地查看、浏览和操纵数据。

在 Access 中,用户可以根据需要设计各种风格的窗体,在窗体中可以安排字段显示的位置,可以为字段建立输入选项,可以验证输入的数据,还可以创建包含其他窗体的窗体。

5.1.1 窗体的基本类型

从外观上看,窗体和普通的 Windows 窗口之间几乎相同,其结构和组成成分与一般的 Windows 窗口基本相同。最上方是标题栏和控制按钮;窗体内是各种控件,如文本框、单选按钮、下拉式列表框以及命令按钮等,最下方是状态栏。

Access 提供了 6 种不同类型的窗体,分别是纵栏式窗体、表格式窗体、数据表窗体、主/子窗体、图表窗体和数据透视窗体。

1. 纵栏式窗体

纵栏式窗体又称为全屏幕窗体,一次只显示一条记录,记录中的字段纵向排列于窗体中,每一栏的左侧显示字段的名称,右侧显示相应的字段值。纵栏式窗体通常用于浏览和输入数据,如图 5-1 所示。

图 5-1 学生信息纵栏式窗体

2. 表格式窗体

在表格式窗体中,一次可以显示多条记录,又称为连续窗体,当记录数目或字段的数目超过窗体显示范围时,窗体上会出现垂直或水平滚动条,拖曳滚动条可以显示窗体中未显示的记录或字段,如图 5-2 所示。

图 5-2 教师信息表格式窗体

3. 数据表窗体

数据表窗体与数据表窗口从外观上基本相同,如图 5-3 所示。但在数据表窗体中,不仅可以调整字段列的宽度和记录行的高度,而且可以动态编辑记录的内容。数据表窗体通常作为一个子窗体出现在其他窗体中。

4. 主/子窗体

主/子窗体主要用来显示具有"一对多"关系的表中的数据。主窗体显示"一"方数据表的数据,一般采用纵栏式窗体;子窗体显示"多"方数据表的数据,通常采用数据表式或表格式窗体,如图 5-4 所示。主窗体和子窗体的数据表之间通过公共字段相关联,当主窗体中的记录指针发生变化时,子窗体中的记录会随之发生变化。

图 5-3 选课数据表窗体

图 5-4 学生及选课主/子窗体

5. 图表窗体

图表窗体是将数据经过一定的处理，以图表形式直观显示出来，它可以清晰地展示数据的变化状态以及发展趋势，如图 5-5 所示。图表窗体可以单独使用，也可以作为子窗体嵌入其他窗体中。

图 5-5 学生选课人数图表窗体

6. 数据透视窗体

数据透视窗体主要用于对数据进行分析和汇总，数据透视窗体主要有数据透视图窗体和数据透视表窗体两种。数据透视表是一个交叉表，可以定义行、列、页和汇总数据，用于汇总和分析数据，如图 5-6 所示。

数据透视图窗体以图表的形式显示数据，用于数据的图形分析，如图 5-7 所示。

5.1.2 窗体的视图

Access 2003 的窗体有 5 种视图，分别是设计视图、窗体视图、数据表视图、数据透视表视图和数据透视图。

图 5-6　学生选课数据透视表窗体　　　　图 5-7　教师授课总学时数据透视图窗体

1. 设计视图

窗体的设计视图用于窗体的创建和修改,用户可以根据需要向窗体中添加对象、设置对象的属性,窗体设计完成后可以保存并运行。

2. 窗体视图

窗体视图是窗体运行时的显示方式,根据窗体的功能可以浏览数据库的数据,也可以对数据库中的数据进行添加、修改、删除和统计等操作。

3. 数据表视图

数据表视图以表格的形式显示数据,数据表视图与数据表窗口从外观上基本相同,可以对表中的数据进行编辑和修改。

4. 数据透视表视图和数据透视图视图

数据透视表视图和数据透视图视图主要用于数据的分析和统计,以图表的形式直观显示分析和统计信息。

5.2　创建窗体

在 Access 中,提供了 3 种创建窗体的方法,即自动创建窗体、利用窗体向导创建窗体和使用设计视图创建窗体。自动创建窗体和利用窗体向导创建窗体都是根据系统的引导完成创建窗体的过程,使用设计视图创建窗体则根据用户的需要自行设计窗体,这需要用户掌握面向对象程序设计的相关知识。本节主要介绍自动创建窗体和利用窗体向导创建窗体的方法。

5.2.1　创建自动窗体

创建自动窗体向导基于单个表或查询创建窗体,可以将表或查询作为窗体的数据源,当选定数据源后,窗体将包含来自该数据源的所有字段和记录。创建自动窗体包括自动创建窗体向导和自动窗体向导两种,其创建过程基本相同,所不同的是,自动创建窗体向导可以创建纵栏式、表格式和数据表式窗体,而自动窗体只能创建数据透视表和数据透视图窗体。

1. 自动创建窗体

【实例 5-1】 在选课管理数据库中,使用自动创建窗体向导创建教师信息浏览窗体。

操作步骤如下:

(1) 打开数据库"选课管理"。

(2) 在数据库中选择窗体为操作对象,单击"新建"按钮,打开"新建窗体"对话框,如图 5-8 所示。

(3) 在"新建窗体"对话框中的列表框中选择"自动创建窗体:纵栏式"选项,并在"请选择对象数据的来源表或查询"下拉列表框选中"教师"表,然后单击"确定"按钮,系统将运行窗体,打开它的窗体视图,如图 5-9 所示。

图 5-8 "新建窗体"对话框　　　　图 5-9 教师信息浏览窗体

(4) 关闭窗体并保存窗体,窗体设计完成。

2. 自动窗体

自动窗体包括数据透视表和数据透视图窗体,数据透视表自动窗体需要在数据透视表视图中打开,数据透视图窗体将在数据透视图视图中打开。创建这两种窗体时,需要在系统给出的窗体设计区中,将作为数据源的表或查询中的字段根据需求从字段列表中添加到相应的区域中,并确定需要汇总的数据,就可以得到数据透视表和数据透视图窗体。

【实例 5-2】 在选课管理数据库中,使用自动窗体向导创建数据透视图窗体,将各系教师按职称分别统计男女教师的人数。

操作步骤如下:

(1) 打开数据库"选课管理"。

(2) 在数据库中选择窗体为操作对象,单击"新建"按钮,打开"新建窗体"对话框,在列表框中选择"自动窗体:数据透视图"选项,同时在数据源列表框中选择"教师"表,然后单击"确定"按钮,打开"图表字段列表"窗口,如图 5-10 所示。

(3) 用鼠标将数据透视图所用字段拖到指定的区域中,"系号"字段拖到左上角的筛

图 5-10　"图表字段列表"窗口

选字段区域,"职称"字段拖到分类字段区域,"性别"字段同时拖到系列字段区域和数据字段区域,如图 5-11 所示。

图 5-11　教师信息浏览窗体

(4) 关闭"图表字段列表"对话框,显示数据透视图,如图 5-12 所示。

图 5-12　数据透视图

(5) 为图表的坐标轴命名,选择水平坐标轴的"坐标轴标题"并右击,在弹出的快捷菜单中选中"属性"命令,打开"属性"对话框,如图 5-13 所示。

(6) 单击"格式"选项并在标题文本框中输入"职称结构",则数据透视图的水平坐标轴的标题改为"职称结构",使用同样的方法可以将垂直坐标轴的标题改为"人数",如图 5-14 所示。

图 5-13　"属性"对话框　　　　　　　图 5-14　设置坐标轴标题

(7) 如果需要,用户还可以设置图表的其他属性,然后保存窗体,数据透视图窗体设计完成。

5.2.2　使用向导创建窗体

使用向导创建窗体与自动创建窗体有所不同,使用向导创建窗体,其数据源可以来自多个数据表或查询,可以进行字段的选择,可以对字段进行排序,还可以选择窗体的类型和样式、添加背景和设置窗体类型等。使用向导可以创建纵栏式、表格式、数据表、数据透视表和数据透视图窗体。

1. 创建数据浏览窗体

使用窗体向导可以创建数据浏览和编辑窗体,窗体类型可以是纵栏式、表格式、数据表,其创建的过程基本相同。

【实例 5-3】　使用窗体向导创建浏览学生单科成绩、平均成绩和总成绩的纵栏式窗体。

操作步骤如下:

(1) 打开数据库"选课管理"。

(2) 在数据库中选择窗体为操作对象,单击"新建"按钮,打开"新建窗体"对话框,如图 5-15 所示。

(3) 在"新建窗体"对话框中,在列表框中选择"窗体向导"选项,同时在"请选择该对象数据的来源表或查询:"列表框中选择"查询学生单科成绩平均及总成绩"(参见第 4 章案例 4-4[4]),然后单击"确定"按钮,打开"窗体向导"对话框,如图 5-16 所示。

图 5-15　在"新建窗体"对话框中选择数据源　　　　图 5-16　"窗体向导"对话框

（4）将"可用字段"列表框中的字段添加到"选定的字段"列表框中，单击"下一步"按钮，打开"确定窗体布局"面板，如图 5-17 所示。

图 5-17　"确定窗体布局"面板

（5）选中"纵栏表"单选按钮，单击"下一步"按钮，打开"确定窗体样式"面板，如图 5-18 所示。

图 5-18　"确定窗体样式"面板

（6）在样式列表框中选择"标准"样式，单击"下一步"按钮，打开"为窗体指定标题"面板，如图 5-19 所示。

（7）在标题文本框中输入标题或使用默认标题，至此，使用向导创建窗体完成，然后，使用单选按钮选择窗体创建完成后系统要执行的操作"打开窗体或修改窗体设计"，选择"打开窗体查看或输入信息"，单击"完成"按钮，系统将自动打开窗体，如图 5-20 所示。

图 5-19　为窗体指定标题面板

图 5-20　窗体运行界面

2. 创建数据透视表窗体

数据透视表是一种交互式的数据表，可以对数据进行统计和分类并形成表格。利用数据透视表向导可以完成数据透视表窗体的创建。

【实例 5-4】　利用数据透视表向导创建数据透视表窗体，统计学生选课成绩并计算平均成绩。

操作步骤如下：

（1）打开数据库"选课管理"。

（2）在数据库中选择窗体为操作对象，单击"新建"按钮，打开"新建窗体"对话框，在列表框中选择"数据透视表向导"选项，然后单击"确定"按钮，打开"数据透视表向导"对话框，如图 5-21 所示。

图 5-21　"数据透视表向导"对话框

（3）图 5-21 是数据透视表的简介页,介绍数据透视表向导的功能及操作示例,单击"下一步"按钮,打开"选择数据透视表对象中所包含字段"面板,如图 5-22 所示。

图 5-22　"选择数据透视表所需字段"面板

（4）选择数据透视表所需的表和相应字段,选择"学生"表中的"姓名"字段、"课程"表中的"课程名称"字段、"选课"表中的"成绩"字段以及"系部"表中的"系名称"字段,然后单击"完成"按钮,打开"数据透视表设计视图"窗口,如图 5-23 所示。

图 5-23　"数据透视表设计视图"窗口

（5）用鼠标将数据透视图所用字段拖到指定的区域中,"系名称"字段拖到左上角的筛选字段区域,"姓名"字段拖到行字段区域,"课程名称"字段拖到列字段区域,"成绩"字段拖到汇总或明细区域,如图 5-24 所示。

（6）关闭"字段列表"窗口,生成数据透视表视图,右击"成绩"字段,在弹出的快捷菜单中选择"自动计算"|"平均值"命令,出现"总计"项,显示每个学生的成绩平均值和单科成绩平均值,如图 5-25 所示。

（7）选中"成绩"区域的所有成绩值并右击,在弹出的快捷菜单中选择"隐藏详细信息"命令,可以得到紧缩格式的数据透视图,如图 5-26 所示,至此,数据透视表设计完成。

图 5-24　拖动字段到指定区域

图 5-25　数据透视表视图

图 5-26　紧缩格式的数据透视表视图

　　数据透视表的内容可以导入 Excel 中，只需使用工具栏上的按钮或快捷菜单中的
"导出到 Microsoft Excel"命令，系统将启动 Excel 并自动生成表格，将其保存为 Excel
文件。

5.3　在设计视图中创建窗体

使用窗体向导可以快速创建窗体,但只能创建一些简单窗体,在实际应用中不能满足用户需求,而且某些类型的窗体无法用向导创建。例如,在窗体中添加各种按钮,打开/关闭 Access 数据库对象,实现数据检索等,这些功能只能通过自定义窗体来实现。利用窗体设计器,即窗体的设计视图可以进行自定义窗体的创建。窗体的设计视图不仅可以用来新建一个窗体,还可以对已有的窗体进行修改和编辑。

5.3.1　窗体的设计视图

窗体的设计视图是创建窗体的工具,它主要由 3 部分组成,分别是设计区域、工具箱和数据源,如图 5-27 所示。

图 5-27　窗体设计视图

1. 窗体设计区域

窗体设计区域用于设计窗体的细节,通常一个窗体包括窗体页眉/页脚、页面页眉/页脚和主体 3 部分。

窗体页眉/页脚用于设计整个窗体的页眉/页脚的内容与格式,窗体页眉通常用于为窗体添加标题或使用说明等信息。窗体页脚用于放置命令按钮或窗体使用说明。

页面页眉/页脚仅出现在打印窗体中,页面页眉用于设置在每张打印页的顶部所显示的信息;页面页脚通常用于显示日期和页码等信息。

主体部分是窗体的主要组成部分,其组成元素主要是 Access 所提供的各种控件,用于显示、修改、查看和输入信息等。每个窗体都必须包含主体部分,其他部分是可选的。可以利用工具箱向窗体添加控件。

默认情况下,窗体的设计部分只显示窗体的主体部分。将鼠标置于主体部分并右击,在弹出的快捷菜单中选择"窗体页眉/页脚"或"页面页眉/页脚"命令,可以显示完整的窗体设计视图。

2. 工具箱

工具箱是控件的容器,提供可以加入主窗体的控件。当使用设计视图创建新窗体时,系统会自动打开工具箱,用户可以根据需要向窗体中添加所需要的控件。

3. 数据源

当使用窗体对表的数据进行操作时,需要为窗体添加数据源,数据源可以是一个或多个表或查询。为窗体添加数据源方法有以下两种,具体操作步骤如下:

(1) 在创建窗体同时添加数据源。

如果创建的是一个新窗体,可以采用以下操作步骤为窗体添加数据源。

① 打开数据库。

② 在数据库中选择窗体为操作对象,单击"新建"按钮,打开"新建窗体"对话框,如图 5-15 所示。

③ 使用下拉列表框选择所需要的表或查询。

(2) 使用属性窗口添加数据源。

如果在创建窗体时未添加数据源,可以采用如下步骤为窗体添加数据源。

① 打开数据库。

② 选中需要添加数据源的窗体,打开窗体的设计视图。

③ 右击窗体,在弹出的快捷菜单中选择"属性"命令,打开"窗体"对话框,如图 5-28 所示。

图 5-28 "窗体"对话框

④ 在"窗体"对话框中,选择"数据"选项卡,使用下拉列表框选择需要的表或查询设置窗体的"记录源"属性。

5.3.2 控件

控件是构成窗体的基本元素,在窗体中,数据的输入、查看、修改以及对数据库中各种对象的操作都是使用控件来实现的。在设计窗体之前,首先要掌握控件的基本知识。

1. 控件的定义和属性

Access 中的控件是窗体或报表中的一个图形对象,这些控件与其他 Windows 应用程序中的控件相同,也与高级程序设计语言所编写的控件类似,例如,一个文本框用来输入或显示数据,命令按钮用来执行某个命令或完成某个操作。

控件的属性用来描述控件的特征或状态,例如,文本框的高度、宽度以及文本框中显示的信息都是它的属性,每个属性用一个属性名来标示。当控件的属性发生改变时,会影响到它的状态。

2. 控件的类型

根据控件的用途及其与数据源的关系,可以将控件分为绑定型、非绑定型和计算型 3 种类型。

(1)绑定型控件

控件与数据源的字段列表结合在一起,使用绑定控件输入数据时,Access 自动更新当前记录中与绑定控件相关联的表字段的值。大多数允许输入信息的控件都是绑定型控件。可以和控件绑定的字段类型包括文本、数值、日期、是/否、图片和备注型字段。

(2)非绑定型控件

控件与表中字段无关联,当使用非绑定控件输入数据时,可以保留输入的值,但是不会更新表中字段的值。非绑定型控件用于显示文本、图像和线条。

(3)计算型控件

计算型控件与含有数据源字段的表达式相关联,表达式可以使用窗体或报表中数据源的字段值,也可以使用窗体或报表中其他控件中的数据。计算型控件也是非绑定型控件,所以,它不会更新表的字段值。

3. 常用控件

在 Access 的窗体工具箱中,共有 20 种不同类型的控件,其控件名称和主要功能如表 5-1 所示。

表 5-1　常用控件

控件图标	控件名称	主要功能
	选定对象	用于选择控件、移动控件或改变尺寸
	控件向导	用于打开或关闭"控件向导"
Aa	标签	用于显示说明性文本的控件
abl	文本框	用来显示、输入或编辑数据源数据以及显示计算结果或接收用户输入
	选项组	与复选框、选项按钮或切换按钮配合使用,以显示一组可选值
	切换按钮	作为独立绑定到"是/否"字段,或作为未绑定控件与选项组配合使用
	选项按钮	作为独立绑定到"是/否"字段,或作为未绑定控件与选项组配合使用
	复选框	作为独立绑定到"是/否"字段,或作为未绑定控件与选项组配合使用
	组合框	该控件组合了列表框和文本框的功能,既可以在文本框中输入,也可以在列表框中选择输入项,然后将值添加到基础字段中

控件图标	控件名称	主要功能
	列表框	显示可以滚动的数值列表,供用户选择输入数据
	命令按钮	用于执行某些操作
	图像	用于在窗体或报表中显示静态图片
	未绑定对象框	用于在窗体或报表中显示未绑定 OLE 对象(包括声音、图像、图形等)
	绑定对象框	用于在窗体或报表中显示绑定 OLE 对象(包括声音、图像、图形等)
	分页符	用于在窗体或报表上开始新的一页
	选项卡控件	用于创建一个多页选项卡窗体或多页选项卡对话框
	子窗体/子报表	用于在窗体或报表中显示来自多个表的数据
	直线	用于在窗体、报表或数据访问页中,突出或分割相关内容
	矩形	显示图形效果,用于组织相关控件或突出重要数据
	其他控件	用于向"工具箱"中添加已经在操作系统中注册的 Active 控件

说明:这些控件既可以在窗体中使用,也可以在报表和数据访问页中使用。

5.3.3 向窗体中添加控件

向窗体中添加控件的步骤如下:

(1) 新建窗体或打开已有的窗体。

(2) 在工具箱中选择控件。

(3) 单击窗体的空白处将会在窗体中创建一个默认尺寸的对象,或者直接拖曳鼠标在画出的矩形区域内创建一个对象。还可以将数据源中字段列表中的字段直接拖曳到窗体中,用这种方法可以创建绑定型文本框和与之关联的标签。

(4) 设置对象的属性(如果需要)。

1. 标签

标签用于在窗体中、报表或数据访问页中显示说明性的文字,如标题、题注。标签不能显示字段或表达式的值,属于非绑定型控件。

标签有两种,即独立标签和关联标签。其中,独立标签是与其他控件没有关联的标签,用来添加说明性文字;关联标签是链接到其他控件上的标签,这种标签通常与文本框、组合框和列表框成对出现,文本框、组合框和列表框用于显示数据,而标签用来对显示数据进行说明。

在默认情况下,将文本框、组合框和列表框等控件添加到窗体或报表中时,Access 都会在控件左侧加上关联标签。如果不需要关联标签,可以通过属性窗口进行设置。具体操作方法是:首先在"工具箱"中选定控件,然后打开"属性"对话框,将"自动标签"属性改为"否"。完成设置后,当添加文本框等控件时,不再自动添加关联标签,直到将该控件的

"自动标签"属性改为"是"。

向窗体添加"标签"控件的步骤如下：

（1）单击工具箱中的"标签"按钮，光标将会变成一个左上角有个加号的 A 字图标 ⁺A。

（2）将鼠标放在标签位置的左上角，然后，拖动鼠标直到选取适当的尺寸，释放鼠标。

（3）输入标签的内容即标题。

2. 文本框

文本框用来显示、输入或编辑窗体中、报表或数据访问页的数据源中的数据，或显示计算结果。

文本框可以是绑定型也可以是非绑定型。绑定型文本框用来与某个字段相关联，非绑定型文本框用来显示计算结果或接收用户输入的数据。

【实例 5-5】 设计一个窗体用绑定文本框和非绑定文本框显示学生的学号、姓名、性别和年龄。

操作步骤如下：

（1）打开数据库"选课管理"。

（2）在数据库中选择窗体为操作对象，选择"学生"表作为数据源创建空白窗体，打开窗体的设计视图。

（3）创建绑定型文本框显示"学号"和"姓名"。具体做法是：打开"字段列表"窗口，将"学号"和"姓名"字段拖动到窗体的适当位置，在窗体中产生两组绑定型文本框和关联标签，这两组绑定型文本框分别与"学生"表中的"学号"和"姓名"字段相关联，如图 5-29 所示。

图 5-29 设置绑定型文本框

（4）创建非绑定型文本框。单击"控件向导"按钮 ⚟，使其处于按下状态，然后单击 "文本框"按钮 ⓐⓑⓛ，在窗体内拖动鼠标添加一个文本框，系统将自动打开"文本框向导"对话框，如图 5-30 所示。

（5）使用该对话框设置文本的字体、字号、字形、对齐方式和行间距等，然后单击"下一步"按钮，打开"为文本框指定输入法模式"面板，如图 5-31 所示。

图 5-30 "文本框向导"对话框

图 5-31 "为文本框指定输入法模式"面板

(6) 为获得焦点的文本框指定输入法模式,有 3 种方式可供选择,分别是随意、输入法开启和输入法关闭,然后单击"下一步"按钮,打开"输入文本框名称"面板,如图 5-32 所示。

图 5-32 "输入文本框名称"面板

（7）输入文本框的名称为"性别"，单击"完成"按钮，返回窗体设计视图，如图 5-33 所示。

（8）将未绑定型文本框绑定到字段。右击刚添加的文本框，在弹出的快捷菜单中选择"属性"命令，打开"文本框：性别"对话框，如图 5-34 所示。使用下拉列表框将文本框的"控件来源"属性设置为"性别"，即可完成文本框与"性别"字段绑定。

图 5-33　添加非绑定性文本框

图 5-34　"文本框：性别"对话框

（9）创建计算型文本框。创建一个非绑定文本框，并将文本框的名称设置为"年龄"，然后打开该文本框的"属性"对话框，并将其"控件来源"属性设置为"＝Year(Date())－Year([出生日期])"，如图 5-35 所示。

（10）将窗体切换到窗体视图，查看窗体运行结果，显示结果如图 5-36 所示。保存窗体，窗体名称为"学生信息浏览"，窗体设计完成。

图 5-35　窗体设计完成

图 5-36　窗体运行结果

3. 组合框和列表框

组合框和列表框是窗体设计中非常重要的控件，使用这两个控件可以使使用户从一个列表中选取数据，减少键盘输入，这样可以尽量避免数据输入错误所带来数据不一致。

列表框是由列表框和一个附加标签组成的，它能够将一些数据以列表形式给出，供用户选择。组合框实际上是文本框和列表框的组合，既可以输入数据，也可以在数据列表中进行选择。

列表框和组合框中的数据来源可以是数据表、查询，也可以是用户提供的一组数据。列表框和组合框的操作基本相同。

【实例 5-6】 在实例 5-3 创建的窗体中添加组合框以显示学生的政治面貌。

操作步骤如下：

（1）打开实例 5-3（或实例 5-5）创建的窗体"学生信息浏览"。

（2）在工具箱中单击"组合框"按钮，在窗体内拖动鼠标添加一个组合框，系统将自动打开"组合框向导"对话框，如图 5-37 所示。

图 5-37 "组合框向导"对话框

（3）确定组合框获取其数值的方式。获取数值的方式有 3 种，分别为"使用组合框查阅表或查询中的值"、"自行键入所需的值"或"在基于组合框中选定的值而创建的窗体上查找记录"。在本例中，选择"自行键入所需的值"，然后单击"下一步"按钮，如图 5-38所示。

图 5-38 确定组合框显示的值

（4）确定组合框中显示的数据和列表中所需列数以及输入所需数值。选择列数为 1，在列表框中输入"政治面貌"的取值分别为"党员"、"团员"、"民主党派"、"群众"，然后单击

"下一步"按钮,如图 5-39 所示。

图 5-39　确定组合框中显示的数据和列数

(5) 确定组合框中选择数值后数值的存储方式。Access 可以将从组合框中选定的数值存储在数据库中,也可以记忆该数值供以后使用。选择"将该数值保存在这个字段中",同时在下拉列表中选择"政治面貌"字段,然后单击"下一步"按钮,如图 5-40 所示。

(6) 为组合框指定标签,在文本框中输入"政治面貌",将显示政治面貌的组合框的附加标签指定为"政治面貌",然后单击"完成"按钮,返回窗体设计视图,组合框控件就添加完成了,切换到窗体视图,可以看到,对组合框进行操作时,组合框中显示的是前面设置的数值,如图 5-41 所示。

图 5-40　为组合框指定标签

图 5-41　添加组合框后的窗体

说明:

(1) 在第 3 步中,若选择"使用表或查询中的值"作为组合框获取其数值的方式,则组合框中的数值将来自于表或查询中的字段,在设置过程中,允许按字段进行排序。用户可以自行尝试。

(2) 在确定组合框中选择数值的存储方式时,如果选择"将该数值保存在这个字段中",则组合框是绑定型组合框,若选择"记忆该值供以后使用",则组合框是非绑定型组合框。

4. 命令按钮

命令按钮是用于接受用户操作命令、控制程序流程的主要控件之一，用户可以通过它进行特定的操作，如打开/关闭窗体、查询表中信息等。

向窗体中添加命令按钮的方式有两种，即使用命令按钮向导和自行创建命令按钮。

Access 提供了"命令按钮向导"。用户利用向导创建命令按钮，几乎不用编写任何代码，通过系统引导即可以创建不同类型的命令按钮。Access 提供了 6 种类别的命令按钮，分别是记录导航、记录操作、窗体操作、报表操作、应用程序和杂项等。本节将介绍用向导创建命令按钮。

【**实例 5-7**】 在实例 5-3 创建的窗体中添加一组命令按钮用于移动记录。

操作步骤如下：

(1) 打开实例 5-3(或实例 5-6)创建的窗体"学生信息浏览"。

(2) 在工具箱中单击"命令按钮" 按钮，在窗体空白处拖动鼠标添加一个命令按钮，系统将自动打开"命令按钮向导"对话框，如图 5-42 所示。

图 5-42 "命令按钮向导"对话框

(3) 选择按钮的类别以及按下按钮时产生的动作。在"类别"列表框中选择"记录导航"，在"操作"列表框中选择"转至第一项记录"，然后单击"下一步"按钮，如图 5-43 所示。

图 5-43 确定命令按钮的显示方式

（4）确定按钮的显示方式。可以将命令按钮设置为两种形式，即文本型按钮或图片型按钮。单击单选框"文本"，将命令按钮设置为文本型按钮，同时输入命令按钮上显示的文本"第一项记录"，单击"下一步"按钮，如图 5-44 所示。

图 5-44 "指定命令按钮的名称"面板

（5）指定按钮的名称。输入命令按钮的名称为"CmdFirst"，单击"完成"按钮，命令按钮设置完成。

（6）重复第 2 步至第 5 步。向窗体分别添加"转至下一项记录"、"转至前一项记录"和"转至最后一项记录"等按钮，命令按钮的名称分别为 CmdNext、CmdPrevious 和 CmdLast，命令按钮就设置完成了，切换到窗体视图，显示结果如图 5-45 所示。

图 5-45 添加一组命令按钮的窗体

5. 复选框、单选框、切换按钮和选项组

复选框、单选框和切换按钮 3 种控件的功能有许多相似之处，都用来表示两种状态，例如，是/否、开/关或真/假。这 3 种控件的工作方式基本相同，以被选中或按下表示"是"，其值为−1，反之为"否"，其值为 0。选项组控件是一个包含复选框或单选按钮或切换按钮的控件，由一个组框架及一组复选框或单选按钮或切换按钮组成。选项组中的控件既可以由选项组控制，也可以单独处理。例如，当删除选项组控件时，其中的所有按钮

都将被删除,当选中选项组中的按钮时,只对按钮本身进行操作。选项组的框架可以和数据源的字段绑定。可以用选项组实现表中字段的输入或修改。

【**实例 5-8**】 在实例 5-3 创建的窗体中添加选项组输入或修改学生的"婚否"字段。

操作步骤如下:

(1)打开实例 5-3(或实例 5-7)创建的窗体"学生信息浏览"。

(2)在工具箱中单击"选项组"按钮,在窗体拖动鼠标添加一个选项组按钮,系统将自动打开"选项组向导"对话框,如图 5-46 所示。

图 5-46 为每个选项指定标签

(3)为每个选项指定标签,即按钮上的显示文本。在表格中分别输入"已婚"和"未婚",然后单击"下一步"按钮,如图 5-47 所示。

图 5-47 确定是否设置默认选项

(4)确定是否设置默认选项。当确定默认选项后,则输入数据时自动显示默认值。选择"是"并在下拉列表中选择值"未婚",单击"下一步"按钮,如图 5-48 所示。

(5)为每个选项指定值。系统为每个选项设置了默认值,通常可以直接使用。在本案例中,"婚否"字段是逻辑型,取值为−1 和 0,需要将"已婚"和"未婚"的取值分别设置为−1 和 0,单击"下一步"按钮,如图 5-49 所示。

(6)确定每个选项值的保存方式。可以在关联字段中保存,也可以不保存。选择"在此字段中保存该值",单击"下一步"按钮,如图 5-50 所示。

(7)确定选项组中控件的类型和样式。选项组中的按钮可以是复选框、单选框或切换按钮。按钮的样式可以是蚀刻、阴影等 5 种,将按钮类型选择为"选项按钮",样式选择"平面",然后单击"下一步"按钮,如图 5-51 所示。

图 5-48　为每个选项指定值

图 5-49　确定每个选项值的保存方式

图 5-50　确定选项组中控件的类型和样式

图 5-51　为选项组指定标题

（8）为选项组指定标题。输入"婚姻状况"，单击"完成"按钮，返回窗体设计视图。切换到窗体视图，如图 5-52 所示。

图 5-52　添加选项组的窗体

说明： 当选项组为绑定型时，为每个选项按钮赋值时，所有的值应与关联字段的值相对应。

6. 创建主/子窗体

如果在一个窗体中含有另外一个窗体，则这个窗体称为子窗体，容纳子窗体的窗体称为主窗体。使用主/子窗体通常用于显示相关表或查询中的数据，主/子窗体中的数据源按照关联字段建立连接，当主窗体中的记录指针发生变化时，子窗体的相关记录的指针也将随之改变。

创建主/子窗体可以使用向导，也可以根据需要使用设计视图自行设计。

【实例 5-9】　创建一个主/子窗体，其主窗体显示学生的学号和姓名，在子窗体中显示学生的选课成绩。

操作步骤如下：

（1）打开数据库"选课管理"。

（2）在数据库设计视图中创建一个查询并保存，查询名称为"学生选课查询"，查询设置如图 5-53 所示。

图 5-53　"学生选课查询"设置

（3）创建子窗体，以"学生选课查询"为数据源创建一个新窗体并保存，窗体名称为"学生选课情况子窗体"，窗体设计视图如图 5-54 所示。

（4）创建一个新窗体，选择"学生"表为数据源，将"学号"、"姓名"字段添加到窗体的主体区域中，然后在窗体页眉中添加标题为"学生及选课信息"，如图 5-55 所示。

图 5-54　学生选课情况子窗体设计视图

图 5-55　主窗体设计视图

（5）在工具箱中单击"控件向导"按钮 和"子窗体/子报表"按钮 ，在窗体的空白区域添加该控件，同时打开"子窗体向导"窗口，如图 5-56 所示。

图 5-56　"子窗体向导"窗口

（6）选择子窗体的数据来源"使用现有的窗体"并在列表框中选择窗体"学生选课情况子窗体"，单击"下一步"按钮，如图 5-57 所示。

（7）确定将主窗体链接到子窗体的字段。系统根据主窗体和子窗体的数据源的字段给出操作提示，选择"对学生中的每条记录用学号显示＜SQL 语句＞"，单击"下一步"按钮，如图 5-58 所示。

（8）系统给出了默认的子窗体名称，在本例中使用的是已创建的窗体，子窗体的名称与该窗体相同，单击"完成"按钮，窗体/子窗体就设计完成了，窗体的设计视图如图 5-59 所示。

图 5-57　确定将主窗体链接到子窗体的字段

图 5-58　指定子窗体的名称

图 5-59　主窗体/子窗体的设计视图

（9）切换到窗体视图，显示学生的信息和选课信息，如图 5-60 所示。

图 5-60　主窗体/子窗体的窗体视图

说明：子窗体的数据源也可以使用表和查询，如果使用表或查询，则需要选择表或查询中的字段，用户可以根据需要选择所要显示的字段。

5.3.4　控件的基本操作

在设计窗体过程中，可以对添加到窗体中的控件进行调整，如改变位置、尺寸，设置控件的属性以及格式等。

1. 设置属性

在向窗体添加控件的过程中，需要输入控件的某些参数，如文本框的数据来源、命令按钮显示的文本，选项组的标题等，这些设置实际上已经对控件的某些属性进行了设置，通过"属性"窗口可以查看或设置控件的属性，如图 5-61 所示。

图 5-61　"属性"窗口

2. 选择控件

对控件进行操作时，首先要选择控件。选择控件的方法是：打开窗体及工具箱，然后选中控件。控件被选中后，周围显示 4～8 个手柄，即在控件的四周有黑色的小方块。用鼠标拖动这些小方块时可以对控件进行调整。

1) 选中单个控件

单击控件的任何地方都可以选中控件，并显示控件的手柄，如图 5-62 所示。

2) 选中多个控件

选中多个控件有两种方法，第一种方法，按住 Shift 键的同时单击所有控件；第二种方法,拖动鼠标经过所有需要选中的控件,如图 5-63 所示。

图 5-62　选中单个控件

图 5-63　选中多个控件

3. 取消控件

取消控件,是指取消控件的选中状态,使其不受控制。操作方法是:单击窗体中不包含任何控件的区域,即可取消已选中的控件的手柄。

4. 移动控件

移动控件有两种方法。

(1) 当选中控件后,待出现手形图标时,用鼠标将控件拖动到所需位置即可。

(2) 把鼠标放在控件左上角的移动手柄上,待出现手形图标时,将控件拖动到指定位置即可。这种方法只能移动单个控件。

5. 改变控件尺寸

改变控件的尺寸就是指改变其宽度和高度。操作方法是:首先选中控件,将鼠标指针移到控件的手柄上,然后拖动鼠标,待调整到所需尺寸后释放鼠标即可。

(1) 将鼠标指针放置于控件水平边框的手柄上,可以改变控件的高度。

(2) 将鼠标指针放置于控件垂直边框的手柄上,可以改变控件的宽度。

(3) 将鼠标指针放置于控件角边框的手柄上(除左上角外),可以同时改变控件的高度和宽度。

6. 调整对齐格式

在设计窗体布局时,有时需要使多个控件排列整齐。操作方法是:选中所有控件,选择菜单"格式"|"对齐"命令,可以将所有选中的控件按靠左、靠右、靠上、靠下等方式对齐,如图 5-64 所示。

7. 调整控件之间的间距

控件之间合理的间距可以美化窗体。调整控件之间的间距的操作方法是:选中所有控件,使用菜单"格式"|"水平间距"命令,可以调整控件间的水平间距;使用菜单"格式"|

图 5-64　对齐控件

"垂直间距"命令,可以调整控件间的垂直间距。

8. 复制控件

利用复制功能可以向窗体中快速添加与已有控件格式同样的控件。操作方法是:选中要复制的控件或控件组,然后使用菜单"编辑"|"复制"命令和"编辑"|"粘贴"命令可以完成控件的复制。

9. 删除控件

删除控件可以使用以下方法。

(1) 选中要删除的控件,按 Delete 键,可以删除选中的控件。

(2) 选中要删除的控件,使用菜单"编辑"|"删除"命令,可以删除选中的控件。

5.4　窗体的整体设计与使用

窗体整体布局直接影响窗体的外观,在窗体设计初步完成后,可以对窗体进一步修饰,如为窗体添加背景图片、添加窗体的页眉和页脚、为控件添加特殊效果等。

5.4.1　设置窗体的页眉和页脚

在窗体中合理地使用页眉和页脚可以增加窗体的美化效果,更能使窗体的结构和功能清晰,使用起来更方便、更舒适。

窗体的页眉只出现在窗体的顶部,它主要用来显示窗体的标题以及说明,可以在页眉中添加标签和文本框以显示信息。在多记录窗体中,窗体页眉的内容一直保持在屏幕上显示;打印时,窗体页眉显示在第一页的顶部。

窗体页脚的内容出现在窗体的底部,主要用来显示每页的公用内容提示或运行其他任务的命令按钮等。打印时,窗体页脚显示在最后一页的底部。

页面页眉和页脚只在打印窗体时才显示。页面页眉用于在窗体的顶部显示标题、列标题，日期和页码等；页面页脚用于在窗体每页的底部显示页汇总、日期和页码。

【实例 5-10】 在实例 5-8 创建的窗体中添加窗体页眉和页脚。其中，页眉显示窗体标题为"学生基本情况"，页脚显示说明信息为"分页浏览学生信息"和系统的日期。

操作步骤如下：

（1）打开实例 5-8 创建的窗体"学生信息浏览"，切换到设计视图。

（2）右击窗体主体的空白处，在弹出的快捷菜单中选择"窗体页眉/页脚"命令，在窗体中显示窗体的页眉和页脚，如图 5-65 所示。

图 5-65　显示页眉/页脚的窗体

（3）在页眉中添加一个标签，并输入字符串"学生基本情况"，然后选中该标签，使用"属性"窗口设置标签的属性，字号为 14；字体为隶书，前景色为蓝色。在页脚中插入一个标签，输入字符串"分页浏览学生信息"，插入一个文本框，将文本框的"控件来源"属性设置为"＝Date()"，如图 5-66 所示。

（4）切换到窗体视图，如图 5-67 所示。可以看到，在窗体中添加了标题、窗体说明以及日期，当窗体翻页时，标题、窗体说明以及日期仍保持在窗体中显示。

5.4.2　窗体外观设计

窗体作为数据库与用户交互式访问的界面，其外观设计除了要为用户提供信息，还应该色彩搭配合理、界面美观大方，使用户赏心悦目，提高工作效率。

1. 设置窗体背景

窗体的背景作为窗体的属性之一，可以用来设置窗体运行时显示的窗体图案及图案显示方式。背景图案可以是 Windows 环境下各种格式的图像文件。

图 5-66　页眉/页脚设置

图 5-67　页眉/页脚窗体视图

设置窗体背景的步骤如下：

（1）在数据库中选择所需要的窗体，打开其设计视图。

（2）打开"属性"窗口，然后选择"窗体"对象。

（3）在"属性"窗口中，选择"格式"选项卡，如果将窗体背景设置为图片，则设置"图片"属性，可以直接输入图形文件的文件名及完整路径，也可以使用"浏览"按钮查找文件并添加到该属性中，同时设置"图片类型"、"图片缩放方式"和"图片对齐方式"等属性。

（4）如果只设置窗体的背景色，则在"属性"窗口中，选择"主体"对象，将"背景色"属性设置为所需要的颜色。

2. 自动套用格式

使用自动套用格式可以修改窗体的样式,它可以改变窗体中对象的字体、颜色、边框、背景图像和其他的属性,这是利用系统提供的模板来完成窗体的外观设计。

具体操作步骤如下:

(1) 选择所需窗体,打开设计视图。

(2) 选择菜单"格式自动套用格式"命令,或直接单击工具栏上的"自动套用格式"按钮,打开"自动套用格式"对话框。

(3) 选择"窗体自动套用格式"列表中的某一个格式,如"水墨画"格式,所选格式的预览结果将出现在预览框中。

(4) 单击"选项"按钮,可以对"字体"、"颜色"和"边框"进行设置。

3. 为控件设置特殊效果

使用工具栏上的"格式(窗体/报表)"工具按钮可以设置控件的特殊效果,如填充背景色、字体颜色、边框颜色等,如图 5-68 所示。

5.4.3 窗体的使用

窗体设计完成后保存在数据库中,可供以后随时使用,当打开窗体时,在窗体中都会出现记录选择器和导航按钮,如图 5-69 所示。其中,记录选择器用来改变或切换当前记录指针;导航按钮用来切换记录和添加记录。

图 5-68 "格式(窗体/报表)"工具按钮　　　图 5-69 窗体中记录选择器和导航按钮

1. 记录浏览

当窗体为纵栏式窗体时,使用导航按钮可以进行记录的切换,其中,⊞将指针指向第一条记录,◁将指针指向前一条记录,▷将指针指向后一条记录,⊟将指针指向最后一条记录。

当窗体为表格式或数据表窗体时,使用记录选择器按钮 ▶ 可以直接进行记录的切换。

2. 记录添加

当窗体处于打开状态时,使用"记录导航"按钮 |▶*| 可以进行记录的添加。当单击该按钮时,在窗体中出现一个空白记录,在各个字段中输入新的数据可以完成新记录的添加。

3. 记录删除

当窗体中显示的是表中的数据并且想要删除时,可以使用下面的步骤进行记录删除:

(1) 打开窗体。

(2) 将指针定位于要删除的记录,或用鼠标在记录选择器中拖动选中多条记录,单击工具栏上的"删除记录"按钮 |▷×| ,打开删除确认对话框,如图 5-70 所示。

图 5-70　删除确认对话框

(3) 单击"是"按钮,删除选中的记录,单击"否"按钮,取消删除。

说明:当窗体的数据源为查询时,不能在窗体中进行记录的添加和删除。

5.5　设置自动启动窗体

为了让用户在打开数据库时自动进入操作界面,可以设置自动启动窗体。自动启动窗体的作用是在打开数据库文件时直接运行指定的窗体,该窗体一般是数据库应用系统的主控窗体,启动后可以完成数据库应用系统的所有操作。

设置自动启动窗体的操作步骤如下:

(1) 打开数据库。

(2) 在"数据库"窗口中选择菜单"工具"|"启动"命令,打开"启动"对话框,如图 5-71 所示。

图 5-71　"启动"对话框

(3) 在"启动"对话框中输入应用程序标题,确定显示窗体/页,设置应用程序图标,然后单击"确定"按钮,完成自动启动窗体的设置。

当再次打开数据库文件时,系统将自动启动所设定的窗体。

5.6 思考与练习

一、思考题

1. 什么是窗体？窗体有哪些基本类型？
2. 创建窗体有几种方法？各有什么特点？
3. 窗体有哪些主要控件？
4. 组合框和列表框在窗体中使用有何异同？
5. 使用选项组控件有何优点？
6. 记录导航器有什么作用？
7. 如何为窗体添加数据源？
8. 如何设置控件的属性？
9. 窗体的页眉和页脚的作用有哪些？

二、填空题

1. 窗体对象有 3 种视图，分别是_____、_____ 和_____ 。
2. 数据透视窗体有_____和_____。
3. 在查询中，如果需要对数值型字段进行求和应使用_____函数。
4. 窗体通常由_____、_____和_____组成。
5. 在每一时刻，纵栏式窗体只能显示_____条记录。
6. 控件的类型可分为_____、_____和_____ 3 种。
7. 窗体的数据源主要包含_____和_____。
8. 组合框控件综合了文本框和列表框的特点，既可以在其中_____，也可以列表中_____。
9. 主/子窗体中，主窗体和子窗体的数据源必须满足条件_____。
10. 当新建并打开窗体设计视图时，窗体中出现的节只有_____。

三、上机操作题

针对"教师管理"数据库，创建以下报表。

1. 使用"自动创建窗体：纵览式"，创建"课程信息"窗体。
2. 使用"自动创建窗体：表格式"，创建"教师工资一览表"窗体。
3. 使用窗体设计视图创建一个"教师信息"窗体，在窗体中创建 5 个命令按钮，其功能分别为记录指针移到第一条记录、最后一条记录、下一条记录、上一条记录和关闭窗体。
4. 自行设计一个窗体，显示教师的各项工资及实发工资，并统计各项总和。
5. 设计一个主/子窗体，主窗体为纵栏式，显示教师基本信息，包括姓名、性别、职称和系号。子窗体为表格式，显示教师的工资信息。要求：字体、颜色、背景等。

第6章

报　表

学习目标

通过本章的学习,应该掌握以下内容:

(1) 报表的基本概念。

(2) 报表的类型。

(3) 使用向导和设计视图创建报表。

(4) 如何编辑报表。

(5) 打印报表。

6.1　报表概述

在数据库应用过程中,经常需要对数据进行打印输出,这是一个数据库系统应具备的输出打印功能。在传统数据库应用系统开发中,数据库的打印功能需要程序员编写复杂的打印程序来实现,打印格式由程序员在设计过程中确定,用户只能使用而不能对其进行修改。在 Access 中,数据库的打印工作通过报表对象可以实现,使用报表可以将数据综合整理并将整理结果按一定的格式打印输出,用户可以简单、轻松地完成复杂的打印工作。

6.1.1　报表的概念

报表是数据库中数据信息和文档信息输出的一种形式,它可以将数据库中的数据信息和文档信息以多种形式通过屏幕显示或打印机打印出来。

在 Access 中,报表是数据库的一个对象,它根据用户需求组织数据表中的数据,并按照特定的格式对其进行显示或打印。报表的数据来源可以是数据表或查询,报表可以对数据进行分组,再按照所要求的顺序对数据分类,然后按分组的次序来显示数据,还可以建立将数字相加的汇总、计算平均值或进行其他统计。

报表是数据库中数据通过显示器或打印机输出的特有形式,其目的是将数据根据用户设计的格式在显示器或打印机上输出。尽管多种多样的报表形式与窗体和数据库的窗体、表十分相似,但它的功能与窗体、表有根本不同,它的作用只是用来数据输出。

报表具有以下功能：

(1) 可以对数据进行分组、汇总。

(2) 可以包含子窗体、子报表。

(3) 可以按特殊格式设计版面，

(4) 可以有图形、图表以及 OLE 对象。

(5) 能打印所有表达式的值。

6.1.2 报表的类型

Access 提供了各种格式的报表，从而使报表可以满足不同的应用需求。报表类型包括纵栏式报表、表格式报表、图表报表和标签报表。

1. 纵栏式报表

纵栏式报表通常以垂直方式排列报表上的控件，在每一页有一条或多条记录，纵栏式报表显示数据的方式类似于纵栏式窗体，但是报表只是用于查看或打印显示数据，不能用来输入或更改数据。图 6-1 所示显示的是教师表的纵栏式报表。

图 6-1　教师纵栏式报表

2. 表格式报表

表格式报表以整齐的行、列形式显示数据，通常一行显示一条记录，一页显示多条记录，如图 6-2 所示。

3. 图表报表

图表报表以图表形式显示信息，可以直观地表示数据的分析和统计信息，如图 6-3所示。

图 6-2 教师信息表格式报表

图 6-3 各系学生人数图表报表

4. 标签报表

标签报表以每一条记录为单位组织为邮件标签的格式。可以在一页中建立多个大小相同、格式一致的卡片,主要用于表示个人信息、邮件地址等短信息,如图 6-4 所示。

6.1.3 报表的组成

报表通常由报表页眉、页面页眉、组页眉、主体、组页脚、页面页脚及报表页脚 7 部分组成,这些部分称为报表的节,每个节具有其特定的功能。报表各节的分布如图 6-5 所示。

1. 报表页眉

报表页眉仅仅在报表的首页打印输出。报表页眉主要用于打印报表的封面、报表的制作时间、制作单位等只需一次输出的内容。通常把报表页眉设置成单独一页,可以包含图形和图片。

图 6-4　学生单科成绩标签报表

图 6-5　报表组成

2. 页面页眉

页面页眉的内容在报表每页头部打印输出,它主要用于定义报表输出每一列的标题,也包含报表的页标题。

3. 组页眉

组页眉的内容在报表每组头部打印输出,同一组的记录都会在主体节中显示,它主要用于定义报表输出每一组的标题。

4．主体

主体是报表打印数据的主体部分。可以将数据中的字段直接拖到主体节中，或者将报表控件放到主体中用来显示数据内容。主体节是报表的关键内容，是不可缺少的项目。

5．组页脚

组页脚的内容在报表的每页底部打印输出，主要用来输出每一组的统计计算标题。

6．页面页脚

页面页脚的内容在报表的每页底部打印输出，主要用来打印报表页号、制表人和审核人等信息。

7．报表页脚

报表页脚是整个报表的页脚，主要用来打印数据的统计结果信息。它的内容只在报表的最后一页底部打印输出。

6.1.4　报表的视图

Access 提供的报表视图有 3 种，分别是设计视图、打印预览和版面预览。

1．设计视图

报表的设计视图用于报表的创建和修改，用户可以根据需要向报表中添加对象、设置对象的属性，报表设计完成后保存在数据库中。

2．打印预览

打印预览视图是报表运行时的显示方式，可以看到报表的打印外观。使用打印预览功能可以按不同的缩放比例对报表进行预览。

3．版面预览

在版面预览视图中，可以查看预览报表的版式。在该视图中，报表只显示部分记录作为示例。

6.2　创建报表

在 Access 中，创建报表的方法与创建窗体类似。Access 提供了 3 种创建报表的方法，分别是自动创建报表、利用报表向导创建报表和使用设计视图创建报表。本节主要介绍自动创建报表和利用报表向导创建报表的方法。

6.2.1 自动创建报表

利用创建自动报表向导可以创建纵栏式自动报表和表格式自动报表。创建自动报表向导基于单个表或查询创建窗体,可以将表或查询作为报表的数据源,当选定数据源后,报表将包含来自该数据源的所有字段和记录。

【实例 6-1】 在选课管理数据库中,使用自动创建报表向导创建"教师基本情况"的纵栏式报表。

操作步骤如下:

(1) 打开数据库"选课管理"。

(2) 在数据库中选择报表为操作对象,单击"新建"按钮,打开"新建报表"对话框,如图 6-6 所示。

(3) 在"新建报表"对话框中的列表框中选择"自动创建报表:纵栏式"选项,并在"请选择对象数据的来源表或查询"下拉列表中选中"教师"表,然后单击"确定"按钮,系统自动打开"报表预览"窗口,如图 6-7 所示。

图 6-6 "新建报表"对话框

图 6-7 教师基本情况纵栏式报表

(4) 如果生成的报表多于一页,单击预览视图下方的"翻页"按钮,可以浏览其他报表页。

(5) 关闭报表并保存,报表设计完成。

6.2.2 使用向导创建报表

使用向导创建报表与自动创建报表有所不同,使用向导创建报表,其数据源可以来自多个数据表或查询,可以进行字段的选择,可以对字段进行排序,还可以选择报表的类型和样式、添加背景和设置报表类型等。Access 提供了 3 种报表向导,分别为报表向导、图表向导和标签向导。本节介绍 3 种向导的使用方法。

1. 使用报表向导创建报表

使用报表向导可以根据用户的设置来创建相应的报表,在报表向导中可以选择多个表或查询,可以进行类型字段的选择和字段的排序以及进行汇总运算,还可以设置报表的类型和显示样式。

【实例 6-2】 使用报表向导创建报表,显示学生单科成绩。

操作步骤如下:

(1) 打开数据库"选课管理"。

(2) 在数据库中选择报表为操作对象,单击"新建"按钮,打开"新建报表"对话框,如图 6-8 所示。

(3) 在列表框中选择"报表向导"选项,同时在数据源列表框中选择查询"学生选课成绩"(参见第 4 章实例 4-(15)),单击"确定"按钮,打开"报表向导"对话框,如图 6-9 所示。

图 6-8 "新建报表"对话框   图 6-9 "报表向导"对话框

(4) 为报表选择字段。将"可用字段"列表框中的字段添加到"选定字段"列表框中,单击"下一步"按钮,打开"确定查看数据的方式"面板,如图 6-10 所示。

(5) 确定查看数据的方式。在列表中选择"通过选课"选项,单击"下一步"按钮,打开"确定是否添加分组级别"面板,如图 6-11 所示。

(6) 确定报表分组级别。在列表中选择"学号"字段,"学号"字段被添加到窗口右边分组选项中,单击"下一步"按钮,打开"确定明细信息使用次序和汇总信息"面板,如图 6-12 所示。

图 6-10 "确定查看数据的方式"面板

图 6-11 "确定是否添加分组级别"面板

图 6-12 "确定明细信息使用次序和汇总信息"面板

(7) 确定明细信息使用次序和汇总信息。可以选择对记录排序的字段,最多可以选择 4 个排序字段,如果数据源中含有数字型字段,还可以进行汇总。可以跳过该步骤,单击"下一步"按钮,打开"确定报表布局方式"面板,如图 6-13 所示。

图 6-13 "确定报表布局方式"面板

(8) 确定报表布局方式。使用单选按钮选择报表布局和报表方向,还可以勾选"调整字段宽度使所有字段都显示在一页中"复选项,选择报表布局"递阶"和报表方向"纵向",单击"下一步"按钮,打开"确定报表样式"面板,如图 6-14 所示。

图 6-14 "确定报表样式"面板

(9) 确定报表样式。在列表框中报表的几种样式以及样式示例,单击列表框中的选项来确定报表的样式,单击"下一步"按钮,打开"为报表指定标题"面板,如图 6-15 所示。

(10) 为报表指定标题。在文本框输入报表的标题为"学生单科成绩",同时可以选择创建报表后的操作,单击"完成"按钮,报表就创建完成了,系统自动保存所创建的报表,同时打开"报表预览"窗口,如图 6-16 所示。

图 6-15 "确定报表样式"面板

图 6-16 "学生单科成绩"报表预览窗口

2. 图表报表

使用图表向导创建报表可以对数据进行分析和统计并形成图表。创建图表报表的向导和创建窗体的图表使用方法类似。

【实例 6-3】 利用图表向导创建报表统计学生选课人数。

操作步骤如下：

（1）打开数据库"选课管理"。

（2）在数据库中选择报表为操作对象，单击"新建"按钮，打开"新建报表"对话框，如

图 6-17 所示。

（3）在列表框中选择"图表向导"选项，同时在数据源列表框中选择查询"选课人数统计"（参见第 4 章实例 4-(33)），单击"确定"按钮，打开"图表向导"对话框，如图 6-18 所示。

图 6-17 "新建报表"对话框　　　　　　　图 6-18 "图表向导"对话框

（4）选择图表数据所在的字段。将"可用字段"列表框中的字段"课程名称"、"选课人数"添加到"选定字段"列表框中，单击"下一步"按钮，打开"选择图表类型"面板，如图 6-19 所示。

图 6-19 "选择图表类型"面板

（5）选择图表类型"饼图"，单击"下一步"按钮，打开"指定数据在图表中的布局方式"面板，如图 6-20 所示。

（6）可以将字段拖放到"饼图"示例图表中，单击"下一步"按钮，打开"指定图表的标题"面板，如图 6-21 所示。

（7）输入图表的标题，同时可以选择创建报表后的操作，单击"完成"按钮，报表就创建完成了，系统自动打开"图表报表预览"窗口，如图 6-22 所示，保存报表。

图 6-20 指定数据在图表中的布局方式面板

图 6-21 "指定图表的标题"面板

图 6-22 图表报表预览

3. 使用标签向导创建标签报表

标签是一种特殊的报表,它是以记录为单位,创建格式完全相同的独立报表,主要应用于制作信封、打印工资条、学生成绩通知单等。Access 提供了标签向导,它可以快速生成标签报表。

【实例 6-4】 利用标签向导创建标签报表显示每位学生选课成绩。

操作步骤如下:

(1) 打开数据库"选课管理"。

(2) 在数据库中选择报表为操作对象,单击"新建"按钮,打开"新建报表"对话框,如图 6-23 所示。

(3) 在列表框中选择"标签向导"选项,同时在数据源列表框中选择查询"查询学生的单科成绩平均及总成绩"(参见第 4 章实例 4-4(4)),单击"确定"按钮,打开"标签向导"对话框,如图 6-24 所示。

图 6-23 "新建报表"对话框　　　　　　图 6-24 "标签向导"对话框

(4) 为标签指定尺寸。可以通过列表框选择系统提供的标签的型号、尺寸以及度量单位,用户也可以自定义标签尺寸,单击"下一步"按钮,打开"选择文本的字体和颜色"面板,如图 6-25 所示。

图 6-25 "选择文本的字体和颜色"面板

(5) 为标签的文字指定字体、字号、字形和颜色。可以使用"字体"、"字号"等下拉列表分别指定标签文字的字体、字号、字形和颜色,单击"下一步"按钮,打开"确定标签的显示内容"面板,如图 6-26 所示。

图 6-26 "确定标签的显示内容"面板

（6）确定标签的显示内容。可以将列表框中的字段加到右边的原型标签列表框中，单击"下一步"按钮，打开"确定排序字段"面板，如图 6-27 所示。

图 6-27 "确定排序字段"面板

（7）确定排序字段。可以将排序字段添加到"排序依据"列表框中，选择排序字段"学号"，单击"下一步"按钮，打开"指定报表名称"面板，如图 6-28 所示。

图 6-28 "指定报表名称"面板

（8）输入报表名称"标签。查询学生的单科成绩平均及总成绩"，单击"完成"按钮，报表就创建完成了，系统保存报表并自动打开"图表报表预览"窗口，如图 6-29 所示。

图 6-29　标签报表预览

保存报表。报表设计完成。

6.3　在设计视图中创建报表

使用报表向导创建的报表是用 Access 系统提供的报表设计工具完成的，它的许多参数都是系统自动设置的，这样的报表有时在某种程度上并不能满足用户的需求。使用报表设计器，即报表设计视图，不仅可以按用户的需求设计所需要的报表，而且可以对已有的报表进行修改，使其尽善尽美。

利用报表设计视图设计报表的主要步骤如下：

（1）创建一个新报表或打开已有报表，打开报表设计视图。

（2）为报表添加数据源。

（3）向报表中添加控件。

（4）设置控件的属性，实现数据显示及运算。

（5）保存报表并预览。

6.3.1　创建简单报表

利用数据库中存储的数据可以创建所需要的报表，例如，生成学生名册、教师考勤表及学生成绩单等。

【实例 6-5】　使用学生表创建学生名单报表，包括学号、姓名和性别字段，报表样式如图 6-30 所示。

操作步骤如下：

（1）打开数据库"选课管理"。

（2）在数据库中选择报表为操作对象，双击"在设计视图中创建报表"选项，打开"报表设计视图"窗口，如图 6-31 所示。

图 6-30　报表样式　　　　　　　　　　图 6-31　"报表设计视图"窗口

（3）为报表添加数据源。右击窗体，在弹出的快捷菜单中选择"属性"命令，打开"属性"窗口，如图 6-32 所示。

（4）在对象下拉列表中选择"报表"，然后单击"数据"选项卡，在"记录源"属性下拉列表框中选择所需要的数据源"学生"。系统自动打开"学生"表"数据源"窗口，如图 6-33所示。

图 6-32　"属性"窗口

图 6-33　学生表数据表

（5）将报表所需字段"学号"、"姓名"和"性别"拖曳到报表设计视图的"主体"节中，在主体区域中即出现绑定文本框以及附加标签，然后利用"剪切"和"粘贴"方法将附加标签放置于"页面页眉"节中，并与所属文本框对齐。

（6）为报表添加标题。在"页面页眉"节中添加一个标签，设置其标题属性为"学生名单"，同时利用"属性"窗口设置标签的字体、字号等属性。

（7）在"页面页脚"节中添加一个标签，标题为"制表人：张三"，添加一个文本框。其"控件来源"设置为"＝date()"，如图 6-34 所示。

（8）保存报表。单击工具栏上的"保存"按钮，在弹出的"另存为"对话框中输入报表的名称为"学生名单"。

图 6-34　报表设计视图

（9）切换到打印预览视图,查看设计效果,如图 6-30 所示。

说明：报表中的日期使用了文本框控件,将文本框的"控件来源"属性设置为"＝Date()",则在报表中该控件显示的信息为系统的日期。如果用户需要设置固定的日期,则可以将该属性设置为指定的日期型数据。

6.3.2　报表的排序、分组和计算

在 Access 数据库中,除了可以利用报表向导实现记录的排序和分组外,还可以通过报表的设计视图对报表中的记录进行排序分组。在报表中进行计算需要使用计算型控件。

1. 排序记录

排序记录是指将报表中的记录按照升序或降序的次序排列。

【**实例 6-6**】　将报表"学生名单"按照学生姓名排序。

操作步骤如下:

（1）打开数据库"选课管理"。

（2）打开报表"学生名单",并切换到设计视图。

（3）单击工具栏上的"排序与分组"按钮，或选择菜单"视图"|"排序与分组"命令,打开"排序与分组"对话框,如图 6-35 所示。

图 6-35　"排序与分组"对话框

（4）在"字段/表达式"下拉列表框中选择字段"姓名"，在"排序次序"列表框中选择"升序"，排序设置完成，

（5）切换到打印预览，报表按照姓名升序显示信息。

2. 分组记录

分组记录是指将具有共同特征的相关记录组成一个集合，在显示或打印时将它们集中在一起，并且可以为同组记录设置要显示的概要和汇总信息，分组可以对数据进行分类，提高报表的可读性，提高信息的利用率。

组由 3 部分组成，即组页眉、组文本和组页脚。可以在"排序与分组"对话框中设置组属性的相关参数。

（1）组页眉：用于放置每组记录开始处的信息，如组标题等。当该属性的属性值为"是"时，创建组页眉；为"否"时，删除组页眉。

（2）组页脚：用于放置每组记录结尾处的信息，如每组的汇总信息等。当该属性的属性值为"是"时，创建组页脚；为"否"时，删除组页脚。

（3）分组形式：指定对报表记录值的分组方式，分组方式取决于分组字段的数据类型。

（4）组间距：该属性用于设置记录分组的间隔值，间隔值根据字段数据类型以及正在进行分组的字段表达式的分组形式设置的不同而不同。

（5）保持同页：指定是否在同一页中打印组的所有记录。

【实例 6-7】 创建学生选课成绩报表，包括学号、姓名、课程名称和成绩字段，并按学号进行分组，报表样式如图 6-36 所示。

图 6-36 学生选课成绩报表预览（局部）

操作步骤如下：

（1）打开数据库"选课管理"。

（2）以查询"查询学生的单科成绩平均及总成绩"（参见第 4 章实例 4-4(4)）为数据源创建一个新报表，报表的外观设计和整体布局如图 6-37 所示。

图 6-37　学生选课成绩报表设计视图

（3）单击工具栏上的"排序与分组"按钮 ▤ 或选择菜单"视图"|"排序与分组"命令，打开"排序与分组"对话框。选择"学号"字段为排序字段，并将组页眉属性设置为"是"，如图 6-38 所示。

图 6-38　排序与分组属性设置

（4）在报表的设计视图中出现"组页眉"节，如图 6-39 所示。

图 6-39　报表组页眉

（5）切换到打印预览视图，报表按照学号分组显示课程和成绩，如图 6-36 所示。

（6）保存报表，报表名称为"学生单科成绩"。

3．在报表中实现计算

在打印报表时，有时需要对输出的数据进行汇总和统计，例如，统计每个学生的总成绩、平均成绩；统计某个专业学生某门课程的总成绩；统计教师的工作量等。报表除了可以直接将数据源中的数据输出外，还可以在报表中添加控件，用来输出一些经过计算才能得到的数据。文本框是最常用的显示计算数值的控件类型，当文本框中显示的数据需要通过计算时，将该控件的"控件来源"属性设置为所需要的表达式，则在报表预览视图中该控件显示的是表达式的值。

【实例6-8】 创建学生选课成绩报表，包括学号、姓名、课程名称和成绩字段，并按学号进行分组，统计每个学生的平均成绩和总成绩，报表样式如图6-40所示。

图6-40　学生选课成绩及统计报表预览（局部）

操作步骤如下：

（1）打开数据库"选课管理"。

（2）以查询"查询学生的单科成绩平均及总成绩"（参见第4章实例4-4（4））为数据源创建一个新报表，报表的外观设计和整体布局如图6-41所示。

图6-41　学生选课成绩报表设计视图

（3）单击工具栏上的"排序与分组"按钮 或选择菜单"视图"|"排序与分组"命令，打开"排序与分组"对话框。选择"学号"字段为排序字段，并将组页脚属性设置为"是"，如图 6-42 所示。

图 6-42　排序与分组属性设置

（4）在报表的设计视图中出现"组页脚"节，在组页脚中添加 2 个文本框，分别将文本框的"控件来源"属性设置为"＝Sum([成绩])"和"＝Avg([成绩])"并同时为文本框分别添加标签，标题分别为"总分："和"平均分："，如图 6-43 所示。

图 6-43　为报表添加组页脚

（5）切换到打印预览视图，报表学生的选课课程和成绩，同时显示每个学生的总成绩和平均成绩，如图 6-40 所示。

（6）保存报表，报表名为"学生选课总分和平均分"。

6.3.3　子报表

子报表与子窗体一样，是指插入其他报表中的报表。被插入的报表称为主报表。在 Access 中，可以通过子报表向导为一个报表添加子报表，也可以将一个已有的报表插入另一个报表中作为子报表。在本节中介绍使用子报表向导为一个报表添加子报表。

【实例 6-9】以"学生名单"报表为主报表，创建学生选课成绩子报表，包括学号、姓名、课程名称和成绩字段，并按学号进行分组，报表样式如图 6-44 所示。

图 6-44　学生选课成绩主/子报表预览(局部)

操作步骤如下：

(1) 打开数据库"选课管理"。

(2) 以"学生"表、"课程"表和"选课"表为数据源创建查询,查询名称命名为"学生选课成绩",查询设置如图 6-45 所示。

图 6-45　"学生选课成绩查询"设计视图

(3) 打开报表"学生名单",单击工具箱上的"子窗体/子报表"按钮 ，在窗体的主体区域添加"子窗体/子报表"对象,打开"子报表向导"对话框,如图 6-46 所示。

(4) 为子报表选择数据源。可以用现有窗体创建子报表,也可以用表或查询创建子报表。选择"使用现有的表和查询",然后单击"下一步"按钮,打开"选择字段"面板,如图 6-47 所示。

(5) 在"表/查询"列表框中选择查询"学生选课成绩",同时选择子报表中所用字段"学号"、"课程名称"和"成绩",然后单击"下一步"按钮,打开"确定主/子报表链接字段"面板,如图 6-48 所示。

图 6-46 "子报表向导"对话框

图 6-47 "选择字段"面板

图 6-48 "确定主/子报表链接字段"面板

（6）确定主/子报表链接字段有两种方式，从列表中选择或自行定义，如果选择"从列表中选择"，系统将会自动列出可以连接的字段，用户可以进行选择；如果选择"自行定义",则需要用户自行确定连接字段。在本例中选择"自行定义",并在窗体报表字段和"子窗体/子报表字段"中分别选择字段"学号",然后单击"下一步"按钮,打开"指定子报表名称"面板,如图 6-49 所示。

图 6-49 "指定子报表名称"面板

(7) 指定子报表的名称为"学生选课成绩",单击"完成"按钮,子窗体就设计完成了,系统将自动保存主/子窗体并返回报表设计视图,如图 6-50 所示。

图 6-50 主/子报表设计视图

(8) 在子报表中删除与"学号"字段关联的文本框和标签,这样,在显示报表时,子窗体中不再显示"学号"数据,切换到报表预览视图,显示结果如图 6-44 所示。

6.3.4 多列报表

多列报表是指在报表的一页中显示或打印两列或更多列,使一页中显示的信息更多,输出的信息更为紧凑。

创建多列报表的方式非常简单,首先创建一个普通报表,然后将已有的报表设置成多列报表。具体操作步骤如下:

（1）创建或打开一个已存在的普通（单列）报表。

（2）选择菜单"文件"|"页面设置"命令，打开"页面设置"对话框。

（3）选择"列"选项卡，并在该选项卡中进行设置，如图 6-51 所示。

图 6-51　多列报表页面设置

（4）设置完成后，单击"确定"按钮。

6.4　编辑报表

在报表使用过程中，为了使报表的布局更合理，外观更美化，可以对报表做进一步处理，例如，调整报表中对象的显示格式，设置特殊的效果来突出报表中的某些信息，以增加可读性；在报表中添加一些图像或线条，使报表更加美观。

6.4.1　设置文本型信息的显示效果

在创建了报表之后，就可以在报表的设计视图中进行格式化处理，以获得理想的显示效果。采用的主要方法是对报表中的文本型控件进行属性设置。

1. 设置文本型信息的显示效果

为了增强标签控件的显示效果，可以通过以下方式实现。

（1）改变文本的字体、字形和字号。

（2）改变文本的颜色。

（3）设置阴影效果。

（4）设置标签的标题。

2. 设置文本框控件的属性

在使用文本框时，改变以下属性可以增强数据的显示效果。

（1）改变文本框的字体、字形和字号。

(2) 改变文本框的前景色和背景色。

(3) 调整文本框的尺寸。

(4) 调整文本框的边框格式。

(5) 调整文本框的位置。

(6) 设置文本框的控件来源。

6.4.2 为报表添加图像和线条

在报表中添加图形和图像,可以使报表更加美观。添加图像需要使用图像控件,使用图形和线条时可以直接在报表中绘制。

1. 图像

可以在报表的任何位置(如页眉、页脚和主体节)添加图片。根据所添加图片的大小和位置的不同,可以将图片用作徽标、横幅,又可以用作节的背景。

具体操作步骤如下:

(1) 打开报表的设计视图,单击控件工具箱中的"图像"按钮,在报表中指定位置添加图片对象,打开"插入对象"对话框。

(2) 在打开的"插入对象"对话框中选择图片,单击"确定"按钮。

(3) 如果需要对图片进行调整,可以使用图片控件的"属性"窗口对图片的某些属性进行设置。例如,图像的缩放模式、图像的尺寸等。

2. 线条

矩形和直线可以使内容较长的报表变得更加易读。可以使用直线来分隔控件,使用矩形将多个控件进行分组。在 Access 中使用矩形时,无须对其进行创建,而只需在设计视图中直接绘制,其使用方式与使用文本框和标签控件的方式相同,可以在控件属性窗口中调整和设置其属性。

6.4.3 在报表中插入日期和时间

在实际应用中,报表是记录实时数据的文档,在报表输出打印时,通常需要打印报表的创建日期和时间,例如,工资报表、成绩报表。如果需要在报表中插入日期和时间,可以按照以下步骤操作:

(1) 选择需要插入日期和时间的报表,打开报表的设计视图。

(2) 选择菜单"插入"|"日期和时间"命令,打开"日期或时间"对话框,如图 6-52 所示。

(3) 在"包含日期"选项组中选择所需要的日期格式,在"包含时间"选项组中选择所需要的时间格式。

图 6-52 "日期和时间"对话框

（4）单击"确定"按钮，系统将自动在报表页眉中插入显示日期和时间的文本框控件。如果报表中没有报表页眉，表示日期和时间的控件将被放置在报表的主体中。可以用鼠标将其拖曳到报表中指定的位置。

6.4.4 在报表中插入页码

当报表内容较多，需要多页输出时，可以在报表中添加页码，保证打印报表的次序。

图 6-53 "页码"对话框

在报表中插入页码的操作步骤如下：

（1）选择需要插入页码的报表，打开报表的设计视图。

（2）选择菜单"插入"|"页码"命令，打开"页码"对话框，如图 6-53 所示。

（3）在"格式"选项组中选择所需要的页码格式，在"位置"选项组中选择所需要的页码位置。在"对齐"下拉列表框中指定页码的对齐方式，使用"首页显示页码"复选框来确定是否在首页显示页码。

（4）设置完成后，单击"确定"按钮，系统将在报表中指定的位置插入页码。

6.5 打印报表

创建报表的主要目的是为了在打印机上输出。在打印输出时，需要根据报表和纸张的实际情况进行页面设置，通过系统的打印预览功能查看报表的显示效果，符合用户的要求时，可以在打印机上输出。

在打印之前，首先确认使用的计算机是否连接有打印机，并且确定是否已经安装了打印机驱动程序，还要根据报表的大小选择适合的打印纸。

6.5.1 页面设置

报表的页面设置的内容包括设置打印纸的尺寸、页边距以及列的设置等信息。报表的页面设置需要使用 Access 的"页面设置"功能来实现，具体操作步骤如下：

（1）选择需要进行页面设置的报表，打开其设计视图。

（2）选择菜单"文件"|"页面设置"命令，打开"页面设置"对话框。

（3）设置相应的参数。

1. 设置页边距

在"页面设置"对话框中单击"边距"选项卡，可以设置页边距的相关参数，如图 6-54所示。

图 6-54 设置边距

在"页边距"选项组中输入所打印数据和页面的上、下、左、右 4 个方向之间的边距,可以在"示例"选项组中看到实际打印的效果。

如果勾选"只打印数据"复选项,则报表打印时只显示数据库中字段的数据或是计算而来的数据,不显示分隔线、页眉页脚等信息。该选项一般应用于需要打印数据到已定制好的纸张上的情况。

2. 设置页面

在"页面设置"对话框中,单击"页"选项卡,可以设置页面的相关参数,如图 6-55 所示。

图 6-55　设置页

使用该对话框可以设置打印方向、纸张大小、纸张来源以及选择打印机。

3. 设置列

在"页面设置"对话框中,单击"列"选项卡,可以设置列的相关参数,如图 6-56 所示。

图 6-56　设置列

在"网格设置"选项组中可以设置报表的列数、行间距、列间距；在"列尺寸"选项组中可以设置列的宽度和高度；如果是多列报表，可以设置列的布局为"先行后列"或"先列后行"。

对报表进行页面设置之后，经过重新设置的参数将保存在相应的报表中，在报表预览或打印输出时这些参数将会发生作用。

6.5.2　打印报表

打印报表是指在纸上输出报表，具体操作步骤如下：

(1) 选择菜单"文件"|"打印"命令，打开"打印"对话框，如图 6-57 所示。

图 6-57　"打印"对话框

(2) 指定打印机名称、打印范围以及打印份数，然后单击"确定"按钮。

6.6　思考与练习

一、思考题

1. 什么是报表？报表有哪些主要功能？

2. 报表与窗体有哪些异同？

3. 报表有哪些类型？

4. 报表由哪几部分组成？各部分的作用是什么？

5. 自动创建报表和用向导创建报表有何区别？

二、填空题

1. 报表有 3 种视图，它们分别是_____、_____和_____。

2. 报表不能对数据源的数据进行_____。

3. 报表的计算功能使用_____控件实现。

4. 设计子报表时,使用＿＿＿＿＿＿＿＿＿添加子报表。

5. 使用＿＿＿＿＿＿＿＿命令实现报表页眉页脚的显示和隐藏。

三、上机操作题

1. 针对教师管理系统,使用报表向导创建输出课程基本信息的报表,报表预览如图 6-58 所示。

图 6-58　课程基本信息报表

2. 使用报表设计视图创建输出教师工资信息的表格式报表,报表设计视图如图 6-59 所示。

图 6-59　教师工资信息报表

3. 设计一个标签,输出每位教师所教授授课的课程名称、课程性质、学分和学时,如图 5-60 所示。

4. 设计一个分组报表,按授课课程名称分组输出教师的姓名、所教授课程的课程名称、学时和学分,如图 5-61 所示。

图 6-60　教师授课标签

按课程名称分组授课情况			
按课程名称分组授课情况			
课程名称	姓名	学分	学时
C程序设计			
	马良	4	64
操作系统			
	周树春	4	64
计算机基础			
	董家玉	2	36
	张振	2	36
	许亚芬	2	36
计算机网络			
	徐辉	4	64
计算机组成原理			
	马良	6	64
离散数学			
	董家玉	4	64
数据库系统概论			
	周树春	4	64
现代企业管理			
	汪家伟	2	36
	马俊亭	2	36

图 6-61　分组授课情况报表

第7章

数据访问页

学习目标

通过本章的学习，应该掌握以下内容：

(1) 数据访问页的基本概念。

(2) 数据访问页的类型。

(3) 使用向导创建数据访问页。

(4) 使用设计视图创建数据访问页。

(5) 在数据访问页中添加控件。

(6) 数据访问页的外观设计。

7.1　数据访问页概述

随着 Internet 技术的不断发展，越来越多的用户需要通过 Internet 开展业务，从产品宣传、销售到企业管理等。相应地也有更多的用户数据需要通过 Internet 发布和维护，为了满足用户日益增多的需求，Access 2000 及以后的版本加强了对 Internet 的支持，增加了数据的网上发布和访问功能，使得用户能够通过 Internet 查询或操纵数据库中的数据。

Access 2003 作为数据库工具，提供了"数据访问页"这样一个新的数据库对象作为数据库系统和 WWW 的接口，使得 Access 2003 的数据库系统与 Internet 联系起来，使用户可以通过 Internet 或其他的网络途径访问数据库的信息。

数据访问页也称 Web 页，简称为"页"。数据访问页不像其他数据库对象那样统一保存在数据库文件中，而是以独立的 HTML 文件形式保存，并在数据库窗口中添加相应的快捷方式。数据访问页为用户提供了浏览器访问和维护数据的能力。

7.1.1　数据访问页的概念

Access 2003 加强了对 Internet 的支持功能。Access 2003 集中了 Web 工具栏，通过 Web 工具栏可以直接在 Access 中访问 Internet 上的站点，其操作方法与一般的浏览器完全相同。例如，在"地址栏"中输入 http://www.sina.com，相应的网页即在 Access 主页中被激活。可以通过鼠标右击"工具栏"，在弹出的快捷菜单中选择 Web 命令，或者使用

"视图"|"工具栏"|"Web"命令来启动 Web 工具栏,如图 7-1 所示。

图 7-1　Web 工具栏

　　用户可以把在 Internet 上所下载的数据保存至 Access 数据库的数据表中,也可以通过 Access 系统"文件"菜单中的"导出"命令将 Access 数据库中的表、查询或窗体中的数据以 HTML 文件形式保存,从而将这些数据发布到 Web 站点上,并通过浏览器对其进行访问,这是将 Access 数据库中数据发布到 Internet 上最简单的方法。但是,这种方法导出的是静态 HTML 文件,与数据库中的数据是完全独立的,不能随数据库中的数据的更新而自动更新。

　　通过 Access 数据库中的对象——数据访问页,可以实现 Access 数据库与 Internet 之间的数据交换,使 Access 具备基于 Web 的数据操纵能力,使得用户可以通过浏览器观察和访问数据,也就是为用户提供了通过 Internet 实时或非实时访问数据的能力。

7.1.2　数据访问页的类型

　　从数据访问页的设计方式和浏览效果来看,可以将其分为以下 3 种类型。不同类型的功能不完全相同。

1. 输入数据型

　　如果数据访问页中的数据源来自于同一个数据表,而且包含了表中的所有字段,可以通过网页向表中添加记录。如果数据源来自不同的数据表,可以通过网页修改当前显示的字段中的内容。

2. 交叉式报表型

　　如果数据访问页中的数据源来自数据表或查询,并且在设计查询时已对数据进行排序和分组,数据访问页就可以像报表那样对数据库中的信息进行合并、筛选、分组、统计和汇总。

3. 数据分析型

　　如果在数据访问页中使用了数据透视表、图表和 Excel 电子表格,则可以重新组织数据以将其用于数据分析。

7.1.3　数据访问页与窗体和报表的差异

　　在 Access 中,数据访问页的作用与窗体类似,都可以作为浏览和操作数据库数据的用户操作界面,窗体具有很强的交互能力,主要用于访问当前数据库中的数据;而数据访问页除了可以访问本机上的 Access 数据库外,还可以用于访问网上数据库中的数据。

　　数据访问页与报表相比具有以下优点:

（1）与数据绑定的数据访问页连接到数据库，因此，这些页显示的是数据库的当前的数据。

（2）数据访问页是交互式的，用户可以只对自己所需的数据进行筛选、排序和查看。

（3）数据访问页可以通过电子邮件方式进行分发，每当收件人打开邮件时可以看到当前的数据。

7.1.4 数据访问页的视图

Access 中的数据访问页有 3 种视图方式，分别是设计视图、页视图和 Internet Explorer 视图。

1. 设计视图

设计视图用于创建数据访问页和修改已有的数据访问页，用户可以根据需要向数据访问页中添加对象、设置对象的属性，如图 7-2 所示。数据访问页设计完成后以 HTML 文件保存，在数据库中保存该文件的快捷方式。

图 7-2　数据访问页的设计视图

2. 页视图

页视图是数据访问页的浏览方式，可以在 IE 浏览器中打开。在页视图方式下，通过记录导航条可以对记录进行浏览、添加、删除、排序、筛选和保存等操作，如图 7-3 所示。

图 7-3　数据访问页的页视图

3. Internet Explorer 视图

HTML 文件可以在数据库环境以外使用，Internet Explorer 视图是数据访问页的 HTML 文件在 Internet Explorer 5 及以上版本的浏览器中被打开的界面。选中数据访问页的 HTML 文件并双击或在 Web 工具栏上的 URL 地址定位栏中输入 HTML 文件的路径，则启动 IE 浏览器并打开该 Web 页，如图 7-4 所示。在该视图中，可以对数据库的记录进行操作。

图 7-4　数据访问页的 IE 视图

7.2　创建数据访问页

Access 提供了创建数据访问页的 3 种方法，即自动创建数据访问页、数据访问页向导和使用设计视图创建数据访问页。通过前两种方法可以创建一些简单的数据访问页，通过设计视图可以创建更为丰富的数据访问页，也可以对已经创建的数据访问页进行编辑和修改。

7.2.1　自动创建数据访问页

利用"自动创建数据访问页"向导可以创建一个包含数据表或查询中所有字段的数据访问页，利用这种方式只能创建纵栏式数据访问页，这样的数据访问页类似于纵栏式报表。

【**实例 7-1**】　在选课管理数据库中，使用自动创建数据页向导创建"课程"的数据访问页。

操作步骤如下：

（1）打开数据库"选课管理"。

（2）在数据库中选择数据访问页为操作对象，单击"新建"按钮，打开"新建数据访问页"对话框，如图 7-5 所示。

图 7-5　"新建数据访问页"对话框

（3）为数据访问页选择数据源。在"新建数据访问页"对话框中的列表框中选择"自动创建数据页：纵栏式"选项，并使用"请选择对象数据的来源表或查询"下拉列表框选中"课程"表，然后单击"确定"按钮，自动进入数据访问页"页视图"，如图7-6所示。在"页视图"中，出现显示课程信息的字段的文本框和与之相关联的标签以及记录导航条。

图7-6   课程基本情况纵栏式数据访问页

（4）保存数据访问页，单击"保存"按钮，在"另存为"对话框中输入数据访问页的标题为"课程"，Web页就设计完成了。

7.2.2   使用向导创建数据访问页

与创建窗体和报表一样，可以通过Access提供的向导创建数据访问页，其数据源可以来自多个数据表或查询，可以进行字段的选择，也可以进行字段分组和字段排序。

【实例7-2】   使用数据页向导创建浏览"教师信息"的数据访问页。

操作步骤如下：

（1）打开数据库"选课管理"。

（2）在数据库中选择页为操作对象，单击"新建"按钮，打开"新建数据访问页"对话框，在列表框中选择"数据页向导"选项，同时在数据源列表框中选择"教师"表，如图7-7所示。

图7-7   "新建数据访问页"对话框

（3）单击"确定"按钮，打开"数据向导"对话框，如图7-8所示。将"可用字段"列表框中的字段添加到"选定的字段"列表框中。

（4）单击"下一步"按钮，打开"是否添加分组级别"面板，在列表中选择分组字段，如图7-9所示（可以跳过该步骤）。

（5）单击"下一步"按钮，打开"确定记录所用的排序次序"面板，在列表中选择排序字段，最多可以选择4个排序字段，如图7-10所示。

（6）单击"下一步"按钮，打开"为数据页指定标题"面板，在文本框输入报表的标题为

图 7-8 "数据页向导"对话框

图 7-9 "是否添加分组级别"面板

图 7-10 "确定记录所用的排序次序"面板

"教师基本情况",同时可以选择创建数据页之后的操作,如图 7-11 所示。

图 7-11 "为数据页指定标题"面板

(7) 单击"完成"按钮,数据页就创建完成了,系统自动保存所创建的数据访问页,同时打开数据页设计视图,切换到"页面视图",显示结果如图 7-12 所示。

图 7-12 "教师基本情况"数据访问页设计视图

无论是在自动创建数据页还是用向导创建数据页,创建完成的数据访问页将被保存为当前文件夹的 HTML 文件中,并在数据库窗口的"页"对象的列表中创建该 Web 页的快捷方式。

在 Access 数据库或在 Internet Explorer 浏览器下,通过数据访问页的记录浏览工具栏可以对记录表进行浏览、追加、编辑、删除、排序和筛选等操作。如果通过数据页对表中的记录进行追加、修改及删除等操作,则要求数据访问页的数据源应该是单一的表或者是建立在单一表上没有任何统计计算的查询。

记录浏览工具栏的按钮的功能如表 7-1 所示。

使用数据访问页对表中的数据进行添加和修改时,使用"保存"按钮可以保存输入的数据;使用"撤销"按钮可以取消对数据的添加和修改;使用"删除"按钮可以对记录进行永久删除,在执行删除操作前,系统会弹出确认消息对话框,以避免进行误操作。

表 7-1 记录浏览工具栏的按钮的功能

控 件 图 标	控 件 名 称	主 要 功 能
⏮	第一个	指针移动到第一个记录
◀	前一个	指针移动到前一个记录
▶	后一个	指针移动到后一个记录
⏭	末一个	指针移动到最后一个记录
▶※	新建	向表中添加新记录
▶✕	删除	删除当前记录
✍	保存	保存输入和修改的记录
↺	撤销	撤销对记录的输入和修改
A↓Z	升序排序	将记录按照升序排序
Z↓A	降序排序	将记录按照降序排序
▽✎	筛选	筛选记录
▽	筛选切换	筛选切换
?	帮助	使用系统的帮助

7.3 在设计视图中创建数据访问页

使用数据页向导可以创建简单的数据访问页,如果需要创建内容更为丰富、功能更齐全的数据页,需要用户自行定义。用户自行定义数据访问页可以使用数据访问页设计器。使用数据访问页设计器,即数据页设计视图,不仅可以按用户的需求设计所需要的 Web页,而且可以对已有的 Web 页进行修改。

7.3.1 创建数据访问页

设计视图是用户自行创建数据页的窗口。当用户选择使用设计视图创建数据页时,需要打开"设计视图"窗口。

1. 打开设计视图

在"数据库"窗口中选择"页"为操作对象,单击"在设计视图中创建数据访问页",系统将自动打开名为 Page1 的"数据访问页"窗口,如图 7-13 所示。

数据访问页由两部分组成,即标题(Heading)和节(Session),其中,标题部分显示提示信息"单击此处并输入标题文字",用于添加数据访问页的标题,而节的部分用于设计数据访问页的内容。

2. 为数据页添加数据

选择菜单"视图"|"字段列表"命令或单击工具栏上的"字段列表"按钮 ▣,可以打开"字段列表"对话框,如图7-14所示。

图7-13　数据访问页的设计视图

图7-14　"字段列表"对话框

在"字段列表"对话框中,列出了数据库中的所有表和查询,在每个表或查询名的前面均有一个"折叠/展开"按钮 ⊞,单击该按钮可以展开该下拉按钮,可以看到表或查询中的所有字段或表达式,可以直接拖动将这些字段或表达式添加到数据访问页的"节"中。

3. 为数据页添加标题

在"单击此处并输入标题文字"区域内单击,然后输入所需要的文字,即可完成数据页标题的输入。选中"标题"对象,还可以设置它的属性。

4. 保存和查看数据页

数据页创建完成后,将其保存在指定的路径中,同时可以预览页面的显示结果。

图7-15　"字段列表"对话框

【实例7-3】　使用设计视图创建课程基本信息的数据访问页。

操作步骤如下:

(1) 打开数据库"选课管理"。

(2) 在数据库中选择"页"为操作对象,双击"在设计视图中创建数据访问页"选项,打开"报表设计视图"窗口,如图7-13所示。

(3) 为Web页添加数据源。选择菜单"视图"|"字段列表"命令,打开"字段列表"对话框,选择"课程"表并展开,如图7-15所示。

（4）为数据页选择显示字段。在"字段列表"对话框中将"课程号"、"课程名称"等字段拖到数据页设计视图的"节"中。

（5）为报表添加标题。单击"标题"输入信息为"课程基本情况"，还可以利用"属性"窗口设置标题的字体、字号等属性，如图 7-16 所示。

图 7-16 "课程基本信息"Web 页设计视图

（6）保存数据访问页。在"另存为"对话框中输入数据访问页的名称为"课程"，然后切换到"页面视图"，显示结果如图 7-17 所示。

图 7-17 "课程基本信息"Web 页页面视图

7.3.2 数据访问页的控件

Access 数据库在打开数据访问页的设计视图时，还会显示设计数据访问页所需要的控件工具箱。在工具箱中，除了包含与窗体和报表工具箱相同的控件之外，还增加了一些新的控件，这些控件是数据访问页所特有的控件，如表 7-2 所示。

使用这些控件可以在设计数据访问页时实现 Web 页的功能，如滚动文字、超级链接、播放影片等。

表 7-2 数据访问页的控件及功能

控 件 图 标	控 件 名 称	主 要 功 能
	绑定范围	添加一个存储 HTML 代码的对象,并与数据库中表的"文本"或"备注"字段相绑定
	滚动文字	用于设计滚动文字
	展开	插入展开/折叠按钮
	记录导航	添加记录导航工具栏控件
	Office 数据透视表	插入 Microsoft Office 数据透视表
	Office 图表	插入 Microsoft Office 图表
	Office 电子表格	插入 Microsoft Office 电子表格
	超链接	插入一个包含超级链接地址的文本字段
	图像超链接	插入一个包含超级链接地址的图像
	影片	插入可以播放的影片

【实例 7-4】 在"课程基本情况"数据访问页中,增加下列功能。

(1) 在 Web 页底部显示自左向右的滚动文字"欢迎查询课程信息"。

(2) 添加超链接,访问"教师基本情况"数据访问页。

操作步骤如下:

(1) 打开在实例 7-3 中创建的数据访问页,切换到设计视图。

(2) 单击"滚动文字"按钮,在数据访问页的底部绘制一个矩形区域,并输入文字"欢迎查询课程信息",如图 7-18 所示。

图 7-18 "课程基本信息"Web 页页面视图

（3）设置"滚动文字"控件的属性。右击该控件，打开"属性"窗口，如图 7-19 所示。

设置"Behavior"属性，该属性有 3 种取值，分别为 scroll、slide 和 alternate。如果其值为 scroll，则文字按照设置的方向单向循环移动；若其值为 slide，则文字按照设置的方向单向移动一次后停止；如果其值为 alternate，则文字按照设置的方向双向循环移动。

设置 Direction 属性，该属性有 4 种取值，分别为 left、right、up 和 down，表示文字移动的方向。

如果需要还可以设置 loop 属性，该属性用于设置文字滚动的次数。

图 7-19　滚动文字"属性"窗口

（4）添加超级链接。单击"超链接"按钮，并在数据页访问页中单击，打开"插入超链接"对话框，如图 7-20 所示。

图 7-20　"插入超链接"对话框

（5）在"要显示的文字"文本框中输入文字"查看任课教师信息"，然后，单击"书签"按钮，并在弹出的"在文档中选择位置"对话框中选择数据访问页的名称为"教师"，单击"确定"按钮，返回数据访问页设计视图，在数据访问页中已经添加了超链接对象，输入的文字成为超链接的"热字"，如图 7-21 所示。

图 7-21　插入超链接后的 Web 页设计视图

（6）保存数据访问页，可以切换到页面视图查看效果。

7.3.3 页的分组和排序

分组数据访问页与分组报表相似，与分组报表相比，分组数据访问页具有以下优点：

（1）数据访问页与数据库绑定在一起，因此，在数据访问页中显示的是数据库的当前数据。

（2）数据访问页提供了一个交互式的操作环境，可以在页中查看、排序和筛选所需的数据。

（3）数据访问页可以通过网络发布数据，能够随时反映数据的变化。

使用向导创建数据访问页时，可以选择分组字段对页进行分组。除此之外，也可以在"页"设计视图中设计分组数据访问页。

1. 分组数据访问页的结构

分组数据访问页由主体和节两部分组成，如图 7-22 所示。

图 7-22　分组数据访问页的组成

（1）主体：是数据访问页的基本设计区域，可以用来显示文本和节等内容。通常情况下，主体中的位置、节以及其他元素都是相对应的。也就是说，元素是按在 HTML 源文件中显示的顺序输出，元素的位置由前面的内容来决定。

（2）节：在数据访问页中，节用来显示文本、数据库中的数据以及工具栏，通常情况下，节中的控件和其他元素的位置是固定的，当调整浏览器窗口的大小时，控件仍保持同样的位置。

在分组数据访问页中共有 4 种类型的节，即组页眉、组页脚、标题和记录导航。其中，组页眉用于显示数据和汇总。如果对数据进行分组，必须至少有两个以上的分组级别。处在最低分组级别的组页眉类似于报表的主体节，用于显示当前组的记录。组页脚主要用于计算，它出现在分组级别的记录导航节的前面。组页脚对数据访问页中的最低分组级别是不能进行设置的。标题用于显示数据列的标题不能在标题节中放置绑定型控件。标题节只有当展开上一个级别才显示。记录导航用于显示分组级别的记录导航控件。如果分组级别没有页脚，记录导航则出现在页脚后面，不能在记录导航节中放置绑定型控件。

2. 创建分组数据访问页

当打开数据访问页设计视图时,可以打开"页设计"工具栏,在工具栏上有 3 个显示为箭头的按钮,分别是"上升"按钮、"下降"按钮和"按表分组"按钮。其中,"上升"按钮用于将选定的字段作为分组字段上升一级;"下降"按钮用于将选定的字段降一级;"按表分组"按钮用于将数据访问页的字段按表分组,即将数据访问页中相同的所有字段放在同一组中且升一级。

【实例 7-5】 在选课管理数据库中,按照课程分组创建教师授课情况分组数据访问页,数据访问页的网页视图如图 7-23 所示。

图 7-23 分组数据访问页页面视图(局部)

操作步骤如下:

(1) 打开数据库"选课管理"。

(2) 以"教师"表、"授课"表和"课程"表为数据源创建查询"教师授课",其设计视图如图 7-24 所示。

图 7-24 "教师授课"查询设计视图

(3) 以查询"教师授课"为数据源创建数据访问页,其设计视图如图 7-25 所示。

图 7-25 "教师授课"数据访问页设计视图

（4）在数据访问页的主体节中选择"课程名称"字段，然后单击工具栏上的"上升"按钮，则"课程名称"字段上升到组页眉中，如图 7-26 所示。

图 7-26 设置分组字段

（5）保存数据访问页，切换到页面视图查看效果，如图 7-27 所示。

图 7-27 预览页面视图

（6）单击页面中的"＋"按钮,可以展开并显示每一组的详细记录,如图 7-23 所示。

上面实例中的数据访问页是按照字段的值进行分组,还可以按照特定的表达式创建分组,其操作步骤如下:

（1）打开数据访问页的设计视图。

（2）打开"字段列表"窗口,将需要的字段添加到数据访问页中。

（3）选择对记录进行分组字段所对应的文本框控件,打开该控件的"属性"窗口。

（4）选择"数据"选项卡,在"ControlSource"属性文本框中输入所需的表达式,格式为"别名：表达式"。

（5）单击工具栏上的"升级"按钮,即可在数据访问页上创建一个新的分组,分组的原则是按照设定的表达式的值。

7.4 数据访问页外观设计

数据访问页是提供数据访问的人机界面。数据访问页的 HTML 文件可以插入到用户自己设计的网页中,因此,数据页的显示外观较为重要。数据页的外观涉及各种显示内容的布局、文字的字体、字形与字号以及前景色与背景色色彩的搭配等。保证网页整体风格的统一,是数据页外观设计的基本要求。

7.4.1 应用数据页的主题

主题是指 Access 预设的网页类型,它能够为用户创建的数据访问提供统一的风格。主题是一套统一的项目符号、字体、水平线、背景图像和其他数据访问页元素的设计元素及配色方案。将主题应用于数据访问页可以自定义以下元素：正文和标题样式、背景颜色或图形、表边框颜色、水平线项目符号、超链接颜色以及控件等。

对数据访问页设置"主题"的操作步骤如下:

（1）打开数据访问页的设计视图。

（2）选择菜单"格式"|"主题"命令,打开"主题"对话框,如图 7-28 所示。

图 7-28 "主题"对话框

（3）在"主题"对话框中，使用"请选择主题"列表框选择所需的主题并进行相应的设置。

（4）保存数据访问页，主题就设置完成了。

7.4.2 数据页背景效果

背景的应用与主题应用相似，也是 Access 预设的功能。使用此功能，用户可以按照系统提供的模板设置数据访问页的背景，以便更好地美化页面。

设置数据访问页"背景"的操作步骤如下：

（1）打开数据访问页的设计视图。

（2）选择菜单"格式"|"背景"命令，可以选择插入图片、颜色和声音 3 种类型，如果选择插入图片，则打开"背景"对话框，如图 7-29 所示。

图 7-29 "插入图片"对话框

（3）在"插入图片"对话框中的"查找范围"下拉列表中选择图片文件的存储路径，在"文件类型"列表框中选中所需的图片文件，然后单击"插入"按钮，即可将指定的图片插入到数据访问页中。

（4）保存数据访问页，背景设置就完成了。

7.4.3 数据访问页的属性

数据访问页由主体、页眉、页脚、标题和导航节组成，可以根据需要设置每个部分的属性，这需要使用"属性"进行窗口设置。操作步骤如下：

（1）打开数据访问页的设计视图。

（2）在数据访问页中右击，在弹出的快捷菜单中选择"属性"命令，可以打开"页面属性"、"组级属性"、"节属性"或"元素属性"对话框，如图 7-30 所示，显示的是"页面属性"对话框。

图 7-30 "页面属性"对话框

（3）选择需要的选项卡（如格式）并对相应的属性进行设置。例如，改变页面的文字字体、改变页面的背景颜色等。

(4) 保存修改后的数据访问页。

除了通过数据访问页的属性对话框进行设置之外，还可以在设计视图中用鼠标直接拖动的方法设置某些对象的属性。

7.5 思考与练习

一、思考题

1. 数据访问页有哪些类型？各有哪些特点？
2. 数据访问页与窗体和报表相比有哪些差异？
3. 如何设计分组数据访问页？

二、填空题

1. 数据访问页的 3 种视图，分别为_____、_____和_____。
2. 当需要对数据访问页进行修改时，需要在_____中进行设置。
3. 在 Access 中，数据访问页文件的扩展名为_____。
4. 数据访问页包括 4 种属性，分别是页面属性、_____、_____和_____。
5. 在数据访问页中对表中数据进行修改和删除时应使用_____。

三、上机操作题

1. 使用向导创建数据访问页浏览教师基本信息。
2. 使用设计视图创建数据访问页显示教师的工资。
3. 在教师管理数据库中，创建分组数据访问页显示教师授课情况，数据访问页的设计视图如图 7-31 所示。

图 7-31 分组数据访问页设计视图

第8章

宏

学习目标

通过本章的学习,应该掌握以下内容:

(1) 宏的概念及分类。

(2) 创建宏。

(3) 创建宏组。

(4) 宏的几种运行方式。

(5) 宏的编辑和调试。

(6) 宏的运用。

8.1 宏概述

在处理 Access 数据库对象的过程中,往往需要重复执行某些任务或操作。例如,向表中添加记录时,需要打开同一个窗体,为了简化操作步骤,可以将这些重复执行的任务或操作组织在一个宏中,在应用时直接调用和运行宏,可以自动地执行集成在宏中的各项操作。

8.1.1 宏的概念

宏是 Access 中执行特定任务的操作和操作集合,其中的每个操作实现特定的功能,是由 Access 本身提供的。宏可以是包含操作序列的一个宏,也可以是多个宏组成的宏组。使用条件表达式可以决定在某些条件下运行宏时,某个操作是否执行。

创建宏的目的是自动处理某一项或者一系列任务,可以将任务当作一个或多个基本操作的集合,其中每个基本操作都能单独实现某一项特定的功能,如打开窗体,关闭窗体等。如图 8-1 所示是一个含有 3 个操作的宏。

宏的功能包括打开某个窗体、显示一个信息提示框和关闭窗体。

当执行这个宏时,将自动执行这 3 个操作。

通过宏的自动重复执行操作能力,无须编写程序就可以设计出具有一定功能的数据库应用系统。

在 Access 中,共有 53 种基本操作可供宏选择使用和执行。在实际操作过程中,人们

图 8-1　宏的设计视图

很少单独使用一个宏命令,往往将这些命令组合在一起按照顺序依次执行以完成一项特定的任务。这些命令的执行可以通过窗体或表中控件的某个事件来触发,也可以在数据库的运行过程中自动实现。

8.1.2　宏的分类

根据宏的用途将它们分成以下几类。

(1) 窗体或报表中的数据处理命令,包括 FindRecord、FindNext、GotoControl、GotoRecord 等。

(2) 对象处理命令,包括 OpenForm、OpenMoudle、OpenReport、Maximize、Minimize、Close 等。

(3) 导入、导出命令,包括 CopyObject、CopyDatabaseFile、OutputTo、TransferDatabase、TransferSpreadsheet、TransferText 等。

(4) 执行特定任务的命令,包括 RunCommand、RunMacro、OpenQuery、RunCode 等。

(5) 其他命令,包括 AddMenu、SetMenuItem、Echo、MsgBox、ShowToolbar 等。

8.1.3　宏的功能

在 Access 中,宏具有以下功能。

(1) 显示和隐藏工具栏。

(2) 打开和关闭表、查询等对象。

(3) 执行报表的预览和打印功能。

(4) 设置窗体中控件的属性值。

(5) 执行菜单中的选项命令。

(6) 执行查询操作及数据筛选功能。

8.2　宏的创建

宏的创建方法与其他 Access 数据库对象一样,都可以在设计视图窗口中进行设置。在创建宏的过程中,主要工作是设置宏所包含的操作和相应的参数。

8.2.1 宏的设计视图

创建宏时,首先打开宏的"设计"窗口,其操作步骤如下:

(1) 打开数据库。

(2) 选择"宏"为操作对象,单击"新建"按钮,打开"宏"设计视图,如图 8-2 所示。

图 8-2 "宏"设计窗口

"宏"设计窗口由位于窗口上部的操作窗格和位于下部的操作参数窗口两部分组成。

1. 操作窗格

在"宏"设计窗口中,在操作窗格中默认显示"操作"和"备注"两列,如图 8-2 所示。选择"视图"菜单中的"宏名"和"条件"两个选项,宏名和条件就会在操作窗格中显示出来,如图 8-3 所示。

图 8-3 显示宏名和条件的"宏"设计窗口

各列的功能如下:

(1) 操作

用于执行所要执行的操作。操作的名称由系统指定,用户只能通过"操作"下拉列表框选择所需要的操作。在一个宏中,可以指定一个或多个操作,在不同的行中指定。每一行只能指定一个操作。

(2) 注释

用于设置一些说明性信息,对每一个操作进行说明,这是给用户的说明,便于用户理解和记忆。在实际执行时,宏将自动忽略这些说明信息。

(3) 宏名

用于指定宏的名称,在创建宏组时,必须以宏名来标识和区别不同的宏。

(4) 条件

用于输入条件表达式,通过该表达式来控制宏中操作的执行。

2. "操作参数"窗口

"操作参数"窗口用于设置宏的操作参数,以控制操作执行的方式。不同的宏操作具有不同的操作参数。当选择了某个宏操作后,对应宏的相关参数会自动在"操作参数"窗口中显示出来。用户根据所要执行的操作对这些参数进行设置。

8.2.2 常用的宏操作

Access 中常用的宏操作如表 8-1 所示。

表 8-1 数据访问页的控件及功能

宏 操 作	主 要 功 能
AddMenu	创建菜单栏或快捷菜单
AddlyFilter	用筛选、查询或 SQL 语句的 Where 子句来选择表、窗体或报表中显示的记录
Beep	使计算机的扬声器发出嘟嘟声
CancelEvent	取消引起宏操作的事件
Close	关闭指定的数据库对象,包括表、查询、窗体、报表或模块窗口
CopyObject	复制数据库对象
DeleteObject	删除数据库对象
Echo	运行宏时,显示或不显示状态信息
FindRecord	在表、查询或窗体中查找指定条件的第一条记录
FindNext	依据 FindRecord 操作使用的查找准则查找下一条记录
GotoControl	将光标移动到窗体中特定的控件上
GotoPage	将光标移动到窗体中特定页的第一个控件上
GotoRecord	在表、查询或窗体中,添加新记录或将光标移动到指定的记录
Hourglass	当运行宏时,鼠标指针显示为沙漏状
Maximize	最大化活动窗口
Minimaze	最小化活动窗口
MoveSize	移动或调整活动窗口的尺寸
MsgBox	显示消息框
OpenDiagram	在设计视图打开数据库图表
OpenForm	打开窗体
Openmodule	打开指定的模块
OpenQuery	在表、窗体中打开查询
OpenReport	在设计视图或预览视图中打开报表

宏　操　作	主　要　功　能
OpenTable	在表、设计视图或预览视图中打开查询表
OutputTo	将数据导出为 XLS、TXT、RFT、HTML 或 ASP 等文件格式
PrintOut	打印活动的数据库对象,如表、窗体、报表和模块
Quit	退出 Access
Rename	将数据库对象更名
Requery	让指定控件重新从数据源中读取数据
Restore	将最大化和最小化的窗口恢复到原来的大小
RunApp	运行另一个 Windows 应用程序
RunCode	运行一个指定的 VB 函数程序
RunCommand	运行指定的 Access 菜单栏、工具栏和快捷菜单上的命令
RunMacro	运行指定的宏
RunSQL	运行指定 SQL 命令
Save	保存指定的数据库对象
SelectObject	选定一个数据库的对象
SendKeys	发送键盘消息给当前活动的模块
SendObject	将数据库对象中的数据以电子邮件形式发送给收件人
SetMenuItem	设置自定义菜单中命令的状态:有效、无效、可选或不可选
SetValue	为窗体、报表中的字段指定一个新值
ShowToolbar	显示或隐藏工具栏
StopAllMacro	取消所有的宏
TransferDatabase	导入、导出或链接表
TransferSpeetSheet	导入、导出电子表格数据
Transfer	导入、导出文本文件

在使用宏命令时,除了正确使用宏操作的名称,还应将具体的命令根据需要设置相应的参数。用户在使用时要详细了解操作参数的含义。

8.2.3　宏的创建

【实例 8-1】　在"选课管理"数据库中,创建一个宏,其功能为打开"教师信息"窗体,显示所有职称为"教授"教师记录。

操作步骤如下:

(1) 打开数据库"选课管理"。

(2) 在数据库中选择"宏"为操作对象,单击"新建"按钮,打开"宏设计"窗口。

（3）在空白行中，选择"操作"列，使用下拉列表框选择宏操作的名称 OpenForm，并在注释行中输入字符串为"打开教师信息窗体"。

（4）设置操作参数。在"操作参数"窗口中，在"窗体名称"下拉列表中选择窗体名称"教师信息"，在"视图"下拉列表中选择"窗体"，在"Where 条件"文本框中输入表达式"[职称]＝"教授""，"数据模式"设置为"只读"，如图 8-4 所示。

图 8-4　宏的设置

（5）单击"保存"按钮，打开"另存为"对话框，在"宏名称"文本框中输入"打开教师信息窗体"，然后单击"确定"按钮，宏设计就完成了。

（6）单击"执行"按钮![]，查看宏运行的结果。

8.2.4　宏组的创建

宏组是指一个宏文件中包含一个或多个宏。在宏组中，每个宏都是独立的，互不相关。将功能相近或操作相关的宏组织在一起构成宏组，可以为设计数据库应用程序带来方便。

宏也是 Access 数据库对象。在数据库窗口中的"宏"对象列表中，能够看到宏组的名称。在宏组中，必须为每个宏指定一个唯一的名称。

创建宏组和创建宏一样，需要打开"宏"设计窗口，所不同的是必须激活操作窗格内的宏名列，为每个宏指定宏的名称。

【实例 8-2】　在"选课管理"数据库中，创建一个宏组，其中包括 4 个宏操作，分别是打开学生表、打开学生信息浏览窗体、打开"学生名单"报表和关闭窗体。

操作步骤如下：

（1）打开数据库"选课管理"。

（2）在数据库中选择"宏"为操作对象，单击"新建"按钮，打开"宏"设计窗口，单击"宏名"按钮![]，显示"宏名"列，如图 8-5 所示。

图 8-5　显示宏名的"宏"设计窗口

（3）在连续的空白行中，分别对每个宏进行参数设置，包括宏名、选择宏操作以及输入注释，如图 8-6 所示。

图 8-6　宏组的设计窗口

每个宏的操作参数设置如表 8-2 所示。

表 8-2　宏组中宏的参数设置

宏　名	宏　操　作	操　作　参　数
打开学生表	OpenTable	表名为学生；视图为数据表；数据模式为只读
打开学生信息浏览窗体	OpenForm	窗体名称为学生信息浏览；视图为窗体；数据模式为只读，窗口模式为普通
打印学生名册报表	OpenReport	报表名称为学生名册；视图为打印；窗口模式为普通
关闭	Close	

（4）单击"保存"按钮，打开"另存为"对话框，在"宏名称"文本框中输入"宏组学生表操作"，然后单击"确定"按钮，宏设计就完成了。

宏组的运行需通过对象的事件触发，将在 8.4 节中介绍。当直接运行宏时，只执行最前面的宏。

8.2.5　条件宏的创建

条件宏是指在宏中的某些操作带有条件，当执行宏时，这些操作只有在满足条件时才得以执行。

对数据进行处理时，可能希望仅当满足特定的条件时才在宏中执行某个操作，在这种情况下，可以使用条件来控制宏的流程。

宏在执行时能对条件进行测试，并在条件为真时运行指定的宏操作。

【实例 8-3】　在实例 8-2 中所创建的宏中添加一个新功能，在打开报表之前提示用户确认，提示信息为"请打开打印机"。

操作步骤如下：

（1）打开数据库"选课管理"及实例 8-2 中所创建的宏"宏组学生表操作"，单击工具栏上的"条件"按钮，显示"条件"列。

(2) 在宏操作"OpenReport"行，在"条件"单元格中输入表达式为"MsgBox("请打开打印机!",1)=1"，如图 8-7 所示。

图 8-7　条件宏设置

表达式的含义是，在弹出的消息对话框(见图 8-8)中显示信息"请打开打印机!"以及"确定"和"取消"按钮，当用户单击"确定"按钮时，执行宏操作 OpenReport，

图 8-8　MsgBox 消息对话框

(3) 单击"保存"按钮，打开"另存为"对话框，在"宏名称"文本框中输入"条件宏学生表操作"，然后单击"确定"按钮，宏设置就完成了。

8.3　宏的执行和调试

对于创建的宏或宏组，只有运行后，才可以实现宏的功能，得到宏操作的结果。在宏运行时有时会出现错误或异常情况，需要对宏或宏组进行调试。此外，用户可以对已经创建的宏进行编辑和修改。

8.3.1　宏的执行

创建宏或宏组之后，可以在数据库中运行。运行宏的方式有以下几种：

1. 在宏设计窗口中运行

在"宏"设计窗口中，单击工具栏上的"运行"按钮 或者选择菜单"运行"|"运行"命令可以直接运行已经设计好的宏。

2. 在数据库窗口中运行

在"数据库"窗口中,选择"宏"对象,可以使用下列方法运行宏。

(1) 双击所要运行宏的名称。

(2) 右击所要运行的宏,在弹出的快捷菜单中选择"运行"命令。

(3) 选择所要运行的宏,单击工具栏上的"运行"按钮。

3. 在 Access 主窗口中运行

在 Access 主窗口中,选择菜单"工具"|"宏"|"运行宏"命令,如图 8-9 所示。

图 8-9　在 Access 主窗口中运行宏

打开"执行宏"对话框,如图 8-10 所示。输入要执行宏的名称,然后,单击"确定"按钮。

图 8-10　"执行宏"对话框

4. 在其他宏中运行

可以在其他的宏中运行一个已设计好的宏,其操作方法如下:

(1) 在宏中添加 RunMacro 操作。

(2) 在"宏名"参数框中输入要执行的宏名。

5. 自动运行宏

Access 数据库提供了一个专用的宏 Autoexec,又称其为自动宏。如果数据库中有名为 Autoexec 的宏,则在打开数据库时自动运行宏。因此,如果用户想在打开数据库时自动执行某些操作,可以通过自动宏实现。操作步骤如下:

(1) 创建一个宏,其中的宏操作是打开数据库时自动执行的操作所对应的宏。

(2) 保存此宏并将宏命名为 Autoexec。

设置了自动宏之后,当打开 Access 数据库时,Access 自动执行 Autoexec 宏。所以,可以把打开一个数据库应用系统启动界面的宏操作,存放在 Autoexec 宏中,这样每次打开该数据库时,会自动运行 Autoexec 宏并打开数据库应用系统的启动界面。

8.3.2　宏的调试

在宏执行时有时会得到异常的结果,可以使用宏的调试工具对宏进行调试,常用的方法是单步执行宏,即每次执行一个操作。在单步执行宏时,用户可以观察到宏的执行过程以及每一步的结果,从而发现出错的位置并进行修改。

单步执行宏的操作方法如下:

(1) 打开"宏"设计窗口。

(2) 单击工具栏上的"单步"按钮,再单击"运行"按钮,打开"单步执行宏"对话框,如图 8-11 所示。

图 8-11　"单步执行宏"对话框

在"单步执行宏"对话框中,显示了宏名、条件、操作名称和参数。通过对这些内容进行分析,可以判断宏的执行是否正常。

对话框中,3 个按钮的功能如下:

① 单步执行:执行对话框中显示的宏操作,如果执行正常,则执行下一个宏操作。

② 停止:停止宏的执行,关闭对话框。

③ 继续:关闭"单步执行"模式,执行宏中的其余操作。

(3) 错误处理。

如果在宏的执行过程中出现错误,会弹出一个消息对话框,显示宏操作的错误信息,例如,当宏操作 OpenReport 的操作参数"报表名称"指定了一个不存在的报表,则执行该操作时会打开如图 8-12 所示的消息对话框。

在消息对话框中,指出了出错原因并给处理建议。用户可以根据实际情况对宏进行修改。

图 8-12 宏操作出错消息对话框

8.4 事件驱动

宏的运行方法除了前面所介绍的方法之外,还可以将宏与窗体或报表控件结合起来执行,使宏成为一系列操作的一部分,而这一系列操作的执行,可以完成一些功能强大的数据处理任务。通常,将宏的执行与窗体中命令按钮的单击事件相结合,当单击窗体中的命令按钮时,执行相应的宏操作。

8.4.1 事件的概念

事件是一种特定的操作,在某个对象上发生或对某个对象发生。Microsoft Access可以响应多种类型的事件:鼠标单击、数据更改、窗体打开或关闭及许多其他类型的事件。事件的发生通常是用户操作的结果。事件过程是由宏或程序代码构成的用于处理引发的事件或由系统触发的事件运行过程。

Access 数据库对象能够响应许多类型的事件,响应方式由每一个对象的内部所含的行为决定。Access 事件可以由特定对象的属性来识别。例如,当单击窗体中的命令按钮,该按钮事件属性中的"单击"属性可以识别该操作,并根据该操作决定触发哪个宏。

Access 中的事件共有 53 种,可以分为以下几类。

(1) 窗口事件:打开窗口、关闭窗口及其调整窗口大小。

(2) 数据事件:删除、修改或者成为当前项。

(3) 焦点事件:激活、输入或者退出。

(4) 键盘事件:单击或释放一个键以及单击和释放合为一体的击键事件。

(5) 鼠标事件:包括鼠标单击、双击、按住鼠标左键、释放鼠标和移动鼠标。

(6) 打印事件:包括打开报表、关闭报表、报表无数据、打印页前、打印出错等。

8.4.2 事件触发操作

Access 可以通过窗体控件和报表的特定属性识别某一个事件,当用户执行 Access能识别的事件时,能够导致 Access 执行一个宏,这就是所谓的事件触发操作。

Access 可以对窗体、报表或控件中的多种类型的事件做出响应,包括单击鼠标、修改数据、打开或关闭窗体以及打印报表等。

【实例 8-4】 创建一个窗体,在窗体中添加 4 个命令按钮,其功能分别是打开学生表、打开学生信息浏览窗体、打开"学生名单"报表和关闭窗体,引用实例 8-2 创建的宏组来实现。

操作步骤如下：

（1）打开数据库"选课管理"。

（2）在数据库中新建一个窗体，添加 4 个命令按钮，其标题属性分别设置为"打开学生表"、"打开学生信息窗体"、"打开学生名单报表"和"关闭窗体"，如图 8-13 所示。

图 8-13　显示宏名的"宏"设计窗口

（3）使用命令按钮控件向导设置每个命令按钮的操作，使用列表框选择宏组中的宏操作，如图 8-14 所示。将每个命令按钮的操作分别与相应的宏名相对应。

图 8-14　设置命令按钮的操作

（4）保存窗体，窗体名称为"学生管理"，切换到从窗体视图，单击不同的命令按钮可以运行相应的宏操作。

8.5　使用宏创建菜单

在 Access 中，可以为数据库应用系统创建菜单系统，一个菜单系统包括菜单栏和下拉式菜单。在 Access 中，设计菜单使用宏来实现，而菜单系统本身也是依靠宏来运行的。创建菜单的操作步骤如下：

（1）为自定义菜单栏上所需的每个下拉式菜单均创建一个包含 AddMenu 操作的 。

（2）为每个菜单创建一个宏组为每个下拉式菜单指定命令。每个命令都运行由该宏组中的一个宏所定义的操作集合。

（3）将所有下拉菜单组合到水平菜单中。

【实例 8-5】 使用宏创建"选课管理"系统的菜单系统，菜单栏及菜单项如图 8-15 所示。

图 8-15 系统主菜单结构

操作步骤如下：

（1）打开数据库"选课管理"。

（2）创建宏组定义每个下拉菜单项所对应的宏操作。宏组中的每个宏名对应子菜单的一个功能。如图 8-16 所示，显示的是数据查询菜单项的子菜单中所有菜单项的功能。使用同样的方法可以创建所有下拉菜单项所对应的宏组。

图 8-16 下拉菜单的宏设计

（3）创建一个包含 AddMenu 操作的菜单栏宏组。在宏组中，每个宏中只有 AddMenu 操作。在操作参数中，在"菜单名称"文本框中应输入主菜单中菜单名称，"菜单宏名称"应设置为菜单项所对应的宏组名称，例如，"数据查询"菜单项对应的宏组为"数据查询"，如图 8-17 所示。保存宏组，宏组名称为"系统主菜单"。

（4）通过窗体激活与运行菜单系统。创建一个新窗体，在窗体中添加所需要的控件，如图 8-18 所示。

（5）打开窗体"属性"窗口，选择"其他"选项卡，设置"菜单栏"属性为"系统主菜单"，如图 8-19 所示。

图 8-17 主菜单的宏设计

图 8-18 窗体设计视图

图 8-19 窗体属性设置

（6）关闭"属性"窗口，保存窗体并命名为"系统主控界面"。

至此菜单的设计完成，在"数据库"窗口中打开"系统主控界面"窗体，显示结果如图 8-15 所示。

8.6 思考与练习

一、思考题

1. 什么是宏？宏的作用是什么？
2. 宏名在宏的使用中有何作用？
3. 调用宏的方法有哪些？
4. 如何调试宏？
5. 宏组的作用是什么？
6. 自动宏 Autoexec 有何用途？

二、填空题

1. OpenForm 的宏操作的功能是_____。

2. 打开"宏"设计窗口后,默认的只有_____和_____两列。

3. 宏由一个或多个_____组成。

4. 创建宏组,应在"宏"设计窗口中增加一个_____列。

5. 宏的使用一般是通过窗体或报表中_____的"单击"事件属性来实现的。

6. 为宏设置条件是为了_____。

7. 运行宏组时,只运行_____宏。

三、上机操作题

1. 在教师管理数据库中,创建一个宏,其功能为将教师表的数据导出到 Excel 文件中。运行宏,查看结果。

2. 设计一个宏组,宏组中包含 5 个宏,其功能为实现记录操作的向前移动、向后移动、首记录、尾记录和退出功能,如图 8-20 所示。

图 8-20　宏组设计视图

3. 创建一个窗体,显示教师基本情况。在窗体中添加 5 个命令按钮调用该宏组的宏命令,窗体运行界面如图 8-21 所示。

图 8-21　宏组设计视图

218

第9章

VBA 编程基础

学习目标

通过本章的学习,应该掌握以下内容:

(1) VBA 模块的概念。

(2) 熟练掌握 VBA 编程环境。

(3) 掌握 VBA 程序的基本语法。

(4) VBA 程序的编辑、运行和调试。

(5) 编写简单的 VBA 程序。

9.1 VBA 模块简介

Access 具有较强的交互功能,易于用户掌握。但在实际的数据库应用系统中,我们还是希望尽量通过自动操作达到管理数据库的目的。如果要对数据库对象进行更复杂、更灵活的控制,就需要编程来实现。在 Access 中,编程是通过模块对象实现的。利用模块可以将数据库中的各种对象联结起来,从而使其构成一个完整的系统。模块的编写采用 Office 通用的 VBA 编程语言。因此,它的功能比宏更强大,设计也更为灵活。

9.1.1 VBA 简介

VBA(Visual Basic Application)是 Microsoft 公司 Office 系列软件中内置的用来开发应用系统的编程语言,包括各种主要的语法结构、函数和命令等,但是二者又有本质区别。VBA 主要面向 Office 办公软件进行系统开发,以增强 Word、Excel 等软件的自动能力,它提供了很多 VB 中没有的函数和对象,这些函数都是针对 Office 应用的。

Visual Basic 是微软公司推出的可视化 BASIC 语言,是一种编程简单、功能强大的面向对象开发工具,可以像编写 VB 程序那样来编写 VBA 程序。用 VBA 语言编写的代码将保存在 Access 中的一个模块里。并通过类似在窗体中激发宏的操作那样来启动这个模块,从而实现相应的功能。

在设计数据库应用系统的一些特殊功能时,需要用"模块"对象来实现,这些模块都是利用 VBA 的语言来实现的。模块和宏的使用方法基本相同,在 Access 中,宏也可以存储为模块,宏的每个基本操作在 VBA 中都有相应的等效语句,使用这些语句就可以实现所有单独的宏命令,所以 VBA 的功能是强大的。用户若想使用 Access 来完成一个实际的数据库应用系统,就应该掌握 VBA。

9.1.2　VBA 开发环境

Access 所提供的 VBA 开发环境又称为 VBE(Visual Basic Editor),在 VBE 中可以编写 VBA 函数、过程和 VBA 模块。

1. 打开 VBE 窗口

在 Access 中,可以通过多种方法打开 VBE 窗口。主要有以下方式:

(1) 在数据库中选择菜单"工具"|"宏"|"Visual Basic 编辑器"命令。

(2) 使用快捷方式"Alt＋F11",该组合键还可以在"数据库"窗口和 VBE 之间相互切换。

(3) 选择"数据库"窗口中的"模块"对象,然后单击"新建"按钮,打开 VBE 窗口,并在窗口中创建一个新模块。

(4) 选择"数据库"窗口中的"模块"对象,然后双击"数据库"窗口中已创建好的某个模块,打开 VBE 窗口,此时在窗口中显示该模块的代码,可以对其进行修改和编辑。

上面的方法用于查看、编辑那些不在窗体和报表中的模块。如果查看、编辑窗体和报表中的模块,则可以使用以下的方法:

(1) 在设计视图中打开窗体或报表,然后单击工具栏上的"代码"按钮 ,打开 VBE 窗口及该窗体或报表的模块代码。

(2) 在设计视图中打开窗体或报表,右击需要编写代码的控件,在弹出的快捷菜单中选择"事件生成器"命令,然后在"选择生成器"对话框中单击"代码生成器",打开 VBE 窗口,在窗口中将显示该控件的默认事件的代码,用户可以直接编辑或修改代码。

2. VBE 窗口的组成

VBE 窗口通常由一些常用工具和多个窗口组成,如图 9-1 所示。

VBE 编辑器主要由代码窗口、立即窗口、监视窗口、本地窗口、属性窗口、对象浏览器以及工程资源管理器等窗口组成。在第一次打开 VBE 窗口时,在窗口中只包含对象浏览器、代码窗口和属性窗口,使用视图菜单可以打开其他的窗口。

(1)"代码"窗口:用来编写、显示和修改 VBA 代码。可以打开多个代码窗口以查看各模块的代码,也可以在"代码"窗口之间进行代码的复制操作。在"代码"窗口中,关键字和普通代码分别以不同的颜色显示。

"代码"窗口包含两个组合框,左边是"对象"组合框,列出所有可用的对象名称,右边是"过程"组合框,列出所选择对象的所有事件过程。

(2)"工程资源管理器"窗口:该窗口其实是一个列表框。在列表框中列出了应用程序所用到的模块以及类对象。单击"查看代码"按钮显示相应的"代码"窗口,单击"查看对象"按钮显示相应的对象窗口。

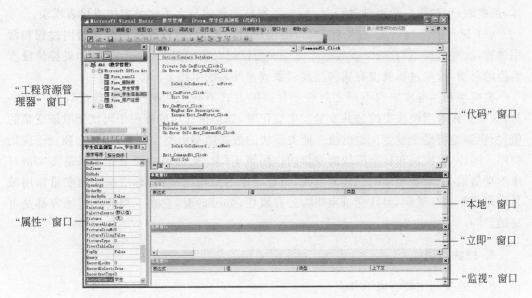

图 9-1　VBE 窗口

（3）属性窗口："属性"窗口列出了所选对象的各个属性，分为"按字母序"和"按分类序"两种查看方式。可以在"属性"窗口中设置或修改对象的属性，

（4）立即窗口：当单步执行程序时，使用该窗口可以直接输入语句或命令并查看执行结果。

（5）监视窗口：用于显示当前工程中定义的监视表达式的值。当工程中定义有监视表达式时，监视窗口会自动出现。

（6）本地窗口：用于显示所有当前过程在执行过程中的变量声明和变量值。

（7）对象浏览器：用于显示对象模型中以及工程过程中的可用类、属性、方法、事件及常数变量。

9.1.3　VBA 模块

VBA 模块是由 Visual Basic 语言的声明和过程作为一个单元进行存储的集合，它们作为一个整体来使用。模块中的代码以过程的形式加以组织，每一个过程都可以是一个Sub 过程或 Function 过程。

模块与宏的使用方法基本相同。在 Access 中，宏也可以存储为模块，宏的每个基本操作在 VBA 中都有相应的等效语句，使用这些语句就可以实现所有单独的宏命令。宏的使用方法简单，不需要编程，而使用模块要求对编程有一定的基本知识，它比宏要复杂。模块的运行速度快，而宏的速度慢。

1. 模块的分类

模块有两种基本类型，即类模块和标准模块。

（1）类模块是包含类定义的模块，包括其属性和方法的定义。类模块有 3 种基本形式，即窗体类模块、报表类模块和定义类模块，它们各自与某一窗体或报表相关联。为窗体(或报表)创建第一个事件过程时,Access 将自动创建与之关联的窗体或报表模块。

(2)标准模块包括在"数据库"窗口的模块对象列表中,标准模块包括通用过程和常用过程,这些过程不与 Access 数据库文件中的任何对象相关联,也就是说,如果控件没有恰当的前缀,这些过程就没有指向当前对象或控件名的引用。

类模块和标准模块的不同之处在于存储的方式不同。标准模块的数据只有一个备份,这就意味着当模块中的公共变量发生变化时,如果在其后的程序中再次读取该变量的值,所得到的将是变量变化后的值。而类模块的数据则是由类实例创建的,它独立于应用程序。同样,类模块和标准模块的变量的作用域不同。类模块的变量作用域是类实例对象的存活期,它随着对象的创建而创建,随着对象的撤销而撤销;标准模块的变量作用域是应用程序的存活期,当其变量声明为公有属性(public)时,它在工程的任何地方都是可见的。

2. 模块的功能

模块的功能主要有以下几点:

(1)维护数据库

可以将事件过程创建在窗体或报表的定义中,这样更有利于数据库的维护。而宏是独立于窗体和报表的,所以维护相对困难。

(2)创建自定义函数

使用这些自定义的函数就可以进行复杂的计算,执行宏所不能完成的复杂任务。

(3)执行详细的错误提示

可以检测错误并进行显示,这样就可以有更加友好的用户界面,对用户的下一步操作有利。

(4)执行系统级的操作

可以对系统中的文件进行处理,使用动态数据交换,应用 Windows 系统函数和数据通讯。

3. 模块的创建

创建模块的操作步骤如下:

(1)打开数据库。

(2)选择"模块"为操作对象,单击"新建"按钮,打开 VBA 模块的"代码"窗口。

(3)在"代码"窗口输入模块程序代码并保存。

9.2 VBA 基础知识

使用 VBA 设计应用程序,主要的处理对象是数据,用户应首先了解和掌握 VBA 的基本知识,如数据的表示、存储和运算。

9.2.1 编码规则

1. 标识符的命名规则

标识符用来表示常量、变量、函数、过程、控件、对象等用户命名元素的标识,标识符的命名应遵循以下规则。

(1) 必须以字母或汉字开头。

(2) 可以包含字母、数字或下划线符号。

(3) 不能包含标点符号或空格。

(4) 长度最多只能为 255 个字符。

(5) 标识符不区别大小写。

(6) 不能使用 Visual Basic 关键字。

为了增加程序的可读性,可以在名称前面加上一个表示标识符类型的前缀。例如,StrAddess 表示字符串变量;TxtName 表示文本框对象等。

2. 语句的构成

在 VBA 中,语句由保留字及语句体组成,而语句体由命令短语和表达式组成。保留字和命令短语中的关键字是系统规定的专用符号,通常由英文单词或其缩写表示,用来告诉计算机"做什么"动作,必须严格按照系统要求来写。语句体中的表达式可以由用户定义,但要遵循语法规则。

3. 程序书写规则

在 VBA 中,通常每条语句占一行,一行最多允许有 255 个字符;如果一行书写多个语句,语句之间用冒号":"隔开;如果某个语句在一行内没有写完,可用下划线"_"作为连接符。

9.2.2 数据类型

VBA 与其他的编程语言一样,为数据操作提供了数据类型,称为基本数据类型。表 9-1列出了 VBA 程序中的基本数据类型,以及它们所占用的存储空间、取值范围等。

表 9-1 VBA 的数据类型

数 据 类 型	类型符	占用字节	取 值 范 围
字节型(Byte)	无	1	0～255
布尔型(Boolean)	无	2	True,False
整型(Integer)	%	2	−32 768～32 767
长整型(Long)	&	4	−2 147 483 648～2 147 483 647
单精度(Single)	!	4	负数:−3.402 823E38～−1.401 298E−45 正数:1.401 298E−45～3.402 823E38

数 据 类 型	类型符	占用字节	取 值 范 围
双精度(Double)	♯	8	负数：$-1.797\ 693\ 13E38 \sim -4.940\ 656\ 48E-324$ 正数：$-4.940\ 656\ 48E-324 \sim -1.797\ 693\ 13E38$
货币型(Currency)	@	8	$-922\ 337\ 203\ 685\ 477.580\ 8 \sim 922\ 337\ 203\ 685\ 477.5807$
日期/时间型(Date)	无	8	100 年 1 月 1 日～9999 年 12 月 31 日
对象型(Object)	无	4	任何对象引用
字符串(String)	$	不定	0～65 400 个字符
变体型(Variant)	无	不定	由最终的数值类型决定

对于不同类型的数据,其书写方法是不同的。例如,数值(如 Integer、Long、Single 等)型的数据,直接书写即可;表示文本或字符串时,需要将所表示的内容用一对双引号括起来;而表示日期型数据时,则需要将表示日期的数据用一对"♯"括起来。

Variant 数据类型是一种特殊的类型。如果变量没有明确定义为某种类型,那么这个变量就会被 Access 当作 Variant 类型。

9.2.3 常量、变量和表达式

在编写应用程序过程中,经常需要对数据进行处理,完成各种运算。而变量、常量和表达式是进行计算的主要成分。

1. 常量

常量是指在程序中可以直接引用的量,其值在程序运行期间保持不变。

在 Access 中,常量有 3 种表示形式,即文字常量、符号常量和系统常量。

(1) 文字常量

文字常量是指常量的具体表示形式,即常数。书写时写出数据的全部字符,包括定界符。

例如,$-100,23.45,1E-5$ 为数值型常量;"中国"、"张三"是字符型常量;而♯2009-10-1♯为日期型常量。

(2) 符号常量

符号常量是用标识符来表示常量的名称。例如,可以用 PI 表示圆周率的值为 3.14159。符号常量必须使用常量说明语句进行定义,常量说明语句的格式为:

Const 常量名 [As 类型名]=表达式

例如,Const PI As Single＝3.14159。

定义了一个符号常量 PI,它的取值为 3.14159。

(3) 系统常量

系统常量是 Visual Basic 系统预先定义的常量,用户可以直接引用。

例如,vbBlack 是 color 常数,表示黑色;vbOKOnly 是 MsgBox 常数,用来设置

MsgBox 消息对话框中只有"确定"按钮。

2. 变量

变量是指在程序运行期间取值可以变化的量。在程序中,每个变量都有一个唯一的名称,用以标识该内存单元的存储位置,用户可以通过变量名访问内存中的数据。

一般来说,在程序中使用变量时需要先声明,声明变量可以起到两个作用,一是指定变量的名称和数据类型,二是指定变量的取值范围。声明变量有 3 种方式。

(1) 显式声明

变量声明语句的语法格式为:

Dim 变量名 [As 类型名|类型符] [,变量名 [As 类型名|类型符]]

其中,Dim 为关键字。该语句的功能是:定义指定的变量并为其分配内存空间。As 类型名用于指定变量的类型。如省略,则默认变量为 Variant 类型。例如:

Dim x As Single：声明了一个单精度型变量 x。

Dim name $, sex $：声明了两个字符串变量 name 和 sex, $ 是字符型数据的类型符。

(2) 强制声明

强制声明可以通过 VBA 系统的系统环境设置来实现。操作步骤如下:

在数据库中新建或打开一个模块,打开 VBA 窗口,选择菜单"工具"|"选项"命令,打开"选项"对话框,在"编辑器"选项卡中将"要求变量声明"复选框勾选,然后单击"确定"按钮,则在代码区域出现语句"Option Explicit"。在输入程序时,所有的变量必须显式声明。

也可以在程序开始处直接输入语句"Option Explicit"。

(3) 隐式声明

如果在程序中直接使用赋值语句为变量赋值,而未事先声明,则该变量的类型为变体类型(Variant)。

3. 表达式

表达式是指用运算符将常量、变量和函数连接起来的式子。表达式的构成必须符合 VBA 的语法规则,并能够为 Access 和 VBA 所识别。

根据组成表达式的常量、变量和运算符的类型,可以将表达式分为算术表达式、关系表达式、逻辑表达式和字符表达式。

表达式的相关内容已在第 4 章 4.2 节中进行了介绍,可查阅。

表达式在 Access 中的应用范围极其广泛,例如,在查询中的准则、宏中的条件等。表达式的计算结果通常保存在变量中。再次使用时,只需要引用该变量的值。

9.2.4 标准函数

标准函数是 VBA 为用户提供的标准过程,也称内部函数。使用这些标准函数,可以使某些特定的操作更加简便。

根据标准函数的功能，可以将标准函数分为数学函数、字符函数、转换函数、日期函数、测值函数、颜色函数等。下面仅列举数学函数、字符函数、转换函数，其余函数用户可以查看 Microsoft Office 帮助。

1. 数学函数

常用的数学函数如表 9-2 所示。

表 9-2　常用数学函数及功能

函　　数	功　　能	例　　子	函　数　值
Abs(N)	绝对值	Abs(−9.8)	9.8
Cos(N)	余弦	Cos(60 * 3.14159/180)	0.500459
Epx(N)	e 指数	Exp(1)	2.71828
Int(N)	返回不超过 N 的整数	Int(−9.56)	−10
Log(N)	自然对数	Log(1)	0
Rnd(N)	返回一个 0~1 之间的随机数	Rnd	不定
Sgn(N)	返回一个正负号或 0	Sgn(−3)	−1
Sin(N)	正弦	Sin(60 * 3.14159/180)	0.866024
Sqr(N)	平方根	Sqr(2)	1.41421
Tan(N)	正切	Tan(45 * 3.14159/180)	0.999999

说明：

(1) 函数中的参数 N 可以是数值型常量、变量、函数和表达式。

(2) 三角函数中的 N 应为弧度值。

(3) 自然对数和平方根函数要求 N 应大于等于 0。

2. 字符函数

常用的字符函数如表 9-3 所示。

图 9-3　常用字符函数及功能

函　　数	功　　能	例　　子	函　数　值
Instr(C1,C 2)	在 C1 中查找 C 2 的位置	Instr("BC","ABCD")	2
Lease $ (C)	将 C 中的字母转换为小写	Lease $ ("AbcD")	"ABCD"
Left $ (C,N)	取 C 左边 N 个字符	Left $ ("ABCD",2)	"AB"
Len(C)	测试 C 的长度	Len("ABCD")	4
LTrim $ (C)	删除 C 左边的空格	LTrim $ ("AB CD")	"AB CD"

函　数	功　能	例　子	函　数　值
Mid $(C,M,N)	从第 M 个字符起取 C 中 N 个字符	Mid $ ("ABCDEF",3,2)	"CD"
Right $(C,N)	取 C 右边 N 个字符	Right $ ("ABCD",3)	"BCD"
RTrim $(C)	删除 C 右边的空格	RTrim $ ("ABCD")	"ABCD"
Space $(N)	产生 N 个空格字符	Space $ (5)	" "
Trim $(C)	删除 C 首尾两端的空格	Trim $ ("AB CD")	"AB CD"
Ucace $(C)	将 C 中的字母转换为大写	Ucace $ ("AbcD")	"abcd"

说明：

（1）函数中的参数 N 可以是数值型常量、变量、函数和表达式，C 可以是字符型常量、变量、函数和表达式。

（2）函数名后跟 $ 的返回值仍是字符型。

3. 转换函数

转换函数如表 9-4 所示。

表 9-4　常用字符函数及功能

函　数	功　能	例　子	函　数　值
Asc(C)	返回 C 的第一个字符的 ASCII 码	Asc("A")	65
Chr(C)	返回 ASCII 码 N 对应的字符	Chr(66)	"B"
Str(N)	将 N 转换为 C 类型	Str(123.45)	"123.45"
Val(C)	将 C 转换为 N 类型	Val("－123.45")	123.45

9.3　VBA 的程序控制

任何一个程序都要按照的一定结构来控制整个程序的流程，常见的程序控制结构可以分为 3 种，即顺序结构、选择结构和循环结构。

9.3.1　顺序结构

顺序结构是指在程序执行时，根据程序中语句的书写顺序依次执行的语句序列。顺序结构语句的流程如图 9-2 所示。

在顺序结构中，通常使用赋值语句、输入语句、输出语句和注释语句、终止语句等。

图 9-2　顺序结构语句流程图

1. 赋值语句

变量声明以后,需要为变量赋值,为变量赋值应使用赋值语句。

赋值语句的语法格式为:

变量名=表达式

该语句的功能是:首先计算表达式的值,然后将该值赋给赋值号"＝"左边的变量。已经赋值的变量可以在程序中使用,还可以改变变量的值。

【实例 9-1】 指出下列语句的功能。

(1) `Dim name As String`
     `name="李明"`
(2) `Dim i As Integer`
     `i=1`
(3) `Dim vate As Single`
     `vate=2.5`
(4) `class= 5`

【语句功能】

(1) 定义了一个 String(字符串)类型的变量 name,并为 name 赋值,其值为"李明"。

(2) 定义了一个 Integer(整型)类型的变量 i,为 i 赋值为 1。

(3) 定义一个 Single(单精度)类型的变量 vate,为 vate 赋值为 2.5。

(4) 为 Variant(变体)类型的变量 class 赋值为 5。在该语句中没有给出变量 class 的变量声明,因此 class 为 Variant(变体)类型。

2. 注释语句

注释语句用于对程序或语句的功能给出解释和说明。

注释语句的语法格式为:

格式 1:

`Rem 注释内容`

格式 2

`'注释内容`

该语句的功能是:对程序段或语句行进行说明。注释语句是非执行语句,在程序运行时不产生任何操作。格式 1 用于对程序段进行注释,在程序中占一行;格式 2 用于对语句行进行说明,可以放在语句的后面。

9.3.2 分支结构

分支结构是指在程序执行时,根据不同的条件选择不同的程序语句,用来解决有选择、有转移的一类问题。

实现分支结构的语句有两种,即 If 语句和 Select Case 语句。

1. If 语句

If 语句又称为分支语句,它有单分支和二分支两种格式。

(1) 单分支 If 语句。

单分支 If 语句的语句格式如下:

格式 1:

If<表达式>Then<语句>

格式 2:

If<表达式>Then
　　<语句序列>
End If

功能:先计算表达式的值,当表达式的值为真(True)时,执行＜语句序列＞/＜语句＞中的语句,然后执行 If 语句的下一条语句;如果表达式的值为假(False),直接执行 If 语句的下一条语句。单分支 If 语句的流程如图 9-3 所示。

(2) 二分支 If 语句。

二分支 If 语句的语句格式如下:

格式 1:

If<表达式>Then<语句 1>Else<语句 2>

格式 2:

If<表达式>Then
　　<语句序列 1>
Else
　　<语句序列 2>
End If

功能:先计算＜表达式＞中表达式的值,当表达式的值为真(True)时,执行＜语句序列 1＞/＜语句 1＞中的语句,然后执行 If 语句的下一条语句;当表达式的值为真(False)时,执行＜语句序列 2＞/＜语句 2＞中的语句,然后执行 If 语句的下一条语句。二分支 If 语句的流程如图 9-4 所示。

图 9-3　单分支 If 语句流程图

图 9-4　二分支 If 语句流程图

【实例 9-2】 输入两个整数，并将两个数中较大的数输出。

操作步骤如下：

(1) 创建一个模块，并在"代码"窗口中输入以下代码：

```
Public Sub Max()
    Dim a,b,m As Integer
    a= InputBox("请输入整数 a 的值：")
    b= InputBox("请输入整数 b 的值：")
    If a>b Then
        m=a
    Else
        m=b
    End If
    MsgBox "a 与 b 中的大数为：" & m
End Sub
```

(2) 单击"保存"按钮，并在"另存为"对话框中输入模块名称为"数的比较"。

(3) 运行子过程。单击"运行"按钮 ▶，程序开始运行，弹出"输入数据"对话框，如图 9-5 所示。

输入整数 5 和 8，显示结果如图 9-6 所示。

图 9-5 "输入数据"对话框

图 9-6 程序运行结果

2. Select Case 语句

Select Case 语句又称为多路分支语句，它是根据多个表达式的值，选择多个操作中的一个对应执行。

多路分支语句的格式如下：

```
Select Case<表达式>
    Case<表达式值列表 1>
        <语句序列 1>
    Case<表达式值列表 2>
        <语句序列 2>
        ⋮
    Case<表达式值列表 n>
        <语句序列 n>
    Case Else
        <语句序列 n+1>
```

```
End Select
```

功能：该语句执行时，计算＜表达式＞的值，然后进行判断，如果表达式的值与第 $i(i=1,2,\cdots,n)$ 个表达式值列表的值相匹配，则执行语句序列 i 中的语句；如果＜表达式＞的值与所有的＜表达式列表＞中的值都不匹配时，则执行语句序列 $n+1$。多路分支语句的流程如图 9-7 所示。

图 9-7　多路分支语句流程图

【实例 9-3】 输入学生的成绩，并划分等级，成绩在 90～100 之间为"优秀"；在 80～89 之间为"良好"；在 70～79 之间为"中等"；在 60～69 之间为"及格"，在 0～59 之间为"不及格"。

操作步骤如下：

(1) 创建一个模块，并在"代码"窗口中输入以下代码：

```
Sub score_class()
    Dim score As Integer, score_class As String
    score= InputBox("请输入成绩: ")
    Select Case Int(score / 10)
        Case 9 To 10
            score_class="优秀"
        Case 8
            score_class="良好"
        Case 7
            score_class="中等"
        Case 6
            score_class="及格"
        Case Else
            score_class="不及格"
    End Select
```

```
MsgBox "成绩等级为：" & sopre_class
End Sub
```

（2）单击"保存"按钮，并在"另存为"对话框中输入模块名称为"成绩等级"。

（3）运行子过程。单击"运行"按钮 ▶，程序开始运行，输入成绩 85，显示信息如图 9-8 所示。

图 9-8　程序运行结果

9.3.3　循环结构

顺序、分支结构在程序执行时，每个语句只执行一次，循环结构则能够使某些语句或程序段重复执行若干次。每一个循环都由循环的初始状态、循环体、循环计数器和条件表达式 4 个部分组成。

实现循环结构的语句有 3 种，分别是 For…Next 语句、Do…Loop 语句和 While…Wend 语句。

1. For…Next 语句

如果能够确定循环执行的次数，可以使用 For…Next 语句。For…Next 语句通过循环变量来控制循环的执行，每执行一次，循环变量会自动增加（减少）。

For…Next 语句的语句格式为：

```
For<循环变量>=<初值>to<终值>[Step<步长> ]
    <循环体>
Next<循环变量>
```

功能：用循环计数器<循环变量>来控制<循环体>内的语句的执行次数。执行该语句时，先将<初值>赋给<循环变量>，然后判断<循环变量>是否超过<终值>，若超过则结束循环，执行 Next 后面的语句，否则执行<循环体>内的语句，然后将<循环变量>自动增加一个<步长>，再重新判断<循环变量>的值是否超过<终值>，若结果为真，则结束循环，重复上述过程。For…Next 语句的流程如图 9-9 所示。

说明：

（1）<循环变量>是数值型的变量，通常为整型变量。

（2）<步长>是<循环变量>的增量，通常取大于 0 或小于 0 的数，一般情况下，<步长>不能为 0。当<步长>大于 0 时，<循环变量>的值超过<终值>意味着<循环变量>大于<终值>；当<步长>小于 0 时，<循环变量>的值超过<终值>意味着<循环变量>小于<终值>。

图 9-9　For…Next 语句流程图

(3) <循环体>可以是一条或多条语句。

(4) [Exit For]是出现在<循环体>内退出循环的语句,与条件语句配合使用。

2. Do...Loop 语句

Do...Loop 也是实现循环结构的语句,它有两种形式,即 Do While...Loop 和 Do... Loop While。

① Do While...Loop 的语句格式:

```
Do While<条件表达式>
    <循环体>
Loop
```

功能:计算<条件表达式>的值并进行判断,如果为假,则退出循环,执行 Loop 下面的语句;如果<条件表达式>为真,则执行<循环体>的语句,然后再判断条件表达式的值,重复该过程。该语句的流程图如图 9-10 所示。

② Do...Loop While 的语句格式:

```
Do
    <循环体>
Loop While<条件表达式>
```

功能:首先执行<语句序列>语句,然后计算<条件表达式>的值并进行判断,如果<条件表达式>为假,则退出循环,执行 Loop 下面的语句;如果<条件表达式>为真,则执行<循环体>语句,重复该过程。该语句的流程图如图 9-11 所示。

图 9-10　Do While...Loop 语句流程图

图 9-11　Do...Loop While 语句流程图

Do...Loop While 与 Do While...Loop 语句的功能大体上相同,不同之处在于先执行一次循环体,然后判断条件表达式的值以决定是否继续执行循环体,因此,循环体至少要执行一次;而 Do While...Loop 是先判断条件表达式的值,再决定是否执行循环体,所以循环体可能一次也不执行,这是二者的主要区别。

3. While...Wend 语句

While...Wend 语句的格式如下:

```
While<条件表达式>
    <循环体>
Wend
```

功能：计算<条件表达式>的值并进行判断，如果为假，则退出循环，执行 Wend 下面的语句；如果<条件表达式>为真，则执行<循环体>语句，然后再判断条件表达式的值，重复该过程。该语句的流程图如图 9-10 所示。

While…Wend 语句与 Do While…Loop 语句的功能基本相同，它们的主要区别在于，在 Do While…Loop 语句中可以使用 Exit Do 语句退出循环，而在 While…Wend 语句中不允许使用 Exit 语句。

【实例 9-4】 输入 10 个学生的成绩，求学生的平均成绩。

操作步骤如下：

(1) 创建一个模块，并在"代码"窗口中输入以下代码：

```
Public Sub score_averge()
    Dim score, i As Integer, total, aver As Singler
    total=0
    For i=1 To 10
        score= InputBox("请输入成绩：")
        total=total=score
    Next
    aver=total / 10
    MsgBox "平均成绩为：" & aver
End Sub
```

(2) 单击"保存"按钮，并在"另存为"对话框中输入模块名称为"平均成绩"。

(3) 运行子过程。单击"运行"按钮，程序开始运行，输入需要的数据后，在对话框中显示平均成绩，如图 9-12 所示。

图 9-12　显示平均成绩

在本程序中，使用了 For…Next 语句，也可以用 Do While…Loop 或 Do…Loop While 语句来实现，使用 Do While…Loop 语句的程序如下：

```
Public Sub score_averge()
    Dim score, i As Integer, total, aver As Single
    total=0
    i=0
    Do While i<10
        score= InputBox("请输入成绩：")
        total=total+score
        i=i+1
    Loop
    aver=total/10
```

```
    MsgBox "平均成绩为: " & aver
End Sub
```

9.3.4 过程

过程是由 Microsoft Visual Basic 代码组成的单元。它包含一系列执行操作或计算值的语句和方法。过程分两种类型，即 Sub 子过程和 Function 函数过程。

1. Sub 子过程

Sub 子过程执行一项操作或一系列操作，是执行特定功能的语句块。Sub 子过程可以被置于标准模块或类模块中。可以自行创建 Sub 过程，也可以使用 Microsoft Access 所创建的事件过程模板。

所有的 Sub 过程都要事先定义，然后被其他的模块调用。Sub 子过程定义的格式如下：

```
[Public|Private][Static] Sub 子过程名(<形参表>)
    [子过程语句]
    [Exit Sub]
    [子过程语句]
End Sub
```

Sub 子过程由 Sub 语句开头，以 End Sub 结束。Public 和 Private 关键字用于说明子过程的访问属性。其中，Public 属性表示子过程可以被所有模块中的过程调用，Private 属性表示子过程只能被同一模块中的过程调用。Static 表示子过程为静态子过程。Sub 子过程不需要返回值。

调用子过程的语句格式如下：

```
Call 子过程(实参表)
```

或

```
子过程(实参表)
```

【实例 9-5】 编写一个子过程，输出 1~100 之间的所有 3 的倍数之和。

操作步骤如下：

(1) 创建一个模块，并在"代码"窗口中输入以下代码：

```
Public Sub div_3()
    Dim i As Integer
    Dim sum As Single
    sum= 0
    For i=1 To 100
        If i Mod 3= 0 Then
            sum= sum+ i
        End If
```

```
        Next
        MsgBox "1-100之间 3 的倍数之和为： " & sum
End Sub
```

（2）编写一个过程调用上面的子过程，代码如下：

```
Public Sub pro()
        Call div_3
End Sub
```

（3）单击"保存"按钮，在"另存为"对话框中输入模块名称为"3 的倍数之和"，然后单击"确定"按钮。

图 9-13　输入数据

（4）运行子过程。选择菜单"运行"|"运行子过程/用户窗体"命令，程序开始运行，在消息对话框中显示结果，如图 9-13 所示。

在本程序中，div_3 是一个 Sub 子过程，用于计算 1～100 之间的所有 3 的倍数之和，计算结果在程序中输出，所以无需返回结果。而子过程 pro()调用了 div_3 子过程调用语句为 Call div_3，执行本程序直接输出子过程的执行结果。

说明：

（1）Sub 子过程的过程名的命名规则与变量命名规则相同。

（2）<形参表>中可以有多个形参，它们之间要用逗号","分隔，每个参数要按如下格式定义：

变量名[As 类型]

（3）调用子过程时，要求实参表中的参数与过程定义中的形参表中的参数相对应，包括参数个数和参数类型。

（4）Exit Sub 是退出 Sub 子过程的语句，它通常与 If 语句联用。

2. Function 函数过程

Function 函数过程将返回一个值，例如计算结果。Microsoft Visual Basic 包含许多内置函数，也称为标准函数。除了这些内置函数外，也可以自行创建自定义函数。

函数定义的格式如下：

```
[Public|Private][Static] Function 函数过程名(<形参表>)[As 数据类型]
        [函数过程语句]
        [Exit Function]
        [函数过程语句]
        函数名=表达式
End Function
```

【实例 9-6】　编写一个函数过程，计算 n 的阶乘。

操作步骤如下：

（1）打开数据库"选课管理"。

（2）在数据库中选择"模块"为操作对象，单击"新建"按钮，打开 VBE 窗口，创建一个新模块。

（3）在"代码"窗口中输入定义函数 fac()的代码段：

```
Function fac(n As Integer) As Single
    Dim f As Single
    Dim i As Integer
    f=1
    For i=1 To n
     f=f * i
    Next
    fac=f
End Function
```

（4）在"代码"窗口输入 Sub 子过程主要代码如下：

```
Sub Compute_fac()
    Dim p As Single
    Dim n As Integer
    n=InputBox("请输入一个整数")
    p=fac(n)
    MsgBox ("平均值为: " & p)
End Sub
```

（5）单击"保存"按钮，在"另存为"对话框中输入模块名称为"阶乘"，然后单击"确定"按钮。

（6）运行子过程。选择菜单"运行"|"运行子过程/用户窗体"命令，程序开始运行，弹出输入数据消息对话框，如图 9-14 所示。

输入整数 5，显示结果如图 9-15 所示。

图 9-14　输入数据

图 9-15　显示函数调用结果

说明：

（1）Function 函数过程的命名规则与变量命名规则相同。

（2）Function 过程函数有返回值，因此，函数定义的语句部分必须包含一条为函数名赋值的语句。

（3）在函数定义的头部可以为函数指定函数返回值的类型。如果未定义函数返回值类型，VBA 将自动赋给函数一个合适的数据类型。

（4）Exit Function 是退出函数过程的语句，它通常与 If 语句连用。

9.4 VBA 面向对象程序设计

在 Access 中,设计窗体、报表和数据访问页时,都采用了面向对象程序设计技术,其核心由对象及响应各种事件的代码组成。VBA 是一种面向对象的程序设计语言,因此,进行 VBA 的开发,必须理解对象、属性、事件、方法等概念。

9.4.1 对象和属性

对象是指在客观世界中能够独立存在的任何实体,可以是具体的事物,也可以是抽象的事物。例如,一个人、一个整数、一幅图片都可以作为对象。对象把事物的属性和行为封装在一起,是面向对象程序设计的核心。

属性用于描述对象的物理性质或基本特征,它规定了对象的形状、外观、位置等信息,每个对象都具有自身的属性。

Access 中的窗体、报表、文本框、命令按钮等都是对象。以窗体为例,它具有窗体标题、大小、前景色、背景色、位置、字体等属性。

每个对象以对象名称来标示,对象名相当于一个变量名。而对象的属性用属性名来表示,属性的值可以通过程序代码或使用“属性”窗口来设置。在程序中,通常使用对象名与属性名相结合的方式来引用。其语法格式为:

对象名.属性名

例如,设命令按钮的名称为 CmdExit,语句

CmdExit.Caption="退出"

的功能是将命令按钮的标题设置为“退出”。

在 Access 中,在窗体、报表、数据访问页的设计视图中,打开某个对象的“属性”窗口可以查看该对象的属性并进行设置,如图 9-16 所示,窗体中显示的是命令按钮的属性。

图 9-16　窗体及“属性”窗口

9.4.2 事件和方法

事件和方法是对象的行为。其中，事件是每个对象用以识别和响应的某些动作，而方法则是附属于对象的行为和动作。事件和方法的区别在于，事件的程序代码可以由用户编写，而方法是系统事先定义好的程序，在程序中直接调用。

对象的事件和方法都要以名称来标示。在 Access 中，窗体、报表中的对象，如文本框、命令按钮、列表框等对象的事件和方法均由系统预先定义，在设计数据库应用程序时直接引用。事件代码也称为事件过程。事件过程的语句格式如下：

```
Private Sub 对象名称_事件名称([参数列表])
    <程序代码>
End Sub
```

事件的执行通过施加于对象的外部动作触发，而方法的执行只能通过事件代码调用。方法调用的语法格式如下：

```
对象名.方法名
```

【实例 9-7】 设计一个"用户注册"窗体，编写一个命令按钮的事件过程，窗体运行界面如图 9-17 所示。

操作步骤如下：

(1) 打开数据库"选课管理"。

(2) 创建一个新窗体，窗体名称为"用户注册"，窗体设计视图如图 9-18 所示。

图 9-17 "用户注册窗体"运行界面(1)

图 9-18 "用户注册窗体"运行界面(2)

(3) 打开"属性"窗口，选择"注册"按钮并打开该按钮的 Click 事件代码窗口，并输入以下代码：

```
Private Sub Command4_Click()
    Dim db As Object
    Dim tableuser As Object
    Set db=CurrentDb()
    Set tableuse=db.OpenRecordset("用户表")
    tableuse.AddNew
    tableuse.用户名=Text0.Value
    tableuse.口令=Text2.Value
```

```
    tableuse.Update'调用方法
    MsgBox ("注册成功。")
    table.Close
End Sub
```

如果输入的用户名已经在用户表中存在,则提示用户"该用户已经存在"。查重复用户名的代码如下:

```
Private Sub Txtuser_LostFocus()
    Dim db1 As Object
    Dim table1 As Object
    Set db1=CurrentDb()
    Set table1=db1.OpenRecordset("用户表")
    table1.Index="用户名"                        '设置记录集的索引字段
    table1.Seek "=", Txtuser.Value              '查找与 Txtuser 的值相同的记录
    If table1.NoMatch=False Then                '如果有重复的用户名,则重新输入
        MsgBox ("有重名用户,请重新输入。")
        Txtuser.Value=" "
    End If
End Sub
```

(4) 保存程序。在"窗体"对话框中,选择菜单"文件"|"保存"命令,窗体就创建完成了。

(5) 运行窗体。右击窗体,在弹出的快捷菜单中选择"窗体视图"命令,程序开始运行,界面如图 9-17 所示。输入新用户名称和用户密码,然后单击"注册"按钮,显示信息如图 9-19 所示。

图 9-19 "用户注册窗体"运行界面(3)

9.4.3 数据库对象的使用

VBA 提供了对数据库访问的功能,可以通过多种数据库访问接口来实现对数据库的访问。VBA 通过 Microsoft Jet 数据引擎工具来支持对数据库的访问。数据库引擎实际上是一组动态链接库,它以一种通用接口的方式,使用户可以用统一的形式和相同的数据访问与处理方法操作各种类型的物理数据库。

ADO(Active Data Object)作为数据库访问接口,可以用编程方法操纵本地或远程数据库中的数据,可以实现数据查询、更新、索引等操作。ADO 对象提供了数据库管理所需的全部操作的属性和方法。

在 Access 中的模块设计中引用 ADO 对象时,应增加对 ADO 库的引用,在 Access 中引用库为 Microsoft ActiveX Data Objects x..x Library。可以通过系统进行设置,操作步骤如下:

(1) 打开 VBA 窗口。

(2) 选择菜单"工具"|"引用"命令,打开"引用"对话框,如图 9-20 所示。

(3) 在"可使用的引用"列表框中选择"Microsoft ActiveX Data Objects x..x

图 9-20 "引用"对话框

Library",然后单击"确定"按钮即可完成设置。

1. ADO 对象

ADO 提供了一组实现数据访问的对象,它封装在 ADO 对象模型中,主要包括以下对象。

(1) Connection 对象:主要功能是指定数据提供者,完成到数据源的连接。

(2) Command 对象:表示在 Connection 对象的数据源中,要运行的 SQL 命令。

(3) RecordSet 对象:操作 Command 对象返回的记录集。

(4) Record 对象:表示一行数据。

(5) Field 对象:取得记录集的一个或多个字段。

2. 使用 ADO 对象

在使用 ADO 对象前,要设置数据提供程序。在 Access 中,数据提供者为 OLEDB Provider for Microsoft Jet。具体设置方法是:首先定义一个 Connection 对象,设置其 Provider 属性值为 Microsoft.Jet.OLEDB.4.0,然后设置 ConnectionString 属性,该属性用于实现与数据库连接。而取得记录集中的数据,可以使用 Command 对象和 RecordSet 对象。

(1) 使用 Connection 对象创建数据库连接

通过 ADO 实现数据库访问时,首先要创建 Connection 对象变量,然后通过调用对象方法和属性设置来进行操作,例如,打开数据"选课管理",其实现代码如下:

```
Dim db As New ADODB.Connection
Dim StrConnect As String
StrConnect="E:\xkgl\选课管理.mdb"
db.Provider=" Microsoft.Jet.OLEDB.4.0"
db.Open StrConnect
```

Connection 对象至少需要数据提供程序和连接字符串才能打开数据库,使用不同的数据提供程序和连接字符串,可以打开不同类型的数据库。

(2) RecordSet 对象 RecordSet

在完成数据库的连接后,可以使用 RecordSet 对象和 Command 对象取得记录集。RecordSet 对象的数据源可以是数据表、存储过程、视图或 SQL 查询语句等,比较常用的是采用 SQL 语句。

打开"选课管理"数据库中的"学生"表,可以用如下代码实现;

```
Dim db As New ADODB.Connection
Dim rs As New ADODB.RecordSet
StrConnect="E:\xkgl\选课管理.mdb"
db.Provider=" Microsoft.Jet.OLEDB.4.0"
db.Open StrConnect
SqlStr="select * from 学生"
rs.Open SqlStr,db,adCmdText
```

如果使用 ADO 操作当前数据库,可以采用如下代码实现:

```
Dim db As New ADODB.Connection
Dim rs As New ADODB.RecordSet
Set Db= CurrentProject.Connection
SqlStr="select * from 学生"
rs.Open SqlStr,db,adCmdText
```

打开记录集可以在 Connection 对象上直接打开,也可以使用 Command 命令。这两种方法在记录集数据处理方法上没有区别,用户可以查阅相关资料。

【实例 9-8】 设计一个"用户登录"窗体,使用 ADO 访问数据库,编写事件过程,窗体运行界面如图 9-21 所示。

操作步骤如下:

(1) 打开数据库"选课管理"。

(2) 创建一个新窗体,窗体名称为"登录"窗体设计视图如图 9-22 所示。

图 9-21 "用户登录"窗体运行界面

图 9-22 "用户登录"窗体设计视图

窗体中对象及属性设置如表 9-5 所示。

表 9-5　登录窗体的对象及属性设置

对　象	对象名称	属　性
窗体	登录	标题：登录
		滚动条：两者均无
		记录选择器：否
		导航条按钮：否
组合框	CboUname	行来源类型：表/查询
		行来源：SELECT 用户表.用户名 FROM 用户表；
文本框	TxtPass	输入掩码：密码
命令按钮	CmdOk	标题：确定
	CmdExit	标题：退出
标签	Label1	标题：用户名
	Label2	标题：密码

（3）编写事件代码，选择菜单"视图"|"代码"命令，打开"代码"窗口，输入以下代码。

① 登录函数代码 login()

```
Public Function login() As Boolean
    Dim Rs As ADODB.Recordset
    Dim strsql As String
    strsql="select * from 用户 where 用户名=" & Me.CboUname
    Rs.Open strsql, CurrentProject.Connection, adOpenStatic, adLockReadOnly
    If Rs.RecordCount>0 Then
        If Rs! Password=Me.Text1 Then
            login=True
        End If
    End If
    Rs.Close
    Set Rs=Nothing
End Function
```

② "确定"按钮单击事件代码 CmdOk_Click()

```
Private Sub CmdOk_Click()
    If IsNull(Me.CboUname) Then
        MsgBox "请输入用户名", vbCritical
        Exit Sub
    Else
        Me.CboUname.SetFocus
```

```
        End If
    If login=True Then
        DoCmd.Close
        DoCmd.OpenForm "系统主界面"
    Else
        MsgBox "您输入的密码不正确,请确认后再登录",vbCritical
        Exit Sub
    End If
End Sub
```

③ "退出"按钮单击事件代码 CmdExit_Click()

```
Private Sub CmdExit_Click()
    DoCmd.Quit acQuitSaveNone
End Sub
```

（4）保存程序。在"窗体"对话框中,选择菜单"文件"|"保存"命令,创建窗体完成。

（5）运行窗体。右击窗体,在弹出的快捷菜单中选择"窗体视图"命令,运行结果如图 9-21 所示。

9.5　程序调试

在程序设计和运行时不可避免会出现错误,因此,程序的修改与调试是完善应用程序的一个主要环节。在程序中查找并修改错误的过程称为调试。为了方便程序设计人员修改程序中的错误,几乎所有的程序设计语言都提供了程序调试手段。

程序中的错误主要有语法错误、逻辑错误和运行错误。语法错误是在程序编写过程中出现的,主要是由于使用语句不当引起的,如拼写错误、变量未声明、数据类型不匹配以及括号不匹配等。这些错误一般在输入程序时就会被 VBA 检查出来并做出提示,容易修改。运行错误是在程序运行过程中发生的,如计算结果溢出、数组下标越界等,这种错误大多因为程序设计不合理造成的。程序逻辑错误则是由程序的算法出现错误导致的,程序运行结果与实际情况不相符。运行错误和逻辑错误需要程序员对程序的算法和流程进行分析,并使用程序调试手段对程序进行测试,并逐步修改程序中的错误。

9.5.1　VBA 的调试工具栏

在程序调试过程中常用到系统的调试工具栏。当打开 VBA 窗口时,会显示调试工具栏,如图 9-23 所示。如果调试工具栏是隐藏的,选择菜单"视图"|"工具栏"|"调试"命令即可打开。

图 9-23　VBA 调试工具栏

调试工具栏上的按钮及功能如表 9-6 所示。

表 9-6　调试工具栏上的按钮及功能

按　　钮	按 钮 名 称	功　　能
	设计模式	打开及关闭设计模式
	运行子过程/用户窗体	运行子过程、用户窗体或宏
	中断	当一程序在正在运行时停止其执行,并切换至中断模式
	重新设置	清除执行堆栈及模块级变量并重置工程
	切换断点	在当前的程序行上设置或删除断点
	逐语句	一次一个语句地执行代码
	逐过程	在"代码"窗口中一次一个过程或语句执行代码
	跳出	在当前执行点所在位置的过程中,执行其余的程序行
	本地窗口	显示"本地窗口"
	立即窗口	显示"立即窗口"
	监视窗口	显示"监视窗口"
	快速监视	显示所选表达式当前值的"快速监视"对话框
	调用堆栈	显示"调用"对话框,列出当前活动的过程调用

9.5.2　设置断点

在调试程序时,可以设置断点使程序运行暂停,然后检查各变量的值及运算结果,从而判断程序是否正确。

设置断点的操作步骤如下:

(1) 打开 VBA 窗口,并选择要设置断点的程序为当前程序。

(2) 将光标定位于欲设置断点的行并在断点设定区单击,则在断点设定区显示断点标识(显示圆点且语句行颜色加深),如图 9-24 所示。也可以使用工具栏上的"切换断点"

图 9-24　设置断点

按钮圖来设置。

(3) 单击圖按钮运行程序,当程序执行到断点处暂停,将鼠标指针移到需要查看的变量上,系统会自动显示变量的值。

(4) 取消设置的断点,可以重复前面的步骤。也可以选择菜单"调试"|"清除所有断点"命令来清除断点。

9.5.3 跟踪程序运行

调试程序时,可以使用 Access 提供的方法对程序进行跟踪,主要有逐语句、逐过程等方法。

1. 逐语句执行

逐语句执行程序是指单步执行程序中的每一行代码,包括被调用过程中的程序代码。单击"逐语句"按钮圖,进入程序的单步执行。在执行每行语句后,程序会自动暂停,并将程序挂起。继续执行程序只需不断单击"逐语句"按钮即可。

2. 逐过程执行

逐过程执行是指在程序单步执行过程中,将被调用过程作为一个单位执行。直接单击工具栏上的"逐过程"按钮圖即可。

逐过程执行将被调用的过程当作一个统一的语句,将该过程执行完毕,然后进入下一句。而逐语句执行则将被调用过程的语句也逐一单步执行。

3. 跳出执行

使用"跳出"功能可以在程序单步执行时将当前过程中的剩余代码一次执行完毕。在调试程序过程中,当程序执行到某一步,已经完成程序的修改,需要将剩余的程序代码连续执行,只需单击"跳出"按钮圖即可实现。

4. 运行到光标处执行

在调试程序时,如果能确定程序出错的大致位置,需要将该位置之后的程序段进行调试,可以使用"运行到光标处"功能对程序进行处理。具体做法是:当程序处于单步执行状态时,选择菜单"调用"|"运行到光标处"命令,可以使程序直接运行到光标处暂停,然后对程序进行分析。

9.5.4 使用 VBA 中的窗口观察变量的值

在调试程序时,可以通过观察变量的值查找程序出错原因,查看变量的值可使用"立即"窗口、"监视"窗口、"本地"窗口等。

1. 使用模块窗口查看数据

程序运行期间,当程序处于挂起状态时,可以随时查看变量的值。具体操作方法是:

将鼠标指针指向"代码"窗口中所要查看的变量,这时会自动显示变量的值。这是查看数据最简单的方法,但这种方法只能查看单一变量的值,不能查看表达式或同时查看多个变量的值。

2. 使用"立即"窗口

在程序运行期间,当程序挂起时,可以在"立即"窗口中输入语句或命令以显示变量或表达式的值,也可以查看过程调用的结果。

使用"立即"窗口的操作步骤如下:

(1) 将程序运行到某一条语句暂停(设置断点或单步执行)。

(2) 单击调试工具栏上的"立即窗口"按钮,打开"立即"窗口。

(3) 在"立即"窗口中输入一条语句或命令,如图 9-25 所示。

例如,在"阶乘"模块(参见实例 9-6)中设置断点,然后执行程序,在断点处程序将暂停。在"立即"窗口中输入语句"print n,f",窗口中立即显示结果。

3. 使用"本地"窗口

单击工具栏上的"本地窗口"按钮,打开"本地"窗口。当程序运行暂停时,在"本地"窗口中将显示所有表达式的信息,如图 9-26 所示。这是程序运行的中间结果。

图 9-25 "立即"窗口

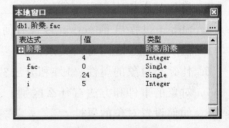

图 9-26 "本地"窗口

显示表达式时,除了显示变量名外,还显示变量的值和变量类型,如果是对象变量,将在变量名前面显示"+"按钮,单击该按钮可以展开显示的属性及属性值。

4. 使用"监视"窗口

程序执行过程中,可以使用"监视"窗口查看变量和表达式的值。使用"监视"窗口前,需要设置监视表达式。操作步骤如下:

(1) 选择菜单"调试"|"添加监视"命令,打开"添加监视"对话框,如图 9-27 所示。

(2) 在"表达式"文本框中输入监视表达式,然后单击"确定"按钮,系统自动打开"监视"窗口。

（3）当程序单步运行时，可以在"监视"窗口中观察到监视表达式的值变化情况，如图 9-28 所示。

图 9-27 "添加监视"对话框

图 9-28 "监视"窗口

在调试程序时，程序员可以根据实际情况采用相应的调试手段进行调试。程序员的编程经验对程序质量起着至关重要的作用。

9.6 思考与练习

一、思考题

1. 什么是模块？模块有哪些类型？
2. 简述模块的基本功能。
3. 模块与宏相比有哪些优势？
4. Sub 子过程与 Function 过程有何区别？
5. 模块与过程之间有何关系？
6. 什么是对象的属性、事件和方法？
7. 对象的事件和方法有什么区别？
8. 如何设置对象的属性？
9. 跟踪程序运行的方法有哪些？
10. 在调试程序过程中，如何查看程序运行过程中中间结果？

二、填空题

1. 创建模块需要在＿＿＿＿＿＿＿＿＿＿＿进行。
2. VBA 的 3 种程序结构分别是＿＿＿＿、＿＿＿＿和＿＿＿＿。
3. 在程序中如果要求强制变量声明，则需要在程序中使用语句＿＿＿＿＿＿。
4. 在 Sub 子过程中，过程体＿＿＿＿（可以/不可以）为空。
5. 在函数定义的头部可以为函数指定函数返回值的类型。如果没有，则函数的类型根据＿＿＿＿确定。

6. ADO(Active Data Object)作为数据库访问接口,可操纵_____或_____数据库中的数据。

7. 在 ADO 中对象中,RecordSet 对象的功能是_____。

8. "监视"窗口的作用是_____。

三、上机操作题

1. 编写一个模块,输入 3 个整数 x,y,z,求 x,y,z 中的最大数并输出。

2. 编写一个 Function 函数子过程,计算 x^n。

3. 编写一个用户检查程序,窗体设计如图 9-29 所示。在文本框中输入用户名,单击"登录"按钮,检查用户名是否正确,若正确,则显示信息"用户名正确,欢迎使用本系统",若不正确,则显示信息"对不起,请重新输入"。

图 9-29　用户检查窗体

提示：将输入的用户名与用户表中的字段进行比较,然后做相应的处理。

第10章

数据库的维护与安全

学习目标

通过本章的学习,应该掌握以下内容:

(1) 数据库的安全和保护的相关概念。

(2) 设置数据库的密码。

(3) 数据库的加密与解密。

(4) 数据库的复制、压缩和修复。

(5) 数据库的转换。

(6) 数据库的导出。

(7) 生成 MDE 文件。

10.1 数据库的安全和保护

数据库应用系统的功能设计完成后,保护和维护数据库是一项非常重要的任务。为了更好地利用数据库应用系统的资源,Access 还提供了一系列保护措施。如设置用户权限、为数据库设置密码、数据库加密及创建 MDE 文件等。

数据库应用系统开发人员必须明确用户的安全级别,要确定哪些用户可以使用数据库,哪些用户不能使用指定的对象。安全机制可以利用系统提供的工具进行设置,也可以在开发的应用程序中提供安全和保护功能。

10.1.1 数据库用户密码

为了保护数据库不被他人使用或修改,可以给数据库设置用户密码。设置数据库用户密码后,一旦需要可以更换或修改数据库用户密码,可以撤销原来的密码,还可以重新为数据库设置用户密码。

1. 设置用户密码

设置用户密码的操作步骤如下:

(1) 以独占方式打开数据库。

（2）在"数据库"窗口，选择菜单"工具"|"安全"|"设置数据库密码"命令，打开"设置数据库密码"对话框，如图 10-1 所示。

（3）在"设置数据库密码"对话框中，先输入用户密码，再输入验证码，然后单击"确定"按钮，用户密码就设置完成了。

在设置了数据库用户密码后，每次打开数据库时，需要输入用户密码，因此，用户要牢记自己设置的密码，或在设置用户密码之前将数据库制作一个备份，以防万一。

2. 撤销用户密码

撤销数据库用户密码的步骤如下：

（1）启动 Access 系统，并选择以独占方式打开要撤销密码的数据库。

（2）选择菜单"工具"|"安全"|"撤销数据库密码"命令，打开"撤销数据库密码"对话框，如图 10-2 所示。

图 10-1 "设置数据库密码"对话框

图 10-2 "撤销数据库密码"对话框

（3）在"撤销数据库密码"对话框中，输入数据库的密码，然后单击"确定"按钮，完成数据库密码撤销。

10.1.2 数据库的加密和解密

数据库加密是保护数据库中数据安全的有效手段。对数据库进行加密可以压缩数据库，并使其难以用通常的方法破译，从而达到保护数据库的目的。Access 提供了数据加密和解密的功能，可以直接使用。

1. 数据库加密

数据库加密的操作步骤如下：

（1）打开要加密的数据库。

（2）选择菜单"工具"|"安全"|"编码/解码数据库"命令，打开"数据库编码后另存为"对话框，如图 10-3 所示。

（3）输入数据库加密后的文件名，单击"保存"按钮，将在指定位置生成加密后的数据库文件。

生成加密文件后，原有未加密的数据库文件仍然存在，可以将其删除。经过加密的文件不能被 Access 之外的其他应用程序打开。

2. 数据库解密

数据库解密的操作步骤如下：

图 10-3 "数据库编码后另存为"对话框

（1）启动 Access 系统并关闭所有数据库。

（2）选择菜单"工具"|"安全"|"编码/解码数据库"命令，打开"数据库解码后另存为"对话框，如图 10-3 所示。

（3）选择要解密的数据库文件名，并在"文件名"文本框中输入解密后的数据库文件名，然后单击"保存"按钮，解密后的数据库保存到指定的数据库文件中。

10.1.3 设置工作组管理员

工作组是用户、用户组和对象权限的集合。可以将工作组用于所有的数据库，也可以让不同的数据库使用不同的工作组。开发者为某些数据库用户设置了管理权限，但不想为其他数据库的用户设置管理权限，为此，要使不同数据库使用不同的工作组，从而达到权限保护的目的。工作组设置信息保存在工作组文件中，系统默认的工作组文件名为 System. mdw。

1. 创建新的工作组

创建新的工作组操作步骤如下：

（1）打开数据库。

（2）选择菜单"工具"|"安全"|"工作组管理员"命令，打开"工作组管理员"对话框，如图 10-4 所示。

（3）在"工作组管理员"对话框中，单击"创建"按钮，打开"工作组所有者信息"对话框，如图 10-5 所示。

（4）在"工作组所有者信息"对话框中，输入工作组的名称、组织及工作组 ID 等相关信息，单击"确定"按钮，打开"工作组信息文件"对话框，如图 10-6 所示。

（5）在"工作组信息文件"对话框中，选择工作组信息文件的保存路径并输入文件名，单击"确定"按钮，打开"确认工作组信息"对话框，如图 10-7 所示。

（6）在"确认工作组信息"对话框中，显示刚刚设置的工作组的信息，单击"确定"按钮，工作组就创建完成了。

图 10-4 "工作组管理员"对话框

图 10-5 "工作组所有者信息"对话框

图 10-6 "工作组信息文件"对话框

图 10-7 "确认工作组信息"对话框

2. 加入新的工作组

加入新的工作组操作步骤如下：

（1）打开数据库。

（2）选择菜单"工具"|"安全"|"工作组管理员"命令，打开"工作组管理员"对话框，单击"加入"按钮，打开"工作组信息文件"对话框。

（3）在"工作组信息文件"对话框中，选择工作组文件或输入新的工作组文件名，单击"确定"按钮，则加入了指定的工作组。

10.1.4 设置用户和组账户

保护数据库中数据的主要措施是根据用户设置安全级别。Access 系统将数据库系统中的用户分成两组：管理员组和用户组。两个组中只有管理员用户账户。用户可以根据需要添加新的用户账户和组账户，还可使用户隶属于不同的组。若要完成用户和组账户的设置，必须以管理员组成员的身份登录到数据库中。

1. 添加和删除用户账户

【实例 10-1】 为数据库"选课管理"添加一个用户账户，用户名为 xxh。

操作步骤如下：

（1）打开数据库"选课管理"。

（2）选择菜单"工具"|"安全"|"用户和组账户"命令，打开"用户和组账户"对话框，选择"用户"选项卡，如图 10-8 所示。

（3）单击"新建"按钮，打开"新建用户/组"对话框，如图 10-9 所示。

图 10-8 "用户与组账户"对话框

图 10-9 "新建用户/组"对话框

（4）在"新建用户/组"对话框中，输入新账户的名称为 xxh 和个人 ID"1001"，然后单击"确定"按钮，返回"用户与组账户"对话框，新账户会自动添加到用户账户，新用户的创建就完成了。

若要删除某一个用户，只需在"用户与组账户"对话框中选择指定的用户，然后单击"删除"按钮即可。

2. 添加和删除组账户

【实例 10-2】 为数据库"选课管理"添加一个组账户，组名为"教师"。

操作步骤如下：

（1）打开数据库"选课管理"。

（2）选择菜单"工具"|"安全"|"用户和组账户"命令，打开"用户与组账户"对话框，选择"组"选项卡，如图 10-10 所示。

图 10-10 "用户与组账户"对话框

（3）单击"新建"按钮，打开"新建用户/组"对话框，如图10-9所示。

（4）在"新建用户/组"对话框中，输入新账户的名称"教师"和个人ID"2001"，然后单击"确定"按钮，返回"用户和组账户"对话框，新组账户会自动添加到组账户中。

3．将用户账户添加到组中

【实例10-3】 将用户xxh添加到"教师"组中。

操作步骤如下：

（1）打开数据库"选课管理"。

（2）选择菜单"工具"|"安全"|"用户和组账户"命令，打开"用户与组账户"对话框，选择"用户"选项卡，如图10-8所示。

（3）在"名称"下拉列表中选择用户名"xxh"。

（4）在"可用的组"下拉列表中选择用户要加入的组"教师"，然后单击"添加"按钮，所选择的组将显示在"隶属于"列表中。

（5）单击"确定"按钮，操作完成。

4．设置用户密码

对使用数据库应用系统的用户进行分组可以保证同一个组的用户的权限，而设置用户密码能够保证用户的使用安全。在Access中，允许为管理员用户设置登录密码。

设置密码的操作步骤如下：

（1）打开数据库。

（2）选择菜单"工具"|"安全"|"用户和组账户"命令，打开"用户与组账户"对话框。

（3）选择"更改登录密码"选项卡，如图10-11所示。

（4）分别输入旧密码、新密码和验证码，注意：在验证码文本框中输入的密码必须和新密码相同，然后，单击"确定"按钮，密码设置就完成了。

设置密码后，当下一次打开数据库时，会自动弹出"登录"对话框，如图10-12所示。

图10-11 "更改登录密码"对话框

图10-12 "登录"对话框

输入用户名和登录密码，单击"确定"按钮，Access将启动系统。

10.1.5 设置用户和组权限

设置用户组的目的是为了将用户划分为不同的用户组,而不同组的用户对数据库的操作所拥有的权限是不同的。在 Access 中,可以为用户和组设置权限。

设置用户和组权限的操作步骤如下:

(1) 打开数据库。

(2) 选择菜单"工具"|"安全"|"用户和组权限"命令,打开"用户与组权限"对话框,如图 10-13 所示。

(3) 选择"权限"选项卡,使用单选按钮选择"用户"或"组",会在"用户名/组名"列表框中显示系统所有的用户或组账户名,单击账户名称可以选择需要设置权限的用户名或组名(例如,教师)。

(4) 在权限列表框中单击需要指定权限的复选按钮,如果需要还可以选择对象类型和对象名称。单击"确定"按钮,权限设置完成。

图 10-13 "用户与组账户"对话框

10.2 数据库的备份、压缩/修复

Access 提供了为数据库创建副本、压缩和修复数据库的功能,以满足数据库管理的需要。

10.2.1 创建数据库副本

创建数据库副本是指将数据库文件(.mdb)制作一个备份。在 Access 中,创建数据库副本的操作步骤如下:

(1) 打开数据库。

(2) 选择菜单"工具"|"同步复制"|"创建副本"命令,打开确认对话框,如图 10-14 所示。

图 10-14 确认对话框

(3) 单击"确定"按钮,系统将关闭数据库,并为其制作副本。

10.2.2 压缩和修复数据库

在对数据库进行操作时,用户要不断地对数据库中的对象进行增加、修改、删除等操作,这会导致数据库文件中存在一定数量的碎片,使数据库越来越大,从而使数据库文件的利用率降低。另外,数据库在使用过程中,有可能遭到破坏,导致数据不正确。压缩/修复数据库可以重新整理数据库,消除磁盘中的碎片,修复被破坏的数据库,从而提高数据库的使用效率,保证数据库中数据的正确性。

压缩和修复数据库的操作步骤如下:

(1) 选择菜单"工具"|"数据库实用工具"|"压缩和修复数据库"命令,打开"压缩数据库来源"对话框,如图 10-15 所示。

图 10-15 "压缩数据库来源"对话框

(2) 选择要压缩的数据库文件,单击"压缩"按钮,打开"将数据库压缩为"对话框,如图 10-16 所示。

图 10-16 "将数据库压缩为"对话框

(3) 输入压缩后的数据库文件名,单击"保存"按钮,开始对数据库进行压缩。

说明:

(1) 在压缩和修复数据库文件时,必须保证磁盘有足够的存储空间,存放数据库压缩文件。如果磁盘空间不够,将导致数据库压缩/修复失败。

(2) 如果压缩/修复后的文件与源文件同名且同路径,压缩/修复后的文件将替换原始文件。

10.3 数据库的转换与导出

用 Access 2003 创建的数据库有时需要在其他环境中使用,如不同版本的 Access 系统、Microsoft Excel、其他的数据库系统,如 Visual FoxPro 等。由于不同环境下生成的文件格式是不同的,因此,在 Access 以外的环境使用 Access 数据库时,应对数据库中的数据作相应的处理。Access 不仅提供了在不同版本的 Access 系统之间进行数据库的转换,还可以在不同系统之间进行数据传递,从而实现数据资源共享。

10.3.1 数据库转换

在 Access 2003 中,可以实现数据库在高版本和低版本之间进行转换,从而使数据库在不同的 Access 环境中都能使用。

1. 从高版本到低版本转换

从高版本到低版本转换操作步骤如下:

(1) 选择菜单"工具"|"数据库实用工具"|"转换数据库"|"转换为 Access 97 文件格式"命令,打开"数据库转换来源"对话框,如图 10-17 所示。

图 10-17 "数据库转换来源"对话框

(2) 选择要转换的数据库文件,单击"转换"按钮,打开"将数据转换为"对话框,如图 10-18 所示。

(3) 输入转换后的数据库文件名,单击"保存"按钮,开始对数据库文件进行转换。

图 10-18　"将数据库转换为"对话框

2. 从低版本到高版本转换

在 Access 2003 中,打开 Access 低版本的数据库文件时,系统将对数据库文件进行自动转换,具体操作步骤如下:

(1) 在 Access 中,选择菜单"文件"|"打开"命令,选择要转换的数据库文件,单击"打开"按钮,打开"转换/打开数据库"对话框,如图 10-19 所示。

图 10-19　"转换/打开数据库"对话框

(2) 选中"转换数据库"单选按钮,单击"确定"按钮,打开"将数据库转换为"对话框,如图 10-20 所示。

(3) 输入转换后的数据库文件名,并选择文件保存路径,然后单击"保存"按钮,开始对数据库文件进行转换。

10.3.2　数据库的导出

导出是指将 Access 中的数据库对象导出到另一个数据库或导出到外部文件的过程。数据的导出使得 Access 中的数据库对象可以传递到其他环境中,从而达到信息交流的目的。

图 10-20 "将数据库转换为"对话框

数据库对象可以导出到原有的数据库中、其他数据库中、Microsoft Excel 或 Microsoft Word 中。将数据库对象导出到原有数据库中，将在数据库中增加一个副本；将数据库对象导出到其他数据库中，实现数据库对象的复制功能；将数据库导出到 Microsoft Excel 或 Microsoft Word 中，则将数据库对象做相应的数据格式转换，分别转换为 Excel 或 Word 文件格式，使数据库中的信息进一步得到利用。

1. 将数据库对象导出到 Access 数据库中

在 Access 中，可以将当前数据库中的所有数据库对象导出到其他数据库或当前数据库中。其操作步骤如下：

（1）打开数据库。

（2）选择要导出的数据库对象，选择菜单"文件"|"导出"命令，打开"将…导出为…"对话框，选择存储导出对象的数据库，单击"确定"按钮，打开"导出"对话框。

（3）在"导出"对话框中，输入导出后的文件名，单击"确定"按钮，导出操作结束。

【实例 10-4】 将"选课管理"数据库中的"课程"表导出到"教师管理"数据库中。

操作步骤如下：

（1）打开数据库"选课管理"。

（2）选择表对象，然后选中"课程"表并右击，在弹出的快捷菜单中选择"导出"命令，打开"将表'课程'导出为"对话框，如图 10-21 所示。

（3）选择数据库文件"教师管理"，单击"确定"按钮，打开"导出"对话框，如图 10-22 所示。

（4）在文本框输入导出后的"课程"表，单击"确定"按钮，可将"课程"表导出到"教师管理"数据库中。

2. 将数据库对象导出到 Excel 中

Microsoft Excel 是 Office 中电子表格处理软件，它具有数据计算和统计的功能，将 Access 中的数据库对象导出到 Microsoft Excel 中，可以充分利用已有数据来实现数据管理。在 Access 中，可以将表、查询、窗体或报表导出到 Microsoft Excel 中。

图 10-21 "将表'课程'导出为"对话框

图 10-22 "导出"对话框

【实例 10-5】 将"选课管理"数据库中的"学生"表导出到 Microsoft Excel 文件"Student"中。

操作步骤如下：

(1) 打开数据库"选课管理"。

(2) 选择表对象,然后选中"学生"表并右击,在弹出的快捷菜单中选择"导出"命令,打开"将表'学生'导出为"对话框,如图 10-21 所示。

(3) 在"保存类型"下拉列表框中选择文件类型为 Microsoft Excel 97-2003,在"文件名"文本框中输入文件名为 Student,如图 10-23 所示。然后单击"导出"按钮,可将"学生"表导出到 Excel 文件 Student. xls 中。

(4) 在 Microsoft Excel 中打开文件 Student. xls,显示结果如图 10-24 所示。

3. 将数据库对象导出到 Word 中

Microsoft Word 是 Microsoft Office 中的文档处理组件,用于进行文字的编辑和排版等。在 Access 中,可以将 Access 中的数据库对象导出到 Microsoft Word 中,使用 Microsoft Word 可以对导入的数据重新编辑和处理。

【实例 10-6】 将"选课管理"数据库中的"教师"表导出到 Microsoft Word 中,保存在为 Word 文件"教师. doc"中。

图 10-23　"将表'学生'导出为"对话框

图 10-24　导出的 Excel 文件

操作步骤如下：

（1）打开数据库"选课管理"。

（2）选择表对象并选中"教师"表，选择菜单"工具"|"Office 链接"|"用 Microsoft Office Word 发布"命令，将自动产生名为"教师"的 Word 文件，同时运行 Word 打开该文件，如图 10-25 所示。

（3）在"Microsoft Word"窗口中，使用菜单"文件"|"保存"命令，保存"教师"文件。

4. 将数据库对象导出到数据文件中

Access 数据库的表、查询中的数据可以导出到数据文件中。数据文件是一种具有特定格式的文件，可以被许多高级程序语言访问。将 Access 数据库中的数据转换为数据文件，可以更有效地利用数据资源。使用 Access 提供的导出功能，选择文件保存类型，可以

图 10-25　导出的 Word 文件

实现此项功能。

【**实例 10-7**】　将"选课管理"数据库中的"课程"表导出到数据文件中,保存在数据文件"course"中。

操作步骤如下:

(1) 打开数据库"选课管理"。

(2) 选择表对象并选中"课程"表,选择菜单"文件"|"导出"命令,打开"将表'课程'导出为"对话框,如图 10-26 所示。

图 10-26　"将表'课程'导出为"对话框

(3) 在"将表'课程'导出为"对话框中,在"保存位置"下拉列表框中选择保存路径,输入数据文件的名称为 course,并在"保存类型"中选择文件类型为"文本文件",然后单击"导出"按钮,打开"导出文本向导"对话框,如图 10-27 所示。

(4) 在"导出文本向导"对话框中,确定导出格式。可以选择带分隔符或使用固定宽度,单击"下一步"按钮,打开"选择字段分隔符"面板,如图 10-28 所示。

图 10-27 "导出文本向导"对话框

图 10-28 "选择字段分隔符"面板

(5) 选择字段分隔符。可以使用制表符、分号、逗号以及空格作为分隔符,还可以选择第一行是否包含字段名称,然后单击"下一步"按钮,打开"导出到文件"面板,可以为导出的数据文件重新命名,如图 10-29 所示。

图 10-29 "导出到文件"面板

（6）单击"完成"按钮，系统将自动完成数据的导出并生成数据文件 course.txt。用记事本打开该文件，显示结果如图 10-30 所示。

图 10-30　导出的数据文件

10.4　数据库应用系统的集成

当数据库所有的功能设计完成后，为了保证数据库应用系统的安全，可以将数据库应用系统打包，生成.MDE 文件。MDE 文件是将所有对象，包括表、查询、报表、窗体、模块等进行编译，移除可以编辑的代码，并且进行压缩所生成的打包文件，当生成 MDE 文件后，系统中的窗体、报表、数据访问页和模块不能在 Access 中进行修改，从而保护了系统的源代码，这是对数据库应用系统进行安全保护的一个有效的措施和手段。

生成 MDE 文件的操作步骤如下：

（1）打开数据库。

（2）在"数据库"窗口，选择菜单"工具"|"数据库实用工具"|"生成 MDE 文件"命令，打开"将 MDE 保存为"对话框，如图 10-31 所示。

图 10-31　"将 MDE 保存为"对话框

（3）输入 MDE 文件的名称并选择保存路径，然后单击"保存"按钮，将生成 MDE 文件。

当生成 MDE 文件后，执行目标数据库文件，如果设置了自动启动窗体，便可以运行应用系统。

由于在生成 MDE 文件后用户不能再对窗体、报表以及程序进行编辑和修改，而在程序使用过程中经常需要对系统进行调试和修改，因此，在生成 MDE 文件之前应对数据库文件进行备份，以保证系统的正常使用。

系统开发是一个复杂的系统工程，即便是有经验开发人员也不可避免地出现疏漏。在系统开发和使用过程中，要不断学习，不断纠正系统不完善的地方，从而使设计过程成为学习系统开发并不断提高的过程，达到学习使用 Access 的目的。

10.5　思考与练习

一、思考题

1. 设置用户和组账户的作用是什么？
2. 如何将一个用户加入到组中？
3. 数据导出有何作用？
4. 如何将数据库的表导出到 Excel 文件？
5. 生成 MDE 文件有何优点？

二、填空题

1. 为数据库设置密码时，数据库应以_____方式打开。
2. 为消除对数据库进行频繁更新所带来的存储碎片，可以对数据库实施的操作是_____。
3. 数据库的转换是指_____。
4. 工作组设置信息保存在工作组文件中，系统默认的工作组文件名为_____。
5. 设置用户与组账户，操作员必须以_____身份登录到数据库中。

三、上机操作题

1. 为教师管理数据库设置密码。
2. 为数据库"选课管理"添加一个用户账户，用户名为自己的姓名。
3. 将教师管理数据库转换并另存为为 Access 97 格式。
4. 将教师管理数据库生成 MDE 文件。

参 考 文 献

[1] 王珊,萨师煊.数据库系统概述(第 4 版)[M].北京：高等教育出版社,2006.

[2] 潘晓南,王莉,孙文玲.Access 数据库应用技术[M].北京：中国铁道出版社,2005.

[3] 李砚翎.数据库技术及应用——Access[M].北京：高等教育出版社,2005.

[4] 何宁,黄文斌,熊建强.数据库技术应用教程[M].北京：机械工业出版社,2007.

[5] 陈桂林.Access 数据库程序概述[M].北京：高等教育出版社,2007.

[6] 刘远东,何思文,吴斌新.数据库基础及 Access 应用[M].北京：机械工业出版社,2005.

[7] 申莉莉.Access 数据库应用教程[M].北京：机械工业出版社,2006.

[8] 王成辉.Access 2002 中文版入门与提高[M].北京：清华大学出版社,2001.

[9] Michael Kifer, Arthur Bernstein, Philip M. Lewis. DataBase Systems—An Application-Oriented Approach(影印版)[M].北京：高等教育出版社,2004.

[10] 黄德才.数据库原理及其应用教程[M].北京：科学出版社,2002.

读者意见反馈

亲爱的读者：

感谢您一直以来对清华版计算机教材的支持和爱护。为了今后为您提供更优秀的教材，请您抽出宝贵的时间来填写下面的意见反馈表，以便我们更好地对本教材做进一步改进。同时如果您在使用本教材的过程中遇到了什么问题，或者有什么好的建议，也请您来信告诉我们。

地址：北京市海淀区双清路学研大厦 A 座 602 室 计算机与信息分社营销室 收

邮编：100084　　　　　　　　　电子邮件：jsjjc@tup.tsinghua.edu.cn

电话：010-62770175-4608/4409　　邮购电话：010-62786544

教材名称：Access 数据库应用教程
ISBN：978-7-302-22225-5

个人资料

姓名：＿＿＿＿＿＿　年龄：＿＿＿＿　所在院校/专业：＿＿＿＿＿＿

文化程度：＿＿＿＿＿　通信地址：＿＿＿＿＿＿＿＿＿

联系电话：＿＿＿＿＿　电子信箱：＿＿＿＿＿＿＿＿＿

您使用本书是作为： □指定教材 □选用教材 □辅导教材 □自学教材

您对本书封面设计的满意度：

□很满意 □满意 □一般 □不满意　改进建议＿＿＿＿＿＿＿＿

您对本书印刷质量的满意度：

□很满意 □满意 □一般 □不满意　改进建议＿＿＿＿＿＿＿＿

您对本书的总体满意度：

从语言质量角度看 □很满意 □满意 □一般 □不满意

从科技含量角度看 □很满意 □满意 □一般 □不满意

本书最令您满意的是：

□指导明确 □内容充实 □讲解详尽 □实例丰富

您认为本书在哪些地方应进行修改？（可附页）

＿＿＿＿＿＿＿＿＿＿＿＿＿＿＿＿＿＿＿＿＿＿＿＿＿＿＿＿

您希望本书在哪些方面应进行改进？（可附页）

＿＿＿＿＿＿＿＿＿＿＿＿＿＿＿＿＿＿＿＿＿＿＿＿＿＿＿＿

＿＿＿＿＿＿＿＿＿＿＿＿＿＿＿＿＿＿＿＿＿＿＿＿＿＿＿＿

电子教案支持

敬爱的教师：

为了配合本课程的教学需要，本教材配有配套的电子教案（素材），有需求的教师可以与我们联系，我们将向使用本教材进行教学的教师免费赠送电子教案（素材），希望有助于教学活动的开展。相关信息请拨打电话 010-62776969 或发送电子邮件至 jsjjc@tup.tsinghua.edu.cn 咨询，也可以到清华大学出版社主页（http://www.tup.com.cn 或 http://www.tup.tsinghua.edu.cn）上查询。

高等院校计算机应用技术规划教材书目

基础教材系列

计算机基础知识与基本操作（第3版）

实用文书写作（第2版）

最新常用软件的使用——Office 2000

计算机办公软件实用教程——Office XP 中文版

计算机英语

应用型教材系列

QBASIC 语言程序设计

QBASIC 语言程序设计题解与上机指导

C 语言程序设计（第2版）

C 语言程序设计（第2版）学习辅导

C++程序设计

C++程序设计例题解析与项目实践

Visual Basic 程序设计（第2版）

Visual Basic 程序设计学习辅导（第2版）

Visual Basic 程序设计例题汇编

Java 语言程序设计（第3版）

Java 语言程序设计题解与上机指导（第2版）

Visual FoxPro 使用与开发技术（第2版）

Visual FoxPro 实验指导与习题集

Access 数据库技术与应用

Internet 应用教程（第3版）

计算机网络技术与应用

网络互连设备实用技术教程

网络管理基础（第2版）

电子商务概论（第2版）

电子商务实验

商务网站规划设计与管理

网络营销

电子商务应用基础与实训

网页编程技术（第2版）

网页制作技术（第2版）

实用数据结构

多媒体技术及应用

计算机辅助设计与应用

3ds max 动画制作技术（第2版）

计算机安全技术

计算机组成原理

计算机组成原理例题分析与习题解答

计算机组成原理实验指导

微机原理与接口技术

MCS-51 单片机应用教程

应用软件开发技术

Web 数据库设计与开发

平面广告设计（第2版）

现代广告创意设计

网页设计与制作

图形图像制作技术

三维图形设计与制作

实训教材系列

常用办公软件综合实训教程（第2版）

C 程序设计实训教程

Visual Basic 程序设计实训教程

Access 数据库技术实训教程

SQL Server 2000 数据库实训教程

Windows 2000 网络系统实训教程

网页设计实训教程（第2版）

小型网站建设实训教程

网络技术实训教程

Web 应用系统设计与开发实训教程

图形图像制作实训教程

实用技术教材系列

Internet 技术与应用（第2版）

C 语言程序设计实用教程

C++程序设计实用教程

Visual Basic 程序设计实用教程

Visual Basic.NET 程序设计实用教程

Java 语言实用教程

应用软件开发技术实用教程

数据结构实用教程.

Access 数据库技术实用教程

网站编程技术实用教程（第2版）

网络管理基础实用教程

Internet 应用技术实用教程

多媒体应用技术实用教程

软件课程群组建设——毕业设计实例教程

软件工程实用教程

三维图形制作实用教程